A Court of Greed and Excess

Zara Dusk

Vorwort

Vorwort

Dieses Buch enthält einige düstere Elemente. Eine vollständige Liste finden Sie unter zaradusk.com/content-warnings.

Contents

Neela

Ich reckte den Hals, um einen Blick auf den Ozean zu erhaschen. Das frühe Morgenlicht glitzerte auf der Barriere zum Reich der Fae und zog meine Aufmerksamkeit auf sich. Es war faszinierend, schimmernd wie ein Schleier aus dünnem Stoff, der von den Wolken bis zum Meer hing.

Es rief nach mir.

Kein Mensch hatte je diese Barriere durchschritten. Niemals. Zumindest war keiner zurückgekehrt, um davon zu berichten. Ich mochte ein elternloses Straßenkind ohne Wert sein, aber eines Tages würde ich das Reich der Fae erreichen – selbst wenn es mich das Leben kostete.

Ein tiefes Warnbellen riss mich zurück in die Straßen um mich herum. Mein Versteck war eine Gasse zwischen überfüllten Mülltonnen und einer Backsteinmauer. Der Gestank war erträglich, und der Ort war vorerst sicher, aber es war Zeit, weiterzuziehen.

Ich spähte um die Ecke auf die Hauptstraße der Docklands – ich schuldete genug Geld an genug zwielichtige Gestalten, um immer vorsichtig um Ecken zu schauen.

Die Luft war rein, also schlenderte ich hinaus und legte etwas Selbstbewusstsein in meinen Gang, um die ruckartige Gangart jedes abgehärteten Docklands-Bewohners nachzuahmen.

Der süße Duft von Zimt und braunem Zucker traf mich wie ein Schlag, und mir lief das Wasser im Mund zusammen. Mein Bauch war zwar voll mit Reis und Bohnen, also war ich nicht wirklich hungrig, aber er war immer voll mit Reis und Bohnen. Manchmal änderte ich die Reihenfolge und hatte Bohnen und Reis, aber meistens Reis und Bohnen. Meine Geschmacksknospen waren so gelangweilt, dass sie selbstmordgefährdet waren, also versetzte mich die Aussicht auf diesen Muffin mit braunem Zucker und Zimt in höchste Alarmbereitschaft.

Ich verlangsamte meine Schritte zu einem Schlendern. Die Muffins waren zwanzig Meter voraus auf einem klappbaren Tisch, den eine scharfsichtige Frau als Stand benutzte. Mein Timing musste perfekt sein. Ich keuchte scharf auf, und als die Frau ihren Blick abwandte, um meinem Starren zu folgen, schnappte ich mir einen Muffin und steckte ihn ein.

Meine Hose war weit und locker, sodass sie alles verstecken konnte, was ich klaute.

Ich bog um die nächste Ecke und zog meinen köstlichen Preis heraus, um an der Zimtköstlichkeit zu schnuppern.

Ein Paar dünne Beine versperrte mir den Weg und brachte mich fast zum Stolpern. Ein kleines Mädchen, dünn wie ein Anker, saß auf dem Beton mit ihren Beinen weit über dem Gehweg ausgestreckt. Ich fluchte, und sie zog ihre Knie an die Brust, blinzelte zu mir hoch mit großen grünen Augen.

Sie sah aus, als hätte sie seit einer Woche nichts gegessen. Aber dieser Muffin gehörte mir. Ich war auf der Straße, seit ich in ihrem Alter war, und niemand hatte mir je geholfen oder mir auch nur einen einzigen verdammten Krümel gegeben, und ich musste ihr auch nicht helfen.

Ich war wie ein Geist. So mochte ich es, aus den Schatten zu beobachten, zu analysieren und Abstand zu halten, ohne Bindungen zu irgendjemandem oder irgendetwas, das meine Sicherheit gefährden könnte. Einsamkeit war ein ausgezeichneter Schutzschild.

Das Mädchen umarmte ihre Knie fester und blinzelte mich wieder an, ohne um etwas zu bitten, einfach nur die Welt beobachtend, wie ich es endlose Stunden getan hatte.

»Scheiß drauf«, murmelte ich und gab ihr den Muffin. Leben funkelte in ihrem Gesicht auf, als sie ihn nahm, und ein warmes Glühen nistete sich in meiner Brust ein... aber meine Geschmacksknospen waren stinksauer.

Ich schlenderte den Bürgersteig entlang und betrat das Herz der Docklands, wo Piers wie gebrochene Zähne in die weite Bucht ragten. Von hier aus erstreckte sich die magische Barriere zum Reich der Fae über das ferne Wasser nach links und rechts, so weit das Auge reichte.

Ich seufzte. Eines Tages.

Eine raue Stimme voller Bedrohung brüllte: »Oi!«

Einer von Joey dem Bullen's Jungs hatte mich entdeckt. Meine stacheligen blonden Haare waren zu verdammt auffällig. Ich rannte los, tauchte zurück in die verschlungenen Straßen und hörte den Mann die Verfolgung aufnehmen, seine Schritte lauter und näher, als mir lieb war.

Ich war klein und drahtig, gut auf lange Strecken, aber dieser Mann hatte eine bessere Beschleunigung, und wenn er mich erwischte, müsste ich dem Bullen Rede und Antwort stehen. Diesem Mann würden meine Antworten nicht gefallen.

Mein Herz hämmerte, und mein Atem ging schnell. Für einen panischen Moment fühlte es sich an, als würden meine Lungen platzen, aber bald fand ich einen Rhythmus, den ich stundenlang durchhalten konnte.

Der Mann, der mich verfolgte, war laut und schrie herum, brüllte, dass er einen Fisch an der Angel hätte, und brachte mehr stampfende Füße dazu, sich der Jagd anzuschließen.

Aber ich war jetzt in meinem Rhythmus, schoss zwischen Autos hindurch, flitzte durch Gassen und tauchte durch die Hintertüren von Geschäften. Niemand kannte sich in den Docklands so gut aus wie ich.

Ich hatte auch jeden anderen Teil der Stadt erkundet, was mir einen Vorteil verschaffte. Ich wand mich durch die Straßen in Richtung Capitol Hill, wo reiche Leute riesige Anwesen und winzige Hunde hatten und wo die Docklands-Crews mir nicht folgen würden.

Ich hatte sie abgehängt, aber ich würde mich für ein paar Tage versteckt halten müssen, bis sie mich vergessen hatten und sich ihrem nächsten Ziel zuwandten.

Egal. Es gab Verstecke in der ganzen Stadt, alle mit Dosen voller Bohnen – verdammte Bohnen – sodass ich zurechtkommen würde.

Die Häuser hier oben hatten hochmoderne Sicherheitssysteme, sodass sie selten einen Blick wert waren, aber ich scannte sie aus Gewohnheit. Vielleicht würde ich einen frisch gebackenen Zimt-Brauner-Zucker-Muffin zum Stehlen finden. Und ich würde ihn verdammt nochmal aufessen, bevor mich irgendein verdammtes Straßenkind mit ihren erbärmlichen grünen Augen anblinzeln konnte.

Ein großes Backsteinhaus lag etwas zurückgesetzt von der Straße und war durch einen kunstvollen schmiedeeisernen Zaun geschützt. Aus einer Laune heraus, die Neugier gewann die Oberhand, öffnete ich das rosenbedeckte Tor und betrat die gepflegten Gärten. Es fühlte sich an, als würde ich eine andere Welt betreten, ein krasser Gegensatz zu den rauen Straßen, die ich so gut kannte. Hier waren Bäume zum Bewundern, nicht zum Klettern, und Gärten waren für gemütlichen Kaffee und Kuchen, nicht zum Verstecken.

Etwas zog mich hinein, drängte mich, den Garten zu durchqueren und die Vordertreppe hinaufzusteigen.

»Was zum Teufel mache ich hier?«, murmelte ich, aber ich hielt mich nicht davon ab, die schwere Holztür aufzustoßen und ins Haus zu gehen.

Keine Alarmanlagen, keine lauten Hupen, keine empörten Rufe von vornehmen Stimmen.

Vielleicht war meine Intuition, diesen Ort zu betreten, genau richtig. Hier musste es eine Menge Zeug geben, das nur darauf wartete, auf dem Schwarzmarkt verkauft zu werden, und ich wusste genau, welcher Gauner welchen Gegenstand kaufen würde. Daltona für Kunst, Foster für Schmuck und Joey der Bulle für Elektronik …vielleicht würde ich die Elektronik auslassen.

Als ich das riesige Wohnzimmer mit flüsterleisen Teppichen und staubigen Sesseln betrat, überblickte ich die Szene. Mein Blick wurde zum Kaminsims über einem riesigen, unbeleuchteten Kamin gezogen. Unfähig zu widerstehen, durchquerte ich den Raum und fuhr mit dem Finger über das glatte Holz, mir der Fingerabdrücke bewusst, die ich hinterließ, aber ohne mich aufzuhalten.

Ich öffnete den Haken und klappte den Deckel einer kunstvollen silbernen Spieluhr auf, und eine klingelnde Melodie erfüllte den Raum. Ich sollte aufhören. Ich war besser als das. Was für eine Diebin hinterließ überall ihre Fingerabdrücke und brach dann in Gesang aus?

Aber irgendetwas trieb mich an, in meinem Wahnsinn weiterzu-machen, und ich konnte dem Reiz der Spieluhr nicht widerstehen. Mein Blick fiel auf ein seltsames Armband, das zwischen den Schmuckstücken lag. Neugierig nahm ich es vorsichtig aus der Box und drehte es in meinen dünnen Fingern.

Es war schrecklich, aber wunderschön, mit komplizierten, ineinander verwobenen Silberlinien, die fast schwarz angelaufen waren, und einem großen Smaragd in der Mitte. Das würde bei Foster ein Vermögen einbringen.

Instinktiv streifte ich das Armband über meine Hand, und ein Gefühl von Unheil erfüllte meinen Körper, kroch meinen Arm hinauf und ergoss sich dann durch meinen Oberkörper bis zu meinen Füßen. Kalte, harte Angst, als hätte ich etwas Böses und Unwiderrufliches getan.

Ich versuchte, das Armband abzustreifen, aber es schrumpfte, zog sich um mein Handgelenk zusammen, bis es mit meiner Haut verschmolz und ein Teil von mir wurde.

Mein Herz hämmerte, und mein Brustkorb wurde zu groß für meinen Körper, dehnte sich vor Entsetzen aus.

Ich kratzte an meinem Handgelenk und hinterließ rote Striemen auf meiner Haut, aber das verdammte Armband war mit mir verschmolzen, das riesige grüne Smaragdauge starrte mich höhnisch an.

»Scheiße«, flüsterte ich, kaum hörbar über dem spöttischen Klingeln der Spieluhr. »Verdammt!«

Ich schrie vor Frustration, meine Fingernägel zogen Blut aus meinem tätowierten Handgelenk. Ich stürmte aus dem Haus, meine Füße dröhnten auf den Stufen, als ich die Vordertreppe hinunterraste und über die Pflastersteine hetzte.

Mein linker Arm kribbelte dort, wo das Armband sich in mein Fleisch eingewoben hatte, ein intensives Prickeln, das stärker wurde und schwerer zu ignorieren war, während ich durch die belaubten Alleen von Capitol Hill rannte.

Was zum Teufel war dieses Ding?

Mit hämmernden Füßen floh ich direkt zu meinem nächsten Versteck, einem ungenutzten Gartenschuppen hinter einer Villa in der Delphinium Drive, und ließ mich auf einen durchgesessenen Sitzsack plumpsen, um nach Luft zu ringen.

Mein Handgelenk brannte, pulsierte wie eine bösartige Präsenz, als hätte ich etwas Böses mit einem eigenen Willen absorbiert.

Ich suchte im Schuppen nach etwas, um die Tätowierung abzukratzen, und das einzige scharfe Ding in der Nähe war eine alte Handsäge, was mich überhaupt nicht reizte. Kein Stück.

Das Brennen wurde intensiver, brannte durch meine Venen, und ich hatte den panischen Gedanken, dass es, wenn ich zu lange wartete, in meinen Blutkreislauf gelangen und sich durch meinen Körper ausbreiten würde, mich wie Masern infizieren würde.

Ich plumpste zurück in den Sitzsack und biss auf ein Stück Holz, während ich einen einzelnen Sägezahn gegen mein Handgelenk drückte. Ich drückte nach unten und kratzte jede Hautschicht unter einem gezackten Sägezahn ab, in der Annahme, dass ich klein anfangen würde.

Schmerz schoss durch mein Gehirn, aber ich schob ihn beiseite. Ich hatte Schlimmeres durchgemacht, und eine kleine selbst zugefügte Wunde würde nicht mein Untergang sein. Aber das Experiment scheiterte. Ich wischte das Blut weg und sah, dass die Schwärze bis in den Muskel gesickert war. Der einzige Weg, diese Tätowierung loszuwerden, wäre, meine Hand abzuhacken, was ich nicht vorhatte.

Ich versuchte, mich zum Ausruhen hinzulegen, aber das Brennen in meinem Arm verstärkte sich, und ich konnte nicht stillsitzen. Als ich im Schuppen auf und ab ging, ließ das Brennen in der Nähe der Tür nach. Vielleicht würde der Schmerz nachlassen, wenn ich nach draußen ginge. Und wen kümmerte es, wenn ich mir die Erleichterung nur einbildete? Ich würde gerne meinen Verstand gegen Schmerzlinderung eintauschen.

Ich ging durch die wackelige Schuppentür und schlich über den Garten. Auf der Straße bog ich links ab, und der Schmerz wurde schlimmer, also ging ich stattdessen nach rechts, und das Pochen in meinem Handgelenk ließ nach.

Erst als ich mehrere Kilometer schmerzfrei gelaufen war, wurde mir klar, dass mich das verdammte Tattoo an der Nase herumführte wie ein Schwein zum Markt. Vielleicht war es wirklich eine böse Präsenz mit einem eigenen Willen.

»Verpiss dich, böses Tattoo«, knurrte ich und bog rechts ab, obwohl das Kribbeln in meinem Arm mich in die andere Richtung zog.

Die Qual verschlimmerte sich sofort, schoss tief in meinen Knochen und pochte mit einer Intensität, die mich aufschreien ließ.

Scheiße. Nichts war diesen Schmerz wert. Wenn das verdammte Armband wollte, dass ich in die Docklands zurückkehrte, würde ich das tun. Nichts, was Joey der Bulle sich ausdenken könnte, würde mehr schmerzen als das.

Ich musste das verdammte Ding von meinem Handgelenk bekommen, und Abschrubben würde nicht funktionieren. Meine einzige Hoffnung war, zur schmiedeeisernen Villa zurückzukehren und meine Taten zu gestehen. Hoffentlich würde die wahre Besitzerin des bösen Schmucks, Little Miss Fancy Bloomers, wissen, wie man es entfernt.

Morgen. Ich würde morgen gehen.

In der Zwischenzeit duckte und schlängelte ich mich durch die Docklands. Das Armband führte mich nicht in die Irre, lenkte mich nie in die Arme eines von Bulles Männern und brachte mich durch einige der besten Abkürzungen, die ich kannte, und sogar eine, die ich nicht kannte.

Beeindruckend.

Die Dämmerung senkte sich über die Docklands, und meine Angst ließ nach. Schummriges Licht war, wo ich am besten war, wenn ich mich nicht von irgendeinem anderen Straßenschläger unterschied, obwohl mich die meisten Leute aufgrund meiner Größe für einen Teenager hielten.

Manchmal war die beste Tarnung keine Tarnung, also zog ich meine Kapuze über mein stacheliges blondes Haar und ging offen hinaus und einen Pier entlang, der Absicht des Armbands folgend. Wenn es mich in Schwierigkeiten brachte, würde ich den Schmerz ertragen und weglaufen, aber vorerst war ich zufrieden damit, seiner Führung zu folgen. Es führte mich zu einem kleinen Fischerboot, das im Wasser schaukelte. Sein verwittertes Äußeres deutete auf unzählige Abenteuer hin. Mein Blick fiel auf eine abgelegene Ecke nahe dem Heck, wo ich unentdeckt sitzen konnte.

Endlich ließ mich das verdammte Tattoo in Frieden.

Erst als die Motoren des Bootes brummten und mich aus dem Schlaf rissen, um zu entdecken, dass das kleine Boot auf die magische Barriere zum Reich der Fae zusteuerte, begann ich in Panik zu geraten.

Ronan

Mondlicht strömte durch mein Schlafzimmerfenster und verwandelte meinen goldenen Bettrahmen in blasses Silber.

Meine Eingeweide wanden sich, als ob mein Darm und mein Magen die Plätze tauschten. Der Stuhl unter meinem Hintern war von den geschicktesten Crafter des Reiches für meinen Körper gezüchtet worden, aber heute Nacht war er nicht bequem.

Ich hatte gehofft, die Nacht durchzuschlafen, aber das würde offensichtlich nicht passieren. Ich fuhr mir mit der Hand durch mein schwarzes Haar, stand dann auf und schlich aus meiner Schlafzimmertür, ohne mir die Mühe zu machen, ein T-Shirt anzuziehen. Ich ging einfach mit nacktem Oberkörper und nur in schwarzer Jogginghose nach unten.

Es spielte keine Rolle. Heute Nacht würde mich niemand sehen, zumindest niemand, der wichtig war.

Ich ging im Dunkeln die Treppe hinunter, ohne mich darum zu kümmern, eine Lichtkugel zu beschwören. Meine Eltern hatten natürlich gewollt, dass ich auf ihrem Anwesen bleibe, aber ich konnte es nicht ertragen, so weit vom Stadtzentrum entfernt zu sein, also hatte ich darauf bestanden, auszuziehen. Sie wiederum hatten darauf bestanden, mir ein stattliches Stadthaus zu kaufen, das einem Erben von Mentium würdig war, samt allem Drum und Dran. Marmorteller, Vorhänge aus feinsten fae Fäden und das ganze Personal, das ein Prinz brauchen könnte.

Am Fuß der Treppe erschien ein dienender Fae, aber ich winkte ihn weg und schritt vorbei, woraufhin er in den Schatten verschwand.

Normalerweise hatte ich nichts gegen Schmeichelei und Arschkriecherei, aber heute Abend war ich nicht in der Stimmung dafür.

Ich stieß die großen Glastüren auf, trat in den Hinterhof hinaus und tauchte in den schmalsten Pfad ein, der durch die Farne führte.

Heute Nacht jährte sich der Tod von Sebarahs Eltern zum ersten Mal. Dies sollte der Tag sein, an dem mein bester Freund seine Trauer beendete, aber er konnte das nicht tun, weil er auch tot war.

Meine Eingeweide krochen mir bis in den Hals und bildeten einen Kloß, den ich nicht wegschlucken konnte, also ging ich stattdessen schneller und trat leicht über die sich verflechtenden Wurzeln.

Im Herzen des Gartens, tief und versteckt, wo selbst die die Grower der Familie nie hinkamen, lag mein Mondweg. Ein geheimer Pfad verband meinen Garten mit meinem Lieblingsort in Verda—in Arathay. Dem Seehaus.

Fünf Mondwege führten zum Seehaus, wobei die anderen vier die Häuser meiner besten Freunde mit unserem gemeinsamen Versteck verbanden. Der einzige Ort, an dem die fünf Erben des Reiches Verda den neugierigen Blicken der Öffentlichkeit entkommen und wir selbst sein konnten.

Unter dem Vollmond glitzerte der Mondweg, und ich betrat ihn so mühelos wie das Atmen.

Ich schritt den Mondweg entlang, und die Welt neben mir verschwamm, aber ich konnte meine Traurigkeit immer noch nicht herunterschlucken. Heute Nacht hätte Sebarahs Nacht sein sollen, aber er war kalt und tot und würde nie wiederkommen. Ich verfiel in einen Laufschritt, um meinen Kummer wegzustampfen, und die Welt um mich herum verschwamm zu Licht und Farbe, während meine Füße mit jedem Schritt Dutzende von Metern fraßen.

Ich stolperte aus dem Pfad hinter dem Seehaus in einen Orangenhain, der mich immer an Sebarah erinnerte. Er hatte sie vor ein paar Jahren für mich angepflanzt, nachdem ich mich beschwert hatte, dass es keinen Saft zum Frühstück gab. Er hatte es natürlich getan, um mir zu zeigen, was für ein arrogantes Arschloch ich war, aber es war trotzdem rücksichtsvoll, und allein der Anblick ließ den Kloß in meinem Hals härter werden.

Scheiß drauf. Scheiß darauf, dass er tot und weg war, und scheiß darauf, dass ich ihn nie wiedersehen konnte.

Ich wischte eine Träne weg und betrat das Seehaus durch die Hintertür, ging dann den Flur entlang, der in einen Raum mit bodentiefen Fenstern mündete, die auf unseren privaten See blickten.

Mein Lieblingssessel aus schwarzem Leder rief nach mir, aber ich entschied mich stattdessen, auf die Terrasse zu treten, die über das Wasser hinausragte, und hin und her zu gehen.

Das Einzige, was mich über Seb hinwegtröstete, war die Erinnerung an das Versprechen, das ich ihm gegeben hatte. Nie jemand anderen als ihn auf dem floranischen Thron sitzen zu lassen. Es war ein Schwur, den wir vor langer Zeit geleistet hatten, dass wir für die Plätze des anderen in dieser Welt kämpfen würden. Nie jemanden, besonders nicht seine Schwester, ins Reich zurückkehren und seinen Platz beanspruchen zu lassen.

Niemals.

Ich würde dieses Versprechen wahr machen, koste es, was es wolle, selbst wenn es mir die Seele aus dem Leib reißen würde.

Es war die einzige Verbindung, die ich zu Sebarah hatte, das Einzige, was zählte.

Eine helle Gestalt bewegte sich durch das Wasser und sprang aus dem See, landete mit einem gewaltigen Platschen auf dem Deck. Mein Herz hob sich, als ich das silberne Fell eines riesigen Wolfes sah. Er verwandelte sich in seine Fae-Form und schüttelte sein langes, silbriges Haar aus, wobei er mich mit Wasser bespritzte. Leif.

»Hol dir ein Handtuch, Wolfsjunge«, fauchte ich und wischte mir die Tropfen von der Brust.

Leifs Mondweg tauchte auf der anderen Seite des Sees auf, also verwandelte er sich normalerweise in seine Wolfsgestalt und schwamm oder lief zum Seehaus.

Was den großen Nachteil hatte, dass er immer völlig nackt ankam.

»Und bedecke dein Gemächt, während du dabei bist. Ich will das Ding nicht in meinem Gesicht haben.«

Der Wolf lachte, als wäre das der beste Witz, den er je gehört hatte, und blieb einfach mit heraushängendem Schwanz stehen. Er sah sich um. »Sind die anderen hier?«

Ich schüttelte den Kopf. Wenn Dion hier wäre, würde es nach leckerem Essen riechen, und wenn Gabrelle hier wäre, würde sie dafür sorgen, dass es jeder wüsste. »Nur wir beide. Ich habe die Stille eigentlich recht genossen.«

Das war eine verdammte Lüge. Ich hatte in Selbstmitleid geschwelgt und Seb schrecklich vermisst, aber das musste Leif nicht wissen.

Leif fuhr mit den Händen über seine Brust. »Da wir allein sind, hättest du Lust auf einen schnellen Fick? Ich bin seit Stunden nicht gekommen.« Dummerweise sah ich nach unten und bemerkte, wie sein großer, baumelnder Schwanz vor Erwartung zuckte.

»Nein«, knurrte ich und warf ihm meinen zornigsten Blick zu. »Wie oft muss ich deinem dummen, haarigen Arsch noch sagen, dass es ein für alle Mal nein heißt.«

Er zuckte mit einer Schulter und grinste weiter. »Na ja, macht nichts, einen Versuch war's wert.«

»Nein, war es wirklich nicht. Es war Verschwendung deines Atems und meiner Zeit. Es wird nie passieren. Außerdem hast du denselben Pakt geschlossen wie ich. Kein Geficke unter den Erben, das macht die Dinge zu kompliziert.«

Arathay hatte sechs Reiche der Fae, und Verda war das einzige, das von einem Komitee regiert wurde. Jedes andere Reich hatte einen einzelnen Monarchen, aber Verda hatte fünf Throne, einen für jedes der fünf herrschenden Häuser.

Sobald also die Mehrheit unserer Eltern den Löffel abgegeben hätte, würden wir alle auf Throne katapultiert werden. In ein paar hundert Jahren würden wir alle Herrscher sein, und wenn wir komplizierte sexuelle Vorgeschichten hätten, würde das das Leben zur Hölle machen.

Leif schüttelte sich erneut, und Wasser spritzte über das Deck, aber ich war außer Reichweite. »Das hat dich und Gabrelle nicht davon abgehalten, es heiß und schwer miteinander zu treiben.«

»Das war, bevor wir den Pakt geschlossen haben.«

Gabrelle strahlte Sex aus, sie war ein wandelndes Fickkaninchen, und ich war ihr vor ein paar Jahren zum Opfer gefallen. Glücklicherweise war sie auch eine Eiskönigin ohne Emotionen, was es einfacher machte, es bei einer Freundschaft zu belassen.

Sie und ich beim Ficken waren der Grund, warum wir überhaupt erst den Deal gemacht hatten. Leif war das egal; bei ihm drehte sich alles immer um Sex, aber als Dion davon erfuhr, rastete er aus und ließ uns schwören, damit aufzuhören.

Die Wahrheit war, dass Gabrelle und ich immer noch eine Freundschaft-mit-gewissen-Vorzügen-Vereinbarung hatten, auf die wir gelegentlich zurückgriffen, wenn wir betrunken waren, aber das musste Leif nicht wissen. Er würde es Dion ausplaudern, der dann wieder ausflippen würde.

»Kapier endlich den Wink, Kumpel«, sagte ich über meine Schulter, als ich nach drinnen ging und mich dann in meinen Sessel fallen ließ. »Ich bin nicht interessiert.«

Leifs silberne Augen bohrten sich für einen Moment in meine. »Noch nicht, jedenfalls«, grinste er wölfisch. »Aber ich bin geduldig.«

Ich knurrte ihn an, aber in Wahrheit war ich froh über diesen leichten Schlagabtausch, dankbar, aus meinen Gedanken über Sebarah gerettet worden zu sein.

Leif zog eine graue Jogginghose an, von denen er Dutzende in einer Küchenschublade aufbewahrte – was Dion wahnsinnig machte. Er zauberte auch irgendwoher einen Tennisball hervor und spielte damit, warf ihn in die Luft und fing ihn wieder auf. »Ich konnte nicht schlafen«, begann er, dann fläzte er sich auf das riesige silberne Sofa, das er immer für sich beanspruchte, und warf den Ball aus liegender Position. »Wegen Seb. Wusstest du, dass heute sein sechsmonatiger Todestag ist?«

Ärger durchfuhr mich. Seb war vor sechs Monaten gestorben; seitdem hatte ich nie eine gute Stimmung gehabt, die anhielt. Sie lösten sich immer auf wie Zucker in heißem Wein und ließen mich wund und verbrannt zurück.

»Natürlich weiß ich das«, schnappte ich. Sebarah war mein bester Freund, wir standen uns näher als alle anderen, und ich war um Meilen klüger als Leif, also wusste ich offensichtlich um die Bedeutung des heutigen Datums.

Leif redete unbeirrt weiter. Das Einzige, was diesen Wolf niedergeschlagen machte, war, wenn man ihm körperliche Zuneigung entzog – verbalen Missbrauch konnte er Tag und Nacht ertragen. »Erklär mir deinen Plan noch einmal. Ich verstehe immer noch nicht, warum wir das Haus Flora loswerden müssen. Sie haben seit Jahrtausenden mit uns geherrscht, sie helfen wahrscheinlich, Gaia zufriedenzustellen und die Dinge im Gleichgewicht zu halten. Sie sind das Haus der Bäume und so 'n Scheiß, weißt du.«

Meine Kopfhaut juckte, und Hitze strahlte durch mich hindurch. Meine Knöchel am schwarzen Sessel wurden blass unter meinen geballten Fäusten. »Natürlich weiß ich das. Aber jeder gültige Nachkomme des Hauses Flora ist tot und verschwunden.«

»Na ja, sie sind nicht alle tot, oder? Da ist doch diese fae Tussi aus dem Sterblichen Reich.«

Wut säumte meine Stimme mit Stahl. »Diese fae Frau aus Hebes ist unter Sterblichen aufgewachsen. Sie kann nicht an der Stelle ihrer Eltern herrschen. Wir können nicht zulassen, dass sie in eine Position hineinspaziert, die sie nicht verdient hat und von der sie nichts weiß. Sie wird Seb nie ersetzen. Niemals.«

Leif hob die Hände. »Klar, wenn es dir so viel bedeutet, Kumpel.«

»Nicht nur mir. Ich habe es Sebarah versprochen. Und wir haben das schon millionenfach durchgekaut. Die anderen stimmen mir zu.«

»Ich weiß, ich weiß.« Er tat so, als würde er seinen Mund zuzippen.

Gut. Leif war ein Spitzenkumpel. Leif, Gabrelle und Dion, sie alle waren die besten Freunde, die man sich vorstellen konnte.

Aber sie würden nie Seb sein. Sie konnten nie das schmerzende Loch in meinem Herzen füllen, das sein Tod aufgerissen hatte.

Neela

Die magische Barriere erstreckte sich über den Ozean und schimmerte in der zunehmenden Dunkelheit.

Das kleine Fischerboot, auf dem ich mich versteckt hatte, fuhr weiter direkt auf die Barriere zu und verringerte den Abstand zwischen mir und dem Reich der Fae.

Ich sollte begeistert sein. Erfreut. Mein lebenslanges Ziel war es, die erste Straßengöre aus Hebes zu sein, die das Fae-Land erobert.

Warum also wand sich Angst durch meinen Bauch, schnürte meine Lungen zu und raubte mir den Atem?

Das Armband-Tattoo an meinem Handgelenk summte zufrieden und machte diese ganze Scheiße noch unheimlicher.

Mit jeder verstreichenden Sekunde wuchs mein Entsetzen, bis ich von Gewissheit erfüllt war – das war ein schrecklicher Fehler. Kein Mensch konnte die fae Barriere durchqueren und überleben. Diese Wahrheit hallte durch meine Knochen.

Ich packte das nach Fisch riechende Frachtgitter und zog mich hoch, schrie den Kapitän an, er solle anhalten, brüllte aus voller Kehle, aber meine Stimme war nichts gegen den dröhnenden Motor.

»Beruhig dich, Schlampe«, sagte ich zu mir selbst. Das war wahrscheinlich ein von den Magischen geschaffener Abwehrmechanismus, um Menschen vom Betreten des Reiches abzuhalten. Sie mussten die Barriere verzaubert haben, damit die Leute um ihr Leben fürchteten.

Es funktionierte. Ich konnte diese Grenze nicht überschreiten. Ich stürzte zur Seite des Bootes und umklammerte den Rand, fest entschlossen, ins Wasser zu springen und zurück zu den Docklands zu schwimmen, aber Qualen durchzuckten mein Handgelenk, und ich fiel aufs Deck, die Hand an meine Brust gepresst.

Die Welt wurde weiß, und aller Sauerstoff wurde aus meinen Lungen gesaugt. Wir waren in der Barriere, und ich würde gleich sterben.

Dann waren wir durch. Es dauerte einige lange Momente und mehrere tiefe Atemzüge, bis mein Adrenalin nachließ und ich erkannte, dass ich okay war. Ich hatte diesen verdammten Fae-Test bestanden und war in ihre Welt eingelassen worden.

Ich stand auf und sah mich um, saugte alles in mich auf. Die Nacht war von einem klaren, durchdringenden Blau, das mit mehr Sternen und wirbelnden Galaxien funkelte, als ich je gesehen hatte. Sogar der Ozean war von einem satteren, fesselnden Blauschwarz.

Das Land, dem wir uns näherten, war wild und wunderschön. Das kleine Fischerboot legte am Fuß einer Klippe an, die sich in ungeahnte Höhen erhob. Ich glitt über den Bootsrand, tauchte lautlos ins Wasser und schwamm entlang der Küste, bevor ich mich dem Ufer näherte.

Dies war so weit von den schmutzigen Docklands entfernt wie möglich. Ein langer, eleganter Pier schwang sich in den Ozean, und blühende Büsche mit großen goldenen und violetten Blüten säumten den Fuß der Klippe, ohne ein einziges von Menschen gemachtes Gebäude in Sicht. Vielleicht waren Fae-Heime für das menschliche Auge unsichtbar? Das würde das Leben hier knifflig machen.

Ich trat näher, um an einer der großen goldenen Blüten zu riechen. Sie schien aus feinem Metall zu bestehen, obwohl sie sich in einer sanften Brise wiegte. Ich berührte die Blume, und ein kraftvoller Aufwind fegte meinen Körper wie ein Blatt nach oben, rauschte die Klippe hinauf, als wäre ich in einem verdammten unsichtbaren Aufzug.

Wenn das fae Magie war, war ich voll dabei.

Ich lachte, kreischte und hatte null Haltung, als ich Hunderte Fuß über dem Wasser oben auf der Klippe Fuß fasste. Neben mir verflochten sich Baumwurzeln und bildeten eine kleine Nische mit einem lebendigen Schreibtisch, der winzige weiße Blüten trieb.

Eine große Fae in einem flatternden Jadegewand, das genau zu ihrem Haar und ihren Augen passte, lächelte. »Willkommen im Reich der Genüsse, Bürgerin von Hebes.« Sie blickte auf meine runden Ohren, und ich schaute auf ihre, wobei mir auffiel, dass sie leicht spitz waren. »Wir sehen hier nicht viele Ihrer Art.«

Also konnte sie an meinen runden Ohren erkennen, dass ich ein Mensch war. Wahrscheinlich auch an meinem Mangel an Eleganz und intensiver Schönheit. Wenn dieses atemberaubende Geschöpf ein Maßstab war, würde ich das Schwein im Pfauengehege sein.

»Sie sind nass«, lächelte sie. »Sie können das hier tragen.« Sie reichte mir einen Haufen goldenen Stoffs, der sich als ein atemberaubendes Kleid entpuppte.

»Ich brauche Ihre Hilfe nicht.« Ich hatte mir meinen eigenen Weg im Leben gebahnt und brauchte nichts von niemandem.

Sie zögerte, als hätte noch nie jemand ein Kleid abgelehnt, und legte es dann auf den geflochtenen Wurzelschreibtisch.

Ich öffnete den Mund, um ihr zu sagen, sie solle sich verpissen, dass meine eigene Hose völlig in Ordnung sei, vielen Dank auch. Aber ich war hier, um mir ein Leben aufzubauen. Das verdammte Tattoo hatte mich hierher gebracht, aber es lag an mir zu bleiben, und der beste Start wäre, mich so gut wie möglich anzupassen.

Man stahl schließlich nicht in Jogginghosen aus dem Kapitol – man zog sein feinstes Kleid an.

»Eigentlich nehme ich es doch.« Ich schnappte mir das Kleid. »Wo kann ich mich umziehen?«

Die Fae musterte mich und neigte den Kopf, versuchte, mich zu durchschauen. Ich nahm an, dass die Leute an einem Ort namens Reich der Genüsse nicht allzu viel Anstoß an Nacktheit nehmen würden, also drehte ich einfach den Rücken zu und schlüpfte aus meinen durchnässten Lumpen in das Kleid.

Es reichte mir bis über die Knie und hatte einen super tiefen V-Ausschnitt. Ich stellte mir vor, dass ich mit meinen stacheligen blonden Haaren ein bisschen wie Marilyn Monroe aussah, minus der Kurven.

Nicht mein übliches Outfit, aber ich hasste es nicht.

Ich schlenderte durch die Straßen und sah eine unglaubliche Anzahl von Gebäuden, die aus Marmor und Gold errichtet waren. Man könnte etwas Farbe von einem Haus abkratzen und sich davon ein verdammtes Auto kaufen... obwohl ich vermutete, dass Gold hier vielleicht nicht als Währung funktionierte. Ich seufzte. Ich hatte noch viel zu lernen.

Mein Tattoo war vorerst zufrieden, aber es schien mich von der Küste weg den Hügel hinauf zu treiben.

»Du hattest deinen Spaß, böses Tattoo«, zischte ich meinem Handgelenk zu und bog absichtlich in eine andere Richtung ab, als es mich führen wollte.

Ich betrat eine Taverne namens »Der Slippery Silkworm«, mit einem Bild eines betrunkenen Wurms, der eine wackelige Linie aus Fäden hinter sich herzog. Sie war zu edel für ihren Namen. Kugeln aus Licht schwebten über Kopfhöhe, und das cremefarbene und bronzene Dekor erinnerte mich an den Avalon Club oben auf Capitol Hill.

Ich wäre fast auf dem Absatz kehrtgemacht und wieder hinausgegangen, weil ich wusste, dass ich nicht hierher gehörte, aber mein Marilyn-Monroe-Kleid raschelte um meine Oberschenkel, also reckte ich mich und ging geradewegs zur Bar.

»Gib mir einen Shot von dem Stärksten, was du hast«, sagte ich zu einer großen Frau mit leuchtend orangefarbenen Haaren und intensiven orangefarbenen Augen, die mich zusammenzucken ließen.

Passten die Augen jeder Fae zu ihren Haaren? Vielleicht könnte ich meine Locken blau färben, um dazuzugehören.

Die Fae goss etwas Pinkes und Schaumiges in ein Schnapsglas und schob es über die Marmortheke.

Ich zog eine Augenbraue hoch. »Ich habe um etwas Starkes gebeten. Das sieht aus wie etwas, das eine Achtjährige auf einer Disney-Prinzessinnen-Party trinken würde.«

Die Fae nickte leicht, als wäre jede Bewegung perfekt geplant, und ging weg, ohne sich die Mühe zu machen zu antworten.

Ich scannte den Raum auf der Suche nach einem diskreten Ausgang, denn ich hatte verdammt nochmal nichts zum Bezahlen dabei, und ich musste hier raus, bevor mein Tattoo mir die Hand absengte. Ein paar Türen im hinteren Teil führten wahrscheinlich zu den Toiletten, aber wenn sie keine Fenster hatten, war mein einziger Fluchtweg durch die Tür, durch die ich hereingekommen war.

Ich kippte das Getränk hinunter, und der Schmerz in meinem Arm ließ sofort nach.

Ein Lächeln breitete sich auf meinem Gesicht aus. »Drei mehr davon«, rief ich der Barkeeperin zu, hielt drei Finger hoch und zeigte mit dem Daumen über meine Schulter, um ihr zu zeigen, wohin sie sie bringen sollte.

Ein breiter brauner Sessel in der Ecke des Raums hatte praktisch meinen Namen draufstehen. Er stand halb im Schatten und war ein großartiger Platz, um die Menge zu beobachten und nach einem Opfer Ausschau zu halten. Ich musste schnell einen Weg finden, an Geld zu kommen, wenn ich überleben wollte, und eine Gruppe reicher betrunkener Arschlöcher in ihrem natürlichen Habitat zu beobachten, war ein perfekter Anfang.

Nachdem ich ein zweites pinkes Gebräu hinuntergekippt hatte, begann mein Kopf zu schwimmen. Mein Handgelenk war fast taub, und ich grinste in mich hinein. Ich hatte bereits herausgefunden, wie ich dieses Tattoo überlisten konnte. Jetzt musste ich nur noch den Rest meines Lebens betrunken verbringen, und alles wäre in Ordnung. »Passt mir gut«, kicherte ich vor mich hin. Mann, das Zeug war stark.

Ein Paar muskulöser Beine erschien in meinem Blickfeld, als ich den Boden studierte. Sie schienen entschlossen, genau dort zu bleiben, wo sie waren, also ließ ich meinen Blick nach oben wandern. Die Beine waren sehr muskulös und steckten in einem hellgrauen Anzug von feinster Qualität, so dünn, dass der Stoff die Konturen der Muskeln umschmeichelte. Mein Blick verweilte auf seinem Schritt, und ich konnte nicht umhin zu bemerken, dass das feine Material auch die schöne Wölbung in seiner Hose betonte.

Seine Hände waren in den Taschen, wodurch sein Jackett zurückgeschoben wurde und seine Brust zur Schau stellte, die genauso köstlich war wie seine Beine. Ein feines weißes Hemd spannte sich über seinen Brustmuskeln und zeigte ein Meer von Muskeln, fast so, als wollte er, dass ich sein beeindruckendes Paket und die straffen Brustwarzen bemerkte.

Das Stirnrunzeln auf seinem Gesicht war nicht ganz so einladend, und seine schwarzen Haare und rabenschwarzen Augen waren regelrecht einschüchternd. »Du sitzt auf meinem Platz«, knurrte er.

Ich machte eine Show daraus, das weiche Lederkissen unter meinem Hintern zu tätscheln, dann drückte ich meinen eigenen Hintern. »Oh, ist das deiner?«

Ich zog einen Mundwinkel nach oben, aber sein Stirnrunzeln verschwand nicht, also stand ich auf und trat beiseite, zufrieden, als er sich auf das noch warme Kissen setzte. Ich kippte ein drittes pinkes, schaumiges Gebräu hinunter, setzte mich dann auf seinen Schoß und schlang einen Arm um seinen Nacken. »Jetzt sitze ich auf deinem Platz«, lächelte ich verschmitzt.

Ein tiefes Lachen erschütterte seinen Körper, und sein Grinsen verwandelte sein Gesicht. Er war bei weitem der attraktivste Mann, den ich je gesehen hatte. Er übertraf meine Vorstellungskraft, meine erotischsten Träume, und als sein Körper unter mir bebte, wackelte ich entzückt mit dem Hintern.

Ich platzierte mein Bein strategisch und spürte, wie er unter mir hart wurde. Ich klimperte mit den Wimpern und hob eine Schulter. »Macht es dir etwas aus zu teilen?«

Er grinste wie ein Mann, der zum ersten Mal seit Jahren aus einem Berg von Traurigkeit ins Tageslicht tritt.

Seine Stimmung war ansteckend. Eine entsprechende Freude quoll in mir auf und verstärkte sich, als er sich vorbeugte und mich in einen Erdbeerduft hüllte.

Sein Atem wärmte meine Lippen, als er murmelte: »Ich werde dich jetzt küssen.«

Ich lehnte mich vor und knabberte an seiner Unterlippe. »Das verdammt nochmal hoffe ich.«

Ronan

Dieses menschliche Geschöpf war genau das, was ich brauchte, um mich von Sebarah abzulenken.

Sie landete auf meinem Schoß wie eine Streunerin, zappelte und bewegte sich auf äußerst ablenkende Weise.

Alles, was sie sagte oder tat, ließ mich hart werden. Dieses Kleid war verdammt sexy – ein Punkt für den Schwanz. Ihr Mundwerk war verdammt frech – noch ein Punkt für den Schwanz. Und sie biss mir fest genug auf die Lippe, dass ich zusammenzuckte – Spiel, Satz und Sieg für den Schwanz.

Ihr Kuss war drängend und hungrig, und ich fragte mich, wie lange es bei ihr her war. Mein Verlangen traf auf ihres wie zwei ausgehungerte Bestien, die übereinander herfielen, und ich verlor mich für lange Momente in ihren Lippen und ihrer Zunge.

Ich war hierher gekommen, um meine Traurigkeit wegzutrinken, was in den sechs Monaten, in denen ich es versucht hatte, nicht ein einziges Mal funktioniert hatte. Aber vielleicht war es das, was ich brauchte: meinen Kummer wegzuvögeln. Vielleicht würde eine gute Stimmung länger als fünf Minuten bei mir bleiben.

Die erstaunlich verschiedenfarbigen Augen und Haare dieses Geschöpfs waren so ablenkend, ebenso wie ihr ständiges Zappeln und Bewegen, als hätte sie zu viel Energie, um still zu sein. Ich hatte gehört, dass Menschen so waren, ohne die Ruhe und Anmut der Fae, und ich hatte mir immer vorgestellt, dass es sie tierisch und dumm erscheinen lassen würde, aber das könnte nicht falscher sein.

Dieses menschliche Weibchen war drängend und fiebrig und forderte jeden Funken meiner Aufmerksamkeit.

Sie saß seitlich auf meinem Schoß, einen Arm um meine Schultern geschlungen, ihre Hand hinter meinem Nacken festgeklammert und zog mich nahe zu sich.

Ihr Bein lag quer über meinem Schritt, und es war schwer, an etwas anderes zu denken als daran, wie es gegen meinen Schwanz drückte.

Ich löste mich kurz von dem Kuss, um zu murmeln: »Warum lernen wir uns nicht besser kennen?« Ich wollte diese Frau mehr ficken, als ich je etwas gewollt hatte. Ich sehnte mich danach, bis zum Anschlag in sie einzudringen und sie auf meinem Schoß zappeln und sich winden zu lassen. Ich brauchte es.

Sie biss mir auf die Oberlippe und sandte einen Puls des Verlangens bis in meine Fußsohlen. »Ich hab 'ne bessere Idee.«

»Mmm?« Mein Blick war auf ihren weichen, vollen Mund fixiert.

Sie leckte sich über die Lippen. »Lass es uns nicht tun.« Sie prallte gegen mich, beanspruchte mich mit einem heftigen Kuss, dann stand sie auf, ihre Wärme plötzlich verschwunden.

Ich knurrte und streckte die Hand aus, um sie wieder auf meinen Schoß zu ziehen, bis ich begriff, was sie tat. Sie wand sich aus ihrem Höschen und ließ es zu Boden fallen, wobei sie ihre Hüften verführerisch schwang, dann drehte sie sich um und blickte auf meine pochende Erektion hinunter. »Du auch«, wies sie an. Ich öffnete meinen Knopf und Reißverschluss und zog meine Boxershorts herunter, und mein Schwanz sprang hervor.

»Verdammt, damit könntest du jemanden verletzen«, sagte sie.

»Oh, das habe ich vor«, knurrte ich, packte ihre Hüften, drehte sie herum und zog sie auf mich herunter. Sie hob den Saum ihres Kleides an, als sie sich setzte, und zielte mit ihrer weichen, feuchten Muschi direkt auf meine pulsierende Länge.

Verdammt, sie fühlte sich gut an. Weich, eng, feucht und wie all meine sexy Träume in einem.

Sie zappelte und wand sich, und jede Bewegung brachte mich dem Explodieren näher. Ich war seit meiner Teenagerzeit nicht mehr zu früh gekommen, aber bei diesem berauschenden Weibchen, das auf meinem Schoß tanzte, war ich ernsthaft in Gefahr.

Sie ritt mich auf und ab, auf und ab, bis ich meine Finger in ihre Hüftknochen graben musste, um sie zu stoppen ... obwohl ich spürte, dass dieses Geschöpf wohl nichts wirklich aufhalten konnte.

Sie lehnte sich mit dem Rücken an meine Brust, ihr blondes Haar kitzelte mein Gesicht. Ich hielt sie still und murmelte in ihr Ohr, während ich ihren fremdartigen, menschlichen Duft einsog: »Wie heißt du?«

»Ich hab dir schon gesagt, dass ich keinen Smalltalk will«, hauchte sie. Sie kreiste leicht mit ihren Hüften, und ich wäre fast explodiert.

Wir waren in einer schattigen Ecke der Bar, und da es Mittwochabend war, waren nur ein paar andere Fae anwesend. Ich warf einen Blick auf sie, plötzlich bewusst, dass wir in einer öffentlichen Bar aneinander rieben, aber niemand hatte es bemerkt.

Ich legte meine Hand flach auf ihren Bauch und zog sie fest an mich, um sie an Ort und Stelle zu halten. Ich musste mich ablenken. »Bist du schon lange in Verda?«

»Mm.« Sie rieb sich in einem weiteren kleinen Kreis, und ich packte ihr kurzes Haar, um sie ruhig zu halten.

Ich ließ meine andere Hand um ihre Hüfte und über ihren glatten Schenkel gleiten, unter ihr Kleid, und schob sie über ihren Venushügel zu ihrer Klitoris. Ihr Stöhnen, als ich damit spielte, war berauschend. Ich hätte allein von diesem Klang kommen können. Heilige Scheiße, diese Frau hatte zwar keine Fae-Kurven oder -Anmut, aber ihre Muskeln waren vor Lust angespannt, und sie war ein Paket voller Energie und Sexualität, von dem ich nicht genug bekommen konnte.

Ihre Klitoris war göttlich, ein Nervenbündel, das unter meiner Berührung sang. Sie bog ihren Rücken durch und ich ließ sie mich wieder reiten, während ich sie fingerte und die sexuelle Qual in mir wachsen, erblühen und sich entfalten ließ. Ihre Bewegungen wurden wilder und ihr Stöhnen schwoll zu einer alarmierend öffentlichen Lautstärke an.

Sie warf den Kopf zurück und traf mich am Kinn, als ihre Muschi sich um mich zusammenzog, kraftvoll zuckte und meinen eigenen Orgasmus hervorrief.

Wir zitterten gemeinsam. Ich hielt meine Finger an ihrer Klitoris, während sie die Wellen ihres Höhepunkts ausritt. Ich hielt sie fest an meine Brust gedrückt und wollte sie dort behalten. Schließlich lag sie in perfekter Stille an mich gepresst, und ich hoffte, der Moment würde andauern.

Aber er verging. Bewegungen schlichen sich in ihre Muskeln, und sie wand sich, stand dann auf und entfernte sich von mir.

Ich beobachtete, wie sie ihr Höschen anzog und dann noch einen Schluck Fae Fizz trank.

Sie ließ sich auf den Sitz neben mir fallen, und ich klopfte auf meinen Schoß. »Dieser Platz ist noch frei, wenn du willst.«

Sie lachte, als ob ich scherzen würde, was ich nicht tat. »Danke, das war nett.«

Ich runzelte die Stirn. »Das war das Gegenteil von nett. Das war der beste verdammte Sex, den ich je hatte«, korrigierte ich sie.

Sie schenkte mir ein sexy Grinsen, und ich war überrascht von ihren klaren blauen Augen, die so unheimlich mit ihrem weißblonden Haar kontrastierten. Ihr Lächeln war wie ein Traktorstrahl, der mich gefangen nahm. »Ja, es war ziemlich gut. Sogar besser als Mangos.«

Sie stand langsam auf, als ob sie widerwillig gehen würde, und ich wollte nicht, dass sie geht. Zum ersten Mal war meine gute Laune nicht verflogen, war nicht nach drei Minuten verschwunden, selbst als ich an Sebarah dachte. Anders als die meisten Male, wenn ich versuchte, meine Trauer wegzuvögeln, war sie nicht zurückgekehrt, nachdem ich mein Sperma verspritzt hatte.

Diesmal war es anders. Ich fühlte mich seltsam im Frieden mit Sebs Tod und verrückt vernarrt in diese menschliche Frau. »Geh nicht.« Die Worte entwischten meinen Lippen, bevor ich sie aufhalten konnte. Ich war kein Mann, der bettelte, das war verdammt sicher. Es war normalerweise andersherum. Frauen sollten mir nachlaufen... Frauen *liefen* mir nach, oft mit Geschenken von gruselig beschmutzter Unterwäsche... ich lief ihnen nicht nach.

Sie zuckte mit einer Schulter. »Muss los. Leute treffen, Orte besuchen, du weißt schon.« Sie zögerte und beobachtete mich genau, als ob sie ihren Abgang hinauszögern würde. »Was ist deine Nummer?«

Meine Stirn runzelte sich. »Meine Nummer? Wie meine Lieblingszahl? Acht, schätze ich.«

Sie sah mich an und brach dann in Gelächter aus, das Wellen der Freude durch den Raum sandte. Ich konnte nicht anders, als zurückzulächeln.

»Wie heißt du?«, fragte sie.

Also wollte sie jetzt Smalltalk? Ich verschränkte die Arme vor der Brust und zeigte meine Bizepse. »Du weißt wirklich nicht, wer ich bin? Wie lange sagtest du, bist du schon hier?«

Sie biss sich auf die Lippe, und ich wünschte, sie würde stattdessen auf meine beißen. »Für immer«, sagte sie schließlich.

Dann ging sie. Sie ging einfach verdammt nochmal, lief zur Tür hinaus, ohne um mehr zu betteln, was überhaupt keinen Sinn ergab. Niemand verließ mich je nach dem Sex. Niemals. Ich war das Arschloch, das weglief.

Aber irgendwie war ich nicht genervt. Meine fröhliche Stimmung blieb wie der Duft von Lavendel in einem lila Feld, klebte an meiner Kleidung und Haut, selbst als ich zusah, wie sie wegging.

Neela

Ich torkelte aus der Bar, kaum fähig, mich aufrecht zu halten. Das war der beste Sex, den ich je hatte, Punkt.

Selbst als ich in die kühle Nachtluft hinaustrat, spürte ich noch seine Hände, die verzweifelt meine Hüften umklammerten, und seine Finger, die geschickt zwischen meinen Beinen arbeiteten.

Entweder war dieser Mann magisch, oder es war das Getränk. Ich lachte. Da ich mich tatsächlich in irgendeinem Reich der Genüsse namens Verda befand, wahrscheinlich beides.

Vielleicht hätte ich länger bleiben sollen, an seine Brust gepresst. Für einen langen Moment wollte ich nicht von seinem Schoß klettern, aber solche Gedanken waren etwas für Narren, die sich auf andere verließen, und ich war kein Narr.

Also war ich schließlich aufgestanden, und erst als ich etwas Abstand zwischen unsere Körper gebracht hatte, war ich in der Lage gewesen zu gehen. Ich musste von dort verschwinden, bevor der

Barkeeper mit meiner Rechnung kam, denn ich hatte nichts zum Bezahlen außer einem Höschen voller fae Sperma.

Dieser sexy Traummann hatte mich so abgelenkt, dass ich vergessen hatte, ihn nach Bargeld abzutasten. Vergessen, den Raum nach Zielen abzusuchen. Unfähig, irgendetwas anderes zu denken oder zu fühlen als seine Finger, seinen Schwanz, seinen Rücken und seinen warmen Atem, der in mein Ohr flüsterte.

Ich würde ihn wiedersehen. Ich vermutete, dass sie hier keine Handys hatten, da er mir sagte, seine Nummer sei acht, aber ich würde ihn irgendwie finden. Selbst wenn jede Fae in Verda so sexy wie der Teufel wäre, könnte keine von ihnen ihm das Wasser reichen.

Ich schlenderte durch die sauberen Straßen, weg von der Küste, und atmete den tiefen Blumenduft ein, der die Luft durchzog, selbst hier in der Stadt. Häuser und Ladenfronten wechselten sich ab, obwohl die Wohnhäuser überwogen, je weiter ich den Hügel hinaufging. Prächtige, stattliche Gebäude mit feinen Spitzendetails und bescheidene Wohnhäuser in lebhaften Lila- und Orangetönen, als wären sie aus dem Sonnenuntergang selbst gemacht.

Es sah zu gut aus, um wahr zu sein; soweit ich wusste, war es nur eine Illusion. Vielleicht hatte mich dieser fae Wein in eine tiefe Halluzination versetzt – das würde den umwerfenden Gott erklären, der aus dem Nichts aufgetaucht war und mir dann den Verstand weggevögelt hatte.

Also blieb ich wachsam und versuchte, auf der Hut zu bleiben. Ich war einmal getäuscht worden, von einer der kleineren Docklands-Crews, die mir gefolgt waren, alle meine Ziele gestohlen und mich über den Tisch gezogen hatten.

Seit dem Tag, an dem ich ihre Ärsche verlassen hatte, war ich nie wieder getäuscht worden, und ich hatte nicht vor, jetzt damit anzufangen.

Mein Tattoo führte mich stetig bergauf, und ich ließ es gewähren, folgte ihm gehorsam. Hoffentlich würde es mich zu einem Ort führen, an dem ich schlafen und sicher sein konnte, so wie es Joey dem Bullen Schläger in Hebes zu umgehen schien.

Die Anwesen wurden größer, je weiter ich mich vom Stadtzentrum entfernte, und schließlich blieb ich vor einer dunkelgrünen Hecke stehen, die mit winzigen rosa Blüten übersät war.

Ich sprach in mein Handgelenk, als wäre ich James Bond. »Ist es das? Willst du, dass ich unter dieser Hecke schlafe? Im Ernst? Kannst du nichts Besseres finden?«

Als ich näher trat, um eine Blume zu untersuchen, teilten sich die Blätter und enthüllten einen eleganten Torbogen, gesäumt von rosa Blüten.

Ich sprach wieder in mein Handgelenk. »Okay, gute Arbeit. Weiter so.«

Es war wohl das Beste, mit meinem dämonischen Tattoo auf freundschaftlichem Fuß zu bleiben. Außerdem konnte ich mir jederzeit Alkohol spritzen, wenn ich ihm nicht gehorchen wollte.

Dies war keine gewöhnliche Hecke. Sie war meterdick, und ein Weg öffnete sich vor mir, während ich hindurchwanderte, und schloss sich hinter mir wieder. Ein Teil von mir wollte umkehren und auf das nächste Boot nach Hebes springen, aber ich hatte mein ganzes Leben lang nach diesem Abenteuer gelechzt, also blieb ich dabei und setzte einen Fuß vor den anderen, während ich dem geheimnisvollen Pfad folgte. Es war irgendwie hell hier drin, obwohl es stockfinster war und die Hecke so dicht, dass nicht einmal helles Tageslicht hindurchdringen würde.

Die Blätter teilten sich und gaben den Blick auf ein wunderschönes Herrenhaus frei, so groß wie ein Ozeandampfer, aber millionenfach hübscher. Es war staubig rosa, und wenn ich die Augen zusammenkniff, sah es aus wie eine gigantische Rose mit einer Tür in der Mitte.

Ein fae Mädchen saß auf der Treppe vor der Haustür und sprang auf die Füße, als sie mich sah. »Ausgezeichnet, Sie sind endlich hier.« Sie streckte die Hand aus, um meine zu schütteln.

Ich lächelte. Das böse Armband hatte mich zu einem Ort geführt, mit dem ich arbeiten konnte. Dieser Blumenpalast musste voller Reichtümer sein, ich musste nur einen Weg an diesem Mädchen vorbei finden, um an sie heranzukommen. Ihr blassgrünes Haar war geflochten, und ihre grünen Augen waren so intensiv, dass ich ihrem Blick nicht standhalten konnte, ohne zu blinzeln.

Sie trug eine praktische Hose mit vielen Taschen und ein Tanktop, was sie mir sympathisch machte. Es machte mich auch vorsichtig ihr gegenüber, denn Menschen, die sich praktisch kleideten, waren schwerer zu täuschen als Idioten, die der Mode folgten.

»Ja, klar, ich bin hier«, wich ich aus, während ich überlegte, worauf dieses Gespräch hinauslaufen würde.

Sie schüttelte meine Hand und musterte mich dann von oben bis unten. »Sie sind klein für eine fae Prinzessin.«

Ich zog meine Hand zurück. »Und du bist groß für ein Eichhörnchen«, entgegnete ich.

Sie wirkte einen Moment lang überrascht, ihre hellgrünen Augen weiteten sich, dann brach sie in Gelächter aus. »Stimmt, aber Sie *sind* eine fae Prinzessin, und soweit ich weiß, bin ich mit keinem Wildtier verwandt.«

Ich neigte den Kopf. »Ich bin keine Prinzessin und ganz sicher kein Fae.«

Sie war größer als ich und beugte sich leicht vor, um mir in die Augen zu starren. Dann fuhr sie mit einem Finger an meinem runden Ohr entlang.

Ich schlug ihre Hand weg. »Hey! Was glaubst du, was du da tust? Lass mich in Ruhe.«

Ihr Blick blieb an dem an meinem Handgelenk tätowierten Schmuckstück mit seinem riesigen smaragdgrünen Auge hängen. Sie packte meine Hand und untersuchte es. »Das Armband hat Sie hierher gebracht«, bemerkte sie.

»Jap.«

»Dann sind Sie eine Fae-Prinzessin, Erbin des Hauses Flora.« Sie deutete auf das rosenförmige Gebäude hinter ihr.

Ich riss meine Hand weg. »Es war nicht mein Armband. Ich habe es gestohlen.«

Was war nur los mit mir? Warum vertraute ich mich als Diebin meinem nächsten Ziel an? Dieses Mädchen besaß ein Haus, das ich ausrauben wollte, und ich plapperte darüber, eine Kriminelle zu sein. Ich gab dem Tattoo die Schuld – ich verhielt mich seltsam, seit es sich an mich geheftet hatte.

Ich wappnete mich, um die Folgen meines dummen losen Mundwerks zu kontrollieren, aber sie zuckte nur mit den Schultern. »Ich verstehe, okay.«

Was für eine Reaktion war das denn, wenn dir jemand erzählte, dass er ein magisches Armband gestohlen hatte, das ihn ins Reich der Fae gebracht hatte? Sie nahm das viel zu gelassen hin, und ich begann zu vermuten, dass sie selbst eine kriminelle Vergangenheit hatte.

Sie drehte sich um, um die Treppe hinaufzugehen, hielt aber inne, als ich rief: »Wie heißt du?«

»Lizabet Frankel, aber die Leute nennen mich Liz.«

»Und wer bist du?«

Sie warf mir ein Grinsen zu. »Ich bin deine Begleiterin, *Prinzessin*.« Sie betonte den Titel sarkastisch.

Ich verschränkte die Arme vor der Brust und stemmte eine Hüfte heraus. »Lass mich das klarstellen. Dieses verdammte Armband ist an meinem Handgelenk tätowiert, damit alle denken, ich sei die Prinzessin.« Liz nickte. »Und was, wenn ich ihnen sage, dass ich es nicht bin?«

Liz legte einen Finger ans Kinn und tat so, als würde sie nachdenken. »Mal sehen, ein menschliches Mädchen taucht auf und erzählt allen, dass sie das floranische Armband von der wahren Prinzessin gestohlen hat... Ich glaube nicht, dass sie dir eine Party schmeißen werden, Schätzchen. Ich denke eher, sie werden dich in den Kerker werfen und langsam rösten, bis du stirbst.«

Mein Herz raste, als mein alter Kumpel, die Panik, in mir aufstieg. Als ich damals aus dem Waisenhaus abgehauen war und auf der Straße landete, war Panik mein engster Freund, mein ständiger Begleiter gewesen, aber ich war gut darin geworden, sie zu unterdrücken.

Ich atmete ein paar Mal tief durch und versuchte, klar zu denken. Ich musste hierbleiben. Ich könnte in diesem verdammten Blumenhaus leben, wenn ich meine Karten richtig ausspielte, und die Leute würden mich vielleicht sogar wie eine Prinzessin behandeln. Es war eine vorübergehende Lösung, aber ich konnte es durchziehen, während ich über etwas Längerfristiges nachdachte.

Ich legte eine Hand an meine Ohrmuschel. »Aber jeder kann doch sehen, dass ich ein Mensch bin, oder? Ich meine, ich könnte mir die Haare blau färben und mir falsche Ohren besorgen, schätze ich... «

Liz lachte. »Fae sind mehr als nur bunte Haare und spitze Ohren, Schätzchen. Wir sind auch stärker, haben besseres Sehvermögen, Gehör, Geruchs-, Geschmacks- und Tastsinn, können Zauber wirken und haben eine innere Kraft, die wir herbeirufen können.«

Klaaar. Der vorübergehende Plan wurde gerade noch viel vorübergehender. Ich konnte nicht länger als etwa fünf Minuten so tun, als wäre ich ein Fae. Ich ließ mich auf eine Stufe fallen, landete hart und prellte mir den Hintern, und Liz setzte sich behutsam neben mich.

Sie lehnte ihr Knie leicht gegen meines, was sich überraschend tröstlich anfühlte. »Niemand wird es für mindestens ein paar Wochen merken«, versicherte sie mir.

»Warum nicht?«

»Menschliche Technologie unterdrückt Fae-Magie. Niemand wird erwarten, dass deine Kräfte vor ein paar Wochen zu dir zurückkehren. Bis dahin bist du hier willkommen.«

Ich verengte die Augen, spürte einen Anflug von Misstrauen und rutschte von ihr weg, bevor ich fragte: »Warum hilfst du mir?«

Aus dieser Nähe sah ich, dass sogar ihre Augenbrauen blassgrün waren. Sie fuhr sich mit der Hand durchs Haar. »Ich lebe gern hier, es ist viel großartiger als mein altes Haus. Dad hat mir immer gesagt, ich hätte große Ambitionen, aber ich sehe nicht, was daran so falsch sein soll. Also bin ich hier, Begleiterin einer Prinzessin, die es nicht gibt.« Sie lehnte sich näher zu mir. »Es ist so was von langweilig«, gestand sie. »Ich meine, ich war froh, dass die mythische Prinzessin endlich angekommen war, damit ich mich weniger einsam fühle. Selbst feine Fae-Teppiche werden nach Monaten des einsamen Darüberlaufens langweilig.« Sie stieß wieder mit ihrem Knie gegen meins. »Und ehrlich gesagt bin ich sogar noch glücklicher, dass du nicht wirklich eine Prinzessin bist, weil ich sicher bin, dass die echte so interessant wie eine tote Fliege wäre.«

Bei jedem ihrer Worte musterte ich ihr Gesicht und suchte nach einem Anzeichen von Täuschung. Als jemand, der stolz darauf war, ein ausgezeichneter Menschenkenner zu sein und immer auf der Hut vor möglichen Betrügereien, sah ich in ihrem Blick nichts als Aufrichtigkeit.

»Kann ich dich immer fragen, wenn ich etwas wissen muss? Also, wirst du mir helfen zu bleiben?« Mann, es schmeckte wie Asche, um Hilfe zu bitten, und wenn sie mich abwies, würde ich nach drinnen rennen, alles mitnehmen, was ich tragen konnte, und mir dann ein anderes Versteck suchen.

Jetzt war sie an der Reihe, mich zu mustern, und mein Herz klopfte, während ich auf ihre Antwort wartete. »Nur soweit es mich nicht in Schwierigkeiten bringt«, sagte sie, und ich nickte zustimmend. Damit konnte ich arbeiten.

Wir schüttelten uns die Hände, um den Deal zu besiegeln. Mit dieser Vereinbarung war ich offiziell eine falsche Fae-Prinzessin. Lasst es uns angehen.

Neela

Es ließ sich nicht leugnen, dass ich ein bisschen angetrunken war. Entweder das, oder die Wände in diesem Palast wogten und schwankten tatsächlich.

»Gibt es irgendwo einen Platz, wo ich schlafen kann?«, fragte ich die Fae-Adelsbegleiterin Liz, die mir aus irgendeinem Grund gerne half. Sie hatte mir gesagt, es sei aus Langeweile, und ich glaubte es ihr. Langeweile konnte ein mächtiger Antrieb sein.

»Ob es einen Platz gibt, wo die floranische Prinzessin schlafen kann? Ja, ich denke, wir werden es schaffen, ein Zimmer zu finden«, sagte sie trocken.

Sie führte mich die Treppe hinauf in ein riesiges Schlafzimmer. Ernsthaft, man könnte dort eine Party feiern und hätte immer noch genug Platz zum Schlafen.

Es war auch wunderschön. Kaskaden von Efeuranken und Blüten wanden sich an den Säulen eines Himmelbetts empor, das mit fließenden, staubrosafarbenen Seidenvorhängen drapiert war. Große Fenster ließen kühles Mondlicht herein, das filigrane Schnitzereien an den Holzwänden hervorhob – winzige geflügelte Fae und Kobolde, die tanzten.

»Wird das genügen, Prinzessin?«, fragte Liz. Ihre grünen Augen blitzten schelmisch, und ich konnte nicht sagen, ob ich sie verabscheute oder mochte. Die Zeit würde es zeigen.

»Klar, ich denke schon.«

Liz stand da und beobachtete mich, also scheuchte ich sie mit einer wegwerfenden Geste fort, was sie viel besser aufnahm, als ich es getan hätte – sie runzelte nur die Stirn, fluchte aber nicht und ließ mich allein.

»Heilige Scheiße im Wald«, erklärte ich, als ich mich aufs Bett setzte. Es war weich und roch beruhigend nach Meeresgischt, dem Duft, der mein ganzes Leben lang präsent gewesen war. Vielleicht hatte es dieses Aroma extra für mich gewählt.

Ich streifte meine Schuhe ab und kuschelte mich unter die Decken, zu müde und angeheitert, um noch mehr zu erkunden.

Doch früh am Morgen sprangen meine Augen auf, und Adrenalin schoss durch meine Adern. Was zum Teufel machte ich hier, lag herum und spielte Prinzessin? Konnte ich dieser Liz-Tussi wirklich vertrauen? Vielleicht war sie gerade dabei, die Behörden zu rufen. Ich sollte diesen Palast auskundschaften und anfangen, an meinem Notfallplan zu arbeiten – dem, bei dem ich ein paar teure Sachen klaute und überlegte, wo ich sie verkaufen könnte.

Bloße Füße waren am besten zum Schleichen geeignet, also ließ ich meine Stiefel neben dem Bett stehen und öffnete langsam meine Zimmertür. Sie war nicht abgeschlossen, also war ich zumindest kein Gefangener. Das war schon mal ein guter Anfang.

Zeit, den Rosenpalast zu erkunden. Ich begann ganz oben und arbeitete mich methodisch nach unten vor. Der höchste Raum, wo sich die Rosenknospe befinden würde, hatte eine hohe, gläserne Kuppeldecke, durch die Mondlicht hereinströmte. Ich konnte mir praktisch vorstellen, wie Grafen und Damen walzten, mit einem Streichquartett in der Ecke. Das musste der Ballsaal sein, entschied ich. Aber es gab keine Nippes, die ich einstecken konnte, nur riesige, goldgerahmte Porträts von ernst dreinblickenden Fae mit einer Palette bunter Haare.

Die nächste Etage darunter, der dritte Stock, beherbergte mein Schlafzimmer und eine Menge anderer Räume. Als ich in ein paar davon spähte, sah ich, dass es alles Schlafzimmer waren, aber ich wollte nicht weiter herumschnüffeln, falls ich auf Liz stoßen und sie aufwecken würde. Das musste ich mir für später aufheben, wenn sie einen Botengang machte.

Das zweite Stockwerk hatte einen anderen Grundriss, mit Korridoren am Rand und Zimmern in jedem Blütenblatt, das davon abzweigte. Die Fenster waren verzaubert und ließen einen goldenen Schimmer herein, als ob die Sonne immer schiene.

Als ich meinen Kopf in einen der Räume innerhalb der riesigen Blütenblätter steckte, sah ich den Thronsaal mit großen Fenstern, die Mondlicht hereinließen, und einem Kristalllüster, von dem Tausende winziger Regenbögen herabtropften. Ärgerlich war, dass es nichts gab, was ich stehlen konnte, ohne einen Gabelstapler oder einen Kran zu mieten, also ging ich weiter.

Aus Gewohnheit spähte ich um Ecken, bevor ich vorwärts marschierte, obwohl ich weit weg von Joey dem Bullen war. Als ich die Tür zum nächsten Blütenblattraum knarrend öffnete, stockte mir der Atem. Er war riesig, mit Kurven und Spitzen, als wären wir in einem gigantischen Blütenblatt, und jede Wand war mit Büchern gesäumt.

Ich keuchte, ein buchstäbliches, lautes Keuchen. Ich hatte noch nie so viele Bücher gesehen. Sie waren in Leder gebunden, mit Goldschrift und kunstvollen Coverdesigns. Ich ging auf eines der Regale zu, tappte über den kalten Marmorboden und ließ meine Hand über die Buchrücken gleiten. Sie waren in einer Sprache geschrieben, die ich nicht verstehen konnte, aber die Titel waren faszinierend.

Ich fühlte mich fast schuldig, hier zu sein, wie ein Eindringling in der Lebensgeschichte eines anderen. Aber andererseits, wenn die Fae mich durch das verzauberte Tattoo hierher zwangen und mich dumm aussehen ließen, hatten sie es verdient.

Als ich die gegenüberliegende Seite erreichte, bemerkte ich einen kleinen Tisch mit einer Feder und einem Tintenfass. Wie altmodisch. Ich nahm die Feder, tauchte sie in Tinte und schrieb zögernd meinen Namen auf die leere Seite eines der Bücher. Es war eine alberne Sache, aber ich konnte nicht widerstehen. Ich fühlte, als würde ich eine Spur hinterlassen, ein kleines Stück von mir selbst an diesem magischen Ort.

Die Zeit stand still in diesem Raum, und ich verlor mich in der Schönheit der Bücher.

Beim Durchblättern schienen die Seiten aus verzaubertem Papier zu bestehen, das im goldenen Licht schimmerte, und die Schrift darin tanzte über die Seite, als wäre sie lebendig. Sie blieb nicht lange genug still, dass ich sie lesen konnte.

Ich war so vertieft in die Bücher, dass ich die Schritte hinter mir nicht hörte, bis es zu spät war. Ich drehte mich um und sah Liz hinter mir stehen, die Arme verschränkt und ein finsteres Gesicht. »Was machst du hier?«

Ich versuchte, selbstsicher zu wirken und stemmte eine Hüfte heraus. »Ich wohne hier.«

Liz' Stirnrunzeln vertiefte sich. »Du wohnst nicht in der Bibliothek der Flüsternden. Du schnüffelst herum.«

Während wir sprachen, schienen die Bücher um uns herum zu murmeln und erfüllten den Raum mit ihrem unheimlichen Echo. Dieser Ort machte seinem Namen wirklich alle Ehre.

»Das ist ein toller Name«, sagte ich.

»Es ist ein praktischer Name«, korrigierte Liz. Ich betrachtete ihren Schlafanzug, der genauso zweckmäßig war wie ihre Tageskleidung. Hose, Hemd, eine Tasche, keine Schnörkel. Er war in einem Mintgrün, das ihr Haar und ihre Augen betonte.

»Dasselbe«, sagte ich, und ihr Gesichtsausdruck wurde weicher, ihr Kiefer entspannte sich leicht, ihre Stirn glättete sich.

»Ich nehme an, das stimmt«, sagte sie, wobei ihr Blick zu dem Buch in meinen Händen huschte. »Du solltest diese Bücher nicht anfassen, sie sind gefährlich.«

»Gefährlich?« Meine Augenbrauen schossen nach oben. »Was meinst du damit?«

»Die Verzauberungen auf diesen Büchern sind alt und mächtig. Sie können deinen Verstand beeinflussen, dich Dinge sehen lassen, dich Dinge tun lassen, die du normalerweise nicht tun würdest.«

»Na, das ist ja überhaupt nicht beängstigend«, murmelte ich und stellte das Buch zurück ins Regal. Es war jedoch enttäuschend. Die Bücher hatten so magisch gewirkt, so voller Verheißungen. Aber sie waren nur eine weitere Gefahr, die es zu vermeiden galt. Trotzdem könnten sie auf der Straße gutes Geld bringen.

»Komm«, sagte Liz und deutete mir, ihr zu folgen. »Lass uns zurück in dein Zimmer gehen. Es ist nicht sicher, zu dieser Nachtzeit im Palast herumzuwandern.«

»Wie beruhigend und erholsam«, sagte ich trocken. »Ich werde jetzt sicher tief und fest schlafen.«

Ich zögerte, wollte mehr erkunden. Aber die Müdigkeit siegte. Es würde noch genug Zeit geben, die Geheimnisse des Rosenpalastes zu entdecken, aber jetzt brauchte ich Schlaf.

An der Schwelle meines Zimmers drehte sich Liz weg. Sie ging ein paar Schritte, dann rief sie über ihre Schulter mit einem letzten Ratschlag, der mich endgültig entscheiden ließ, dass ich sie wirklich mochte. »Wenn du etwas stiehlst, werde ich dich aufspüren und bei lebendigem Leib verbrennen.« Ihr Ton war leicht, aber ich glaubte ihr.

Ich schnaubte. Liz war ein Mädchen nach meinem Geschmack. Jemand, mit dem ich arbeiten konnte.

Ronan

Ich schlief im Seehaus, weil ich Raum zum Nachdenken brauchte.

Meine gute Laune hielt bis zum Morgen an, und ich verbrachte die ganze Nacht damit, von dieser fauchenden und sich windenden Streunerin zu träumen, die wie eine Göttin gevögelt hatte. Ich würde Ransto beauftragen, ihren Aufenthaltsort ausfindig zu machen, damit ich sie wieder kontaktieren könnte, aber vorerst wollte ich sie für mich behalten, ganz allein in meinen Gedanken und Erinnerungen.

Erst als ich durch den Orangenhain schlenderte, um den Mondweg nach Hause zu nehmen, verschlechterte sich meine Stimmung. Dies waren Sebs Bäume, und dies sollte Sebs Moment sein, aber er war tot, und es war meine Schuld.

Der Mantel der Schuld lastete schwer auf meinen Schultern, als ich nach Hause joggte, um mich in Jeans und T-Shirt umzuziehen. Ich hatte versprochen, in der Nacht seines Todes da zu sein, aber ich war stattdessen zu beschäftigt mit Gabrelle gewesen, heimlich hinter dem Rücken unserer Freunde, und die Zeit war mir davongelaufen.

Ich war nicht in der Bar aufgetaucht und war nicht da gewesen, als diese Unseelie-Bastarde ihn überfallen hatten. Ich konnte mir das nie verzeihen.

Ich zog mich schnell um und machte mich dann wieder auf den Weg. Ein weiterer privater Mondweg führte von meinem Anwesen zum Rosenia-Wald. Private Mondwege zu haben, war eines der Privilegien des Königshauses, da wir die besten Zauber-Weaver unserer Zeit herbeirufen – und uns leisten – konnten.

Während die Welt neben mir verschwamm, als ich joggte, ballten sich meine Hände zu Fäusten, als ich mich an jene Nacht erinnerte, in der ich mit Gabrelle gevögelt hatte, anstatt meinem besten Freund den Rücken zu decken, und meine Hitze war immer noch hoch, als ich in der Nähe der Lichtung auftauchte.

Auf der Lichtung, wo der Unterricht stattfand, fleckten Sonnenstrahlen den weichen Waldboden, und Ranken und Blumengirlanden hingen wie Dekorationen herab.

Gabrelle war bereits hier, ihr zartrosa Haar stand in dramatischem Kontrast zu ihrer dunkelbraunen Haut. Sie trug einen tiefvioletten Jumpsuit, der ihre Kurven an allen richtigen Stellen betonte. Normalerweise hob mich der Anblick meiner Freunde für einen Moment, aber Gabrelles Nicken und das Funkeln in ihren hellrosa Augen drückten meine Schuld nur noch schwerer auf meine Schultern.

Sie saß mit ihren langen, wohlgeformten Beinen übereinandergeschlagen auf einer Steinbank, die von Begonien überwuchert war und, wie ich wusste, weitaus bequemer war, als sie aussah. Sie zog mich mit ihrem Blick aus. »Du siehst aus, als hättest du kürzlich Vergnügen gehabt«, sagte sie und leckte sich die Lippen. »Aber so traurig. Wer auch immer sie war, muss langweilig gewesen sein.«

Meine Gedanken flogen zurück zu dieser sich ständig bewegenden Streunerin, die sich wand und fauchte und mich härter machte als je zuvor. »Das geht dich nichts an«, schnauzte ich.

Gabrelle kreuzte und entkreuzte ihre Beine. Ich wusste, dass sie nicht versuchte, sexy zu sein, es war einfach eine Gefahr ihrer Kräfte, ein Nebenprodukt ihrer Abstammung, eine Falle des Handwerks. Erstens war sie die Erbin des Hauses Allura, des Hauses der Schönheit. Zweitens war Gabrelles Mutter zu Lure und ihr Vater zu Stealth aufgestiegen, was bedeutete, dass beide Eigenschaften stark durch das Blut meiner Freundin flossen, obwohl sie noch nicht zu ihrer vollen Kraft aufgestiegen war.

Theoretisch konnten Fae wählen, zu welcher Kraft sie aufsteigen wollten. Allerdings war der Aufstieg wahrscheinlicher erfolgreich – und mächtiger –, wenn man etwas wählte, das mit den natürlichen Fähigkeiten übereinstimmte.

Und Gabrelles natürliche Lure konnte nicht klarer sein. Selbst ohne aufgestiegen zu sein, konnte sie anfällige Männer und Frauen in ihren Bann ziehen und sie dazu bringen, alles zu tun, was sie befahl.

Glücklicherweise kannte ich sie seit Jahrzehnten, und die langfristige Exposition hatte meine Abwehr gestärkt.

Gabrelle drehte den Kopf und entblößte ihren eleganten, makellosen Hals. »Ich habe Neuigkeiten, die dich interessieren könnten.«

Ich lehnte mich gegen eine dichte Hecke, die sich um meinen Körper schmiegte, um mich zu stützen. »Ich bezweifle es.« Ich wusste, dass ich mürrisch war, aber ich war nicht in der Stimmung für müßigen Klatsch.

Gabrelles dicke Wimpern umrahmten ihre rosa Iris perfekt, als sie langsam blinzelte. Ihre Augen funkelten schelmisch, und ich konnte sehen, dass sie im Begriff war, einigen Klatsch zu teilen. »Du wirst es nicht glauben, aber das floranische Armband wurde beansprucht.«

Ich spannte mich an und zerquetschte Zweige in meinen Fäusten, als sie fortfuhr. »Die Prinzessin wird uns heute Gesellschaft leisten.«

Jedes Jahr traten die Erben der verdanischen Throne in einer Reihe von Prüfungen gegeneinander an, um Punkte für ihr Haus zu sammeln. Das Haus mit den meisten Punkten würde letztendlich den höchsten Rang bei der Herrschaft einnehmen.

Soweit die meisten anderen Reiche wussten, war Verda eine perfekte Oligarchie mit fünf gleichberechtigten Häusern. Aber in der Praxis funktionierte das nicht. Abstimmungen von drei gegen zwei waren schön und gut, aber wenn die stärkeren Fae in der Minderheit waren, endete es unweigerlich irgendwann in einer Kriegserklärung.

Die Geschichte war voll von Beispielen aus der Zeit vor den Prozessen, aber schließlich wurde das Gerichtssystem entwickelt, und in den tausenden von Jahren seither war das Gericht von Verda friedlich.

Diese Prüfungen waren also wichtig. Bisher war ich am höchsten eingestuft, genauso wie meine Eltern unter ihren Gleichaltrigen am höchsten eingestuft waren. Ich hatte vor, ihnen in die Vorrangstellung zu folgen.

Diese Lektionen waren auch aus einem anderen Grund wichtig. Sie halfen uns nicht nur, die für die Wettbewerbsprüfungen erforderlichen Fähigkeiten zu entwickeln, sondern auch für Gaias ultimativen Test.

Gaia, die Erdgöttin, die die fünf Seelie-Reiche erschuf, bildete das Gegengewicht zu Mortia, dem Vater des Todes, der das Unseelie-Reich erschuf.

Gaia erlaubte keinem Monarchen zu herrschen, wenn sie ihn für unwürdig befand. In Verda tat Gaia dies durch den ultimativen Test. Wir konnten nicht herrschen, wenn wir versagten, selbst nach dem Tod unserer Eltern.

Die Usurpatorin der floranischen Krone, diese sogenannte Prinzessin, die das floranische Armband beansprucht hatte, würde bei Gaias ultimativem Test durchfallen. Dafür würde ich verdammt nochmal sorgen. Ihre Ankunft markierte den Beginn meiner Mission, sie zu vernichten.

Ein Krachen durch die Bäume aus dem Nordosten verriet mir, dass Leif kam. Er war der am wenigsten subtile Fae, den ich kannte, und so ungeschickt wie ein Hund.

Er stürmte in seiner Wolfsgestalt direkt auf mich zu und schnüffelte an meinem Schritt, also schlug ich ihm hart auf seine haarige Schnauze.

Er verwandelte sich in seine Fae-Gestalt und rieb sich die Nase. »Was zum Teufel, Alter?«

»Schnüffle nicht an meinem verdammten Schwanz herum«, knurrte ich.

Leif zog sich eine Jogginghose an, die Gabrelle ihm zuwarf, und rieb sich dann wieder die Nase. »Das ist eine übliche Wolfsbegrüßung, das weißt du doch.«

Ich lehnte mich in meinen Heckensessel zurück. »Und ich bin kein Wolf. Das ist dir vielleicht aufgefallen.«

Er trat vor, um meine Schulter zu reiben, aber ich schlug seine Hand weg, und er wimmerte. »Es ist nicht meine Schuld, Alter. Ich dachte, du riechst nach Mensch, und ich musste sichergehen.« Er wandte sich an Gabrelle. »Und nur fürs Protokoll, ich hatte Recht. Sein Schwanz riecht nach Mensch.«

In seiner Wolfsgestalt war Leifs Nase unschlagbar. Die meisten Fae waren geschickt darin, Gerüche wahrzunehmen, aber anscheinend konnten Wölfe eine Spur von Mensch an mir riechen, selbst nachdem ich geduscht und mich eingeseift hatte.

Gabrelle glitt von ihrem Sitz herunter, und Leif starrte sie dabei unverhohlen an. Ich war ziemlich sicher, dass die beiden nie miteinander geschlafen hatten, aber mit ihrem Lure-Erbe und ihm als Erben der Unzucht vibrierten sie förmlich vor Elektrizität.

»Das erklärt, wie langweilig sie im Bett war«, sinnierte Gabrelle.

Die Empfindung dieser menschlichen Frau, die sich auf meinem Schoß wand, durchfuhr mich, und wenn ich allein wäre, könnte ich allein vom Gedanken daran kommen. »Ja, wirklich langweilig«, log ich.

Der Geruch von geröstetem Knoblauch und frisch gebackenem Brot traf mich, und Dion schritt in die Lichtung, seine Haare und Augen an diesem Morgen hellbraun.

»Knoblauchbrot zum Frühstück, Alter?« schnüffelte Leif. »Sag mir, dass du auch was für mich mitgebracht hast.«

Dion war vor Jahren aufgestiegen, und niemand war überrascht, als er Magirus wählte. Wie jeder andere Magirus änderten sich Dions Haare, Augen und Geruch passend zum letzten, was er gegessen hatte. Ihn nach dem Verzehr von Fischsuppe zu erwischen, war eine Qual.

»Nichts für dich, Kumpel. Aber verdammt, es war so gut.« Dion ließ sich auf eine pralle Matratze aus Jasmin fallen.

Leif trottete hinüber und schnüffelte an Dion, dann leckte er glücklich seinen Arm, was Dion zuließ. Er ließ diesen Hund mit allem davonkommen.

»Die neue Prinzessin kommt heute«, sagte Gabrelle seidig, warf ihr langes rosa Haar zurück und zog Leifs Blick auf sich.

Ich riss einen Zweig von meinem Sessel ab. »Nenn diese Schlampe nicht Prinzessin. Sie mag wie eine Fae aussehen, aber sie wird nie eine Fae sein. Sie wurde im Sterblichen Reich geboren und aufgezogen, wo sie hingehört.«

Leif ließ sich neben Dion auf die Jasminmatratze sinken. »Sie wird nicht wie eine Fae aussehen, Alter. Sie war zu lange im Sterblichen Reich, also wird sie wie ein Mensch aussehen. Es wird super seltsam sein, eine aus der Nähe zu sehen.«

Verdammt, er hatte Recht. Menschliche Technologie unterdrückte Fae-Magie, also würde sie wie eine gewöhnliche Frau aussehen.

Ich sank tiefer in meinen Sessel, als ein Pochen in meinen Ohren begann und ich mich an letzte Nacht erinnerte. Hatte ich das vermasselt?

Das Geräusch brechender Äste hallte durch den Wald und kündigte jemandes Ankunft an. Eindeutig kein Wolf, nach dem Lärm zu urteilen, den es machte, sondern irgendein unkoordiniertes Geschöpf, das sich wie ein Rhona vorwärts schleppte, unfähig, mit der stillen Eleganz einer Fae zu gehen.

Gabrelle stand bereits, lehnte sich gegen den Steinvorsprung, und Dion und Leif erhoben sich ebenfalls.

»Das muss die Flora-Tussi sein«, sagte Leif und stieß Dion an, der sich die Lippen leckte, und ein sanftes Lächeln legte sich auf Gabrelles schönes Gesicht. Alle drei waren aufgeregt, die floranische Schlampe zu treffen, damit wir unseren Plan in die Tat umsetzen konnten, sie zu Fall zu bringen.

Mit bleiernen Gliedern kam ich auf die Füße, als der unbeholfene Mensch in Sicht kam.

Stachelige blonde Haare, verblüffend blaue Augen, klein, mit schlanken Muskeln.

Meine sich windende, fauchende Streunerin. Sie stand vor uns als die Prinzessin des Hauses Flora.

Mann, ich steckte in Schwierigkeiten.

Neela

Ich ging so vorsichtig wie möglich durch den Wald und versuchte, mich wie eine fae Prinzessin zu bewegen, ohne Blätter unter meinen Füßen zu zertreten. Ich machte meine Sache verdammt gut.

Nach meiner frühmorgendlichen Erkundung rund um die Bibliothek der Flüsternden hatte ich die ganze Nacht durchgeschlafen. Das Bett war so verdammt bequem, dass ich tagelang hätte schlafen können.

Das Kribbeln in meinem Handgelenk weckte mich bei Tagesanbruch, ignorierte mich unverschämt, als ich mir ein Kissen über den Kopf legte und ihm sagte, es solle sich verpissen, und nervte mich so lange, bis ich aufstand.

Ich wusste, dass mein Leben als falsche fae Prinzessin beginnen würde, also zog ich das rüschigste Kleid an, das ich im Kleiderschrank finden konnte, eine Explosion aus hellblauem Chiffon, auf die Cinderella stolz wäre. Dazu trug ich ein Paar Riemchensandalen, in denen ich kaum laufen konnte, die mich aber perfekt aussehen ließen.

Liz wartete unten auf mich und unterdrückte ein Lachen bei meinem Outfit. »Möchtest du etwas Hilfe damit?«, fragte sie und fuhr mit einem spöttischen Finger durch die Luft.

Ich sträubte mich. Ich hatte mein ganzes verdammtes Leben lang auf mich selbst aufgepasst und brauchte keine Hilfe von irgendeinem voreingenommenen fae Mädchen.

»Nein«, fauchte ich, schnitt mir ein Stück von einem dampfenden Brotlaib ab und ignorierte den Toast, den sie bereits vorbereitet hatte. »Ich bin durchaus in der Lage, selbst ein Outfit auszusuchen.« Ich wusste, wie Prinzessinnen aussahen, und ich würde das verdammt nochmal alleine herausfinden.

Liz beobachtete mich ein paar Augenblicke beim Kauen, bevor sie den Mund öffnete. »Es ist nur, dass –«

»Gar nichts«, schimpfte ich. »Lass mich in Ruhe.«

Sie lehnte sich gegen die Küchentheke und warf ihre blassgrünen Zöpfe über die Schultern, mit einem breiten Grinsen im Gesicht. »Wie du meinst.«

Jetzt, als ich durch diesen überwucherten Wald lief, verstand ich. Diese Riemchensandalen waren nicht zum Schleichen durch Wälder gedacht, und widerspenstige Äste verhakten sich ständig in meinen hellblauen Chiffonrüschen. Verdammte Liz und ihr verdammtes selbstgefälliges Grinsen.

Ich verlangsamte meinen Schritt, als ich jemanden auf einer Lichtung vor mir bemerkte. Eine Frau lehnte an einer mit Efeu bewachsenen Steinmauer und beobachtete, wie ich näher kam. Sie war das schönste und verführerischste Wesen, das ich je gesehen hatte. Zartrosa Haare umspielten ihre nackten braunen Schultern, und ein tiefvioletter Jumpsuit schmiegte sich wie flüssiges Glas an ihre Kurven.

Sie war atemberaubend. Normalerweise stand ich nicht auf Frauen, aber für sie würde ich eine Ausnahme machen.

Sie beobachtete mich mit einem leicht amüsierten Lächeln, das mich spüren ließ, dass alles, was ich sagte oder tat, zu ihrer Unterhaltung dienen würde. Und ich war gerne bereit, dem nachzukommen. Etwas an ihr zog mich an, und ich wollte direkt auf sie zugehen und ihre beste Freundin werden oder vielleicht ihre Geliebte.

Es war nicht nur ihre Attraktivität oder ihre entspannte Haltung, die Macht ausstrahlte; etwas anderes zog mich an, und es kostete mich jede Unze meiner Willenskraft, nicht über die Lichtung zu laufen und sie zu umarmen oder zu lecken oder etwas anderes zu tun, das ich später bereuen würde.

Sie musste Gabrelle aus dem Haus Allura sein. Die einzige Frau unter den Erben.

Ich warf die Schultern zurück und versuchte auszusehen, als gehörte ich hierher. »Ich bin Neela«, sagte ich. Gabrelle neigte den Kopf ein wenig, sagte aber nichts.

Neben ihr standen zwei große, muskulöse Männer, die pure Männlichkeit ausstrahlten. Der größere Fae hatte langes silbernes Haar, glänzende silberne Augen und trug eine hellgraue Jogginghose ohne Hemd, mit einem selbstgefälligen Grinsen auf seinem blassen Gesicht. Nach dem, was Liz mir erzählt hatte, vermutete ich, dass dieser Typ der Wolfsgestaltwandler aus dem Haus Caro war, dem Haus der Sinnlichkeit.

Gestern Abend hatte Liz mir bei heißer Schokolade eine kurze geopolitische Lektion erteilt. Das Reich von Verda hatte fünf herrschende Häuser, jedes einem anderen Aspekt des Genusses gewidmet, und die Wolfsgestaltwandler leiteten das Haus der Sexualität. Der silberhaarige Mann war nicht so schön wie Gabrelle, aber ihn anzusehen ließ meine Muschi vor Verlangen pochen, und ich wusste, dass ich mich von ihm fernhalten musste.

Der andere Mann hatte hellbraune Augen und Haar, das sein Gesicht in weichen Locken umrahmte und seine Ohren bedeckte. Er hätte als Mensch durchgehen können, wäre da nicht seine perfekte Reglosigkeit gewesen. Er hatte eine mediterrane Ausstrahlung, dicke Augenbrauen und ein breites, kantiges Kinn.

Ich konnte nicht sagen, ob er Ronan oder Dion war. Angeblich war Ronan der Attraktivere von beiden, und dieser karamellhaarige, lockige Fae war definitiv begehrenswert.

Dann stand der vierte Fae auf, und mein Herz blieb stehen. Das Blut hörte auf, durch meine Adern zu fließen, und pochte stattdessen in meinen Ohren.

Scheiße, verdammte Scheiße. Der Kerl von gestern Abend. Dieser fae Wein hatte mich doch nicht halluzinieren lassen. Er existierte wirklich. Der heißeste Typ im Universum, mit seinen rabenschwarzen Haaren und endlosen schwarzen Augen. Und er war genau hier.

Sein weißes T-Shirt spannte sich über seine Brust- und Armmuskeln, und ich wusste nicht, welchen Teil von ihm ich zuerst in mich aufsaugen sollte. Er war der Heißeste von allen. Ronan Mentium. Der Fae, mit dem ich gevögelt hatte.

Mein Herz fing wieder an zu schlagen, und ich erinnerte mich, wie man atmet. Also stemmte ich eine Hüfte raus und versuchte, eine flirtende Begrüßung zusammenzubasteln.

Aber als Ronan mich sah, fiel sein Gesichtsausdruck in sich zusammen, und mein Herz stürzte gleich mit ab.

Eine tiefe Finsternis grub sich in seine Züge und verwandelte seine kohlschwarzen Augen in erbarmungslose schwarze Löcher.

Ich konnte meinen Blick nicht von ihm abwenden. Er hatte die ganze magnetische Schönheit von gestern Nacht, aber nichts von der Freundlichkeit.

»Du Schlampe«, knurrte er, als hätte ich ihn verführt und reingelegt, und ich schätze, er hatte Recht. Nicht was die Verführung anging, aber das Täuschen. Das war der Grund, warum ich hier war.

Ich gab nur vor, diese Prinzessin zu sein. Das verdammte Armband gehörte mir nicht; ich hatte es gestohlen. Also ja, ich verdiente seine Verachtung, denn dies war ein Spiel der Täuschung, und er war mein Bauer.

Alle vier Fae checkten mein tätowiertes Armband mit unterschiedlichen Graden an Subtilität. Gabrelles Blick verweilte einen Moment länger an meinem Handgelenk als anderswo, als sie mich von meinen Riemchensandaletten über mein lächerliches Kleid bis zu meinen stacheligen Haaren musterte.

Dion leckte sich die Lippen, als seine Augen mein Handgelenk fanden, als wäre das Armband eine leckere Mahlzeit. Leif Caro starrte darauf und grinste, wobei er Dion mit der Schulter anstieß.

Ronan blinzelte nur. »Das hattest du gestern Nacht nicht an«, knurrte er.

Wer zum Teufel glaubte er, wer er sei? Ich war mit einem simplen One-Night-Stand zufrieden gewesen und hatte nicht um die Komplikation gebeten, im selben Kurs oder was auch immer das hier war zu landen. Er hatte kein Recht, ein Arschloch zu sein.

Ich legte eine Hand auf meine ausgestreckte Hüfte. »Letzte Nacht hattest du deinen Kopf bei anderen Dingen.«

Gabrelle hob eine Augenbraue, und Leif stieß einen Jubelschrei aus, der fast wie ein Heulen klang. Dann beugte er sich vor, um dem dunklen Prinzen etwas zuzuflüstern.

Ich schritt in die Mitte der Lichtung und weigerte mich, einen Moment länger am Rand zu stehen. Alle vier Augenpaare beobachteten mich. Es gab keine Tische oder Stühle, nur eine Reihe wunderschöner, aber seltsam geformter blühender Büsche und herabhängende grüne Ranken, die mit Blumen geschmückt waren.

»Was ist das für ein Ort?«

Gabrelle verengte ihre Augen. »Interessant, dass du das nicht schon weißt.«

Scheiße. »Warum sollte ich das wissen? Ich habe mein Leben in Hebes verbracht. Ich weiß nichts über eure fae Welt... äh, unsere Welt«, sagte ich und beeilte mich, meinen Arsch zu retten.

Meine Unwissenheit über Verda schien Ronan zu irritieren, und sein Stirnrunzeln vertiefte sich zu offener Abneigung. Er ließ sich auf eine Hecke fallen. Hoffentlich würde er direkt hindurchstürzen und auf seinen Hintern in den Dreck fallen, aber leider hielt sie sein Gewicht. »Sie ist eine unwissende Menschenfrau. Sie weiß gar nichts.«

Wow, seine wahre Natur zeigte sich hell und verflucht deutlich. »Tatsächlich bin ich eine fae Prinzessin, die dir eines Tages in den Arsch treten wird, Ronan. Ich muss nur erst ein paar Details klären.«

Wenn er ein fae Prinz und gleichzeitig ein kompletter Vollidiot sein konnte, dann konnte ich ein Drecksack und eine vorgetäuschte Prinzessin sein. Ich musste keine königlichen Allüren an den Tag legen oder dumme Chiffonkleider tragen, ich konnte ich selbst sein. Sie würden es nicht besser wissen.

Diese Gruppe verwöhnter Gören dachte, sie würde die Welt und jeden darin beherrschen, aber ich würde ihren Scheiß nicht hinnehmen. Zumindest nicht für die nächsten paar Wochen. Dann würde ich verdammt schnell einen Plan B brauchen.

Gabrelle und Dion beobachteten mich emotionslos, sodass ich nicht sagen konnte, ob sie meine Prinzessinnennummer abkauften, aber Leif kicherte, als ich Ronan fertigmachte. Vielleicht war dieser Wolf ein potenzieller Verbündeter… oder er stand einfach auf Konflikte.

Ich bewegte mich, um mich auf einen Busch zu setzen, der mit winzigen orangefarbenen Beeren bedeckt war, und hoffte wie die Hölle, dass er mich tragen würde und ich nicht vor diesen höhnischen Schnöseln auf die Fresse fallen würde. Er tat es, hurra. Er hielt nicht nur mein Gewicht, sondern ordnete sich auch neu an, um mich ergonomisch zu stützen.

Leif kam und hockte sich neben mich, seine nackte Brust nur Zentimeter von meinem Gesicht entfernt. Es wirkte zunächst freundlich, aber dann traf mich ein sexueller Impuls, als hätte er eine verdammte Lustkanone abgefeuert. Es begann zwischen meinen Schenkeln und breitete sich über meine Haut aus, sodass jeder Zentimeter von mir empfindlich wurde. Ein teuflisches Glitzern leuchtete in seinen Augen auf, das mir nicht gefiel. Er benutzte seine innere Kraft gegen mich, überschwemmte mich mit Verlangen, und ich wette, jeder einzelne dieser Fae konnte die Erregung riechen, die meine Unterwäsche durchnässte.

»Verpiss dich«, spuckte ich aus. »Geh einen anderen Wichser nerven.«

Er fletschte die Zähne, und es sah nicht nach einem Lächeln aus. Leif knurrte seinen Kumpels zu: »Die ist scharf. Vielleicht möchtest du mal reinbeißen, Big D.«

Ich stotterte. »Entschuldigung, hast du Dion gerade Big D genannt?«

Kein einziger fae Muskel bewegte sich; sie starrten mich einfach nur an. Wie konnten sie so endlos stillhalten?

Ich holte tief Luft. »Ist sein Nachname nicht Dionysus?«

Stille.

Ich konnte diese Typen auf keinen Fall übertreffen, weder im Schweigen noch in der Ausdauer, also machte ich weiter. »Das macht ihn also zu Dion Dionysus. Oder Double D.«

Leif lachte bellend auf, aber Dion runzelte die Stirn, offensichtlich nicht begeistert von seinem neuen Spitznamen.

Ich lehnte mich in meinem orangefarbenen Beerensessel zurück und schlug ein Bein über das andere. »Sag mal, Double D, bevorzugst du V oder A?«

Leif lachte erneut auf und ließ von seiner sexuellen Macht ab, was verdammt erleichternd war.

Aber bei Dion hatte ich mir keine Freunde gemacht. Seine Lippen wurden schmal, und er schien an Größe zuzunehmen. »Wie alt hast du gesagt, bist du, kleine Prinzessin? Vierundzwanzig, richtig?«

Das fühlte sich nach einer neuen Angriffslinie an. Erst hatte Leif mich sexuell gequält, jetzt war Dion an der Reihe. Aber ich war ziemlich sicher, dass er aus dem Haus der leckeren Speisen und Getränke kam, also würde er mir vielleicht einfach ein Fünf-Gänge-Menü zubereiten.

Ich versuchte zu lächeln. »Das stimmt.«

»Und dein Geburtstag ist... ?«

»Nächsten Monat.«

Dieses Geständnis löste die größte Reaktion aus, die ich je bei einer Fae gesehen hatte. Jeder einzelne von ihnen zuckte zusammen und grinste dann, was dem menschlichen Äquivalent von Auf-und-ab-Hüpfen und Jubeln entsprach.

Ronan beugte sich vor und stützte die Ellbogen auf die Knie, plötzlich an dem Gespräch interessiert. »Und weißt du, was passiert, wenn du fünfundzwanzig wirst, Streunerin?«

Streunerin? Was zum Teufel? Er hatte sich das beschissenste Drecksvieh ausgesucht, um mich so zu nennen. Zum Totlachen. Er dachte, er würde mich erniedrigen, weil mein wahres Geburtsrecht königlich war, aber er lag genau richtig. Ich war verdammt noch mal eine Streunerin. Der Witz ging auf seine Kosten.

Aber nein, ich hatte offensichtlich keine Ahnung, warum mein bevorstehender Geburtstag so bedeutsam war. »Erklär's mir«, sagte ich.

Seine seelenlosen schwarzen Augen glitzerten boshaft. »Beim ersten Aufstiegsritus nach deinem fünfundzwanzigsten Geburtstag musst du in deine gewählte Macht aufsteigen oder für immer auf deine Magie verzichten.«

Mann, diese Fae sprachen fließend Bullshit. »Und was bedeutet das?«

Wieder schien meine Unwissenheit seinen Hass auf mich zu schüren. »Du wählst deine Macht, und wenn du bei deinem Aufstieg erfolgreich bist, wirst du stärker.«

Das klang fantastisch. Ich war keine Fae, aber das wäre kaum eine Katastrophe für mich, wenn ich eine wäre. »Ich wähle also meine Magie, ja? Gibt es da so was wie eine Speisekarte oder so?«

Ronan bewegte sich, und das gesprenkelte Sonnenlicht reflektierte von seinem scharfen Kiefer. »Oh, du kannst dir jede beliebige Macht aussuchen. Es gibt nur einen Haken.« Ich würde ihm nicht die Genugtuung geben, um Informationen zu betteln, also wartete ich ab. Er platzte fast vor Ungeduld, es mir zu erzählen, und nach ein paar Momenten tat er es. »Um in die Macht aufzusteigen, musst du dich damit selbst töten.«

Er ließ das sacken. Alle vier dieser fae Wichser sahen selbstgefällig aus, als sie beobachteten, wie ich diese Information verdaute. Wenn ich die Magie des Wassers beherrschen wollte, müsste ich mich ertränken; wenn ich die Macht des Feuers wollte, müsste ich mich verbrennen. Bis zum Tod. Was für ein verdammter Ort war das hier?

Nein danke. Die selbstgefällige Erwartung war in der Waldlichtung greifbar, hing von den Ranken und durchdrang die Luft. Ich konnte die Freude, die diese Bastarde aus meiner Erkenntnis zogen, fast schmecken.

Aber der Witz ging auf ihre Kosten. Denn ich war keine Fae, also würde ich mich niemals in irgendeinem seltsamen fae Ritual umbringen müssen.

Ein echtes Lächeln erhellte mein Gesicht. »Toll, ich kann es kaum erwarten.«

Leif knurrte leicht und trat von mir weg, und obwohl keiner der anderen Emotionen zeigte, wusste ich, dass ich gerade einen Punkt gewonnen hatte.

Ich rutschte herum und genoss die tröstliche Umarmung, als sich der Orangenbeerenbusch um mich schlang und mir Halt gab. »Also, ist das der Grund, warum ihr mich hierher gebracht habt? Um mir die große Neuigkeit meines bevorstehenden Todes mitzuteilen? Oder gab es noch etwas anderes?«

Dieser gefälschte fae Scheiß machte irgendwie Spaß. Diese Typen waren so sicher, dass sie die Oberhand hatten, ohne zu ahnen, dass ich die Identität ihrer kostbaren Prinzessin gestohlen hatte.

»Oh, das ist noch nicht alles«, sagte Gabrelle seidig, als sie durch die Lichtung schlenderte und eine Schriftrolle von einem Baum pflückte. Mit einem rätselhaften Lächeln sagte sie: »Es gibt auch noch das hier.«

Ich konnte das verdammte Stottern in meiner Antwort nicht unterdrücken. »Und w-was ist das?«

Sie entrollte das Papier mit sinnlicher Anmut und las es, dann umspielte ein fleischliches Lächeln ihre pflaumenroten Lippen. »Die erste Prüfung dieses Jahres.« Sie fixierte mich mit ihren hellrosa Augen. »Es ist Zeit zu sehen, woraus du gemacht bist, Prinzessin.«

Ronan

Ich musste tief durchatmen, um nicht die ganze Lichtung mit meiner Wut anzustecken. Dieser widerliche Mensch hatte hier nichts zu suchen, und ihr freches Mundwerk war zum Aus-der-Haut-Fahren.

Entschlossen, Gabrelle die Schriftrolle aus den Händen zu reißen, stürzte ich mich auf sie. Doch sie schnippte sie geschickt beiseite und stieß mich so hart, dass ich stolperte.

»Benimm dich, Emotionale«, tadelte sie mich.

Ich wollte wissen, was die erste Prüfung sein würde. Jedes Jahr waren die Prüfungen anders und testeten entweder körperliche oder magische Fähigkeiten. Hoffentlich würde es heute eine magische sein, damit diese menschenähnliche Möchtegern-Königin durchfallen würde.

Gabrelle starrte uns alle nieder und genoss die Macht, dass wir an ihren Lippen hingen. Sie entrollte die Schriftrolle und strich ihren lila Jumpsuit glatt. »Die heutige Prüfung –«

»Moment mal«, unterbrach die Streunerin. »Die erste Prüfung ist heute? Jetzt sofort?«

Offensichtlich hatte sie das nicht gewusst, denn sie war in einer Aufmachung erschienen, die der Vorstellung einer Vierjährigen von einer Prinzessin entsprach, mit ihren stacheligen blonden Haaren, die oben herausstachen. Alles an ihr strahlte Unwissenheit und mangelnde Zugehörigkeit aus. Sie hatte kein Recht zu herrschen. Sebarah kannte diesen Kram in- und auswendig, und dieses Weibsbild wagte es, hier hereinzuspazieren und zu denken, sie könnte seinen Platz einnehmen?

Niemals. Ich würde das nie zulassen. Meine Wut auf die Usurpatorin war tiefer, grimmiger als erwartet und persönlicher, als ich es hätte ahnen können. Wegen gestern Nacht, vermutlich.

Ich wollte nicht mehr nur, dass irgendeine unbekannte Prinzessin sich nach Hebes verpisste, ich wollte, dass sich diese spezielle Streunerin aus meinem Leben verpisste.

Sie hatte mich gestern Nacht getäuscht. Ich hatte das verdammte floranische Armband, das in ihre Haut eingeschmolzen war, nicht einmal bemerkt, weil ich nicht erwartet hatte, dass Sebs Schwester menschlich aussehen würde.

Sie hatte mich mit ihrer verrückten Färbung, ihrem Traktorstrahl-Lächeln und ihrem verdammt wackeligen Hintern getäuscht.

Sie loszuwerden war nicht mehr nur für Seb. Es war persönlich.

Gabrelle beobachtete mich mit zusammengekniffenen Augen, bis meine Aufmerksamkeit zu ihr zurückkehrte, wo sie immer jedermanns Aufmerksamkeit erwartete, dann las sie weiter. »Die erste Prüfung ist ein Wettlauf. Die Erben werden zwanzig Meilen durch den Wald zu Fuß zurücklegen und dabei eine Reihe von Hindernissen überwinden. Der Sieger erhält fünf Punkte, der Zweitplatzierte vier Punkte, bla bla bla.«

Gabrelle zerknüllte die Schriftrolle und warf sie beiseite, ohne sich die Mühe zu machen, die Details vorzulesen, die wir alle auswendig kannten.

Nun, alle außer Neela. Der Erste bekam fünf Punkte, bis hin zum Letzten, der einen einzigen mickrigen Punkt erhielt.

Bisher hatte ich im Durchschnitt dreizehn Punkte in jedem Jahr gesammelt, an dem ich teilgenommen hatte. Und Neela, stellte ich erfreut fest, hatte genau null Punkte erzielt.

Leif gähnte herzhaft und zeigte dabei seine scharfen Eckzähne. »Lasst uns dann mal anfangen, was?«

Er wand sich aus seiner grauen Jogginghose und zog sich komplett aus. Ich seufzte. Der Wolf war letztes Jahr aufgestiegen. Früher war er bei Laufrennen immer Letzter geworden, aber jetzt, da er sich verwandeln konnte, würde er uns alle überholen. Vier Beine waren immer schneller als zwei.

Leif verwandelte sich in seine riesige silberne Wolfsgestalt, und wir bildeten eine grobe Linie. Neela war noch damit beschäftigt, ihre dämlichen Absätze abzuschnallen, mit einem schockierten Gesichtsausdruck, als ich »Los!« rief.

Leif schoss mit einem spöttischen Schwanzwedeln davon. Obwohl es schmerzte, musste ich mich damit abfinden, hinter ihm Zweiter zu werden.

Gabrelle fiel neben mir in den Schritt; ich würde sie die ersten paar Meilen mithalten lassen, bevor ich sie in einer Staubwolke zurückließ. Dion war immer der Langsamste, und er fiel schnell zurück.

»Das ist Dions Glückstag«, sagte Gabrelle gedehnt. »Er wird zur Abwechslung mal nicht Letzter.«

Die tollpatschige weibliche Streunerin ohne ihre Fae-Geschwindigkeit würde das Schlusslicht bilden und einen lausigen Punkt ergattern.

Aber sie verdiente nicht einmal das. »Doch, wird er«, erwiderte ich.

Gabrelle warf mir einen Blick zu und hob eine Augenbraue.

»Weil Neela nicht einmal ins Ziel kommen wird«, erklärte ich. »Lass uns dafür sorgen.«

Gabrelle blieb leichtfüßig stehen, und ich gesellte mich zu ihr. Keiner von uns keuchte, obwohl ein leichter Glanz auf ihrer Stirn schimmerte. »Ich mag, wie du denkst, Emotionale. Was hast du vor?«

Ich hatte im Voraus nichts geplant, weil ich nicht wusste, was die Prüfung sein würde. Gaia mochte es, uns auf Trab zu halten, indem sie die Tests jedes Jahr änderte. Außerdem sollten sie unsere angeborenen Fähigkeiten beurteilen, anstatt etwas zu sein, worauf wir uns vorbereiten konnten. Zudem wusste ich nicht, dass Neela heute auftauchen würde.

Aber ich musste sie irgendwie aufhalten. Sie verdiente keinen einzigen Punkt.

Ich ging in meinem Kopf einige Optionen durch. Nur eine ergab Sinn. Ich zuckte mit den Schultern. »Mit gebrochenen Beinen kann sie nicht laufen.«

Gabrelles Kiefer spannte sich an, aber sie sagte nichts gegen meinen Plan, wofür ich dankbar war. Leif hätte gejammert, dass das unfair sei und vorgeschlagen, dass wir versuchen sollten, mit ihr zu herrschen. Tatsächlich hätte er wahrscheinlich vorgeschlagen, dass wir alle Sex mit ihr haben.

Selbst Dion hätte versucht, mich davon abzuhalten, die Beine einer Prinzessin zu brechen. Aber Gabrelle war eine eiskalte Schlampe, und manchmal liebte ich das an ihr.

»Gut«, sagte sie. »Was soll ich tun?«

Dieses Bündnis zwischen mir und Gabrelle war vorübergehend. Wir wussten beide, dass wir uns, wenn wir uns dem Ziel des Rennens näherten, gegenseitig zu Fall bringen, kämpfen und kratzen würden, um vor dem anderen über diese Linie zu kommen. Aber für den Moment hatten wir etwas Luft. Dion hatte keine Chance, uns zu überholen, also hatten wir ein paar Minuten zum Planen.

Gabrelles staubig rosa Augen funkelten vor Schalk. »Wenn wir zusehen wollen, wie sie fällt, müssen wir hier etwas vorbereiten. Weiter unten auf der Strecke müssten wir stundenlang herumstehen und warten.«

»Du bist eine durchtriebene Schlampe, Schönheitskönigin.«

Sie blinzelte langsam. »Danke.«

Wir arbeiteten zusammen, um die Falle zu stellen.

Sebarah hätte einen besseren Job gemacht. Er hätte seine Kräfte nutzen können, um eine wunderschöne tiefe Grube zu graben und sie mit Blättern zu bedecken, und Neela wäre direkt hineingefallen.

Aber er war nicht hier, und deshalb hatten wir überhaupt dieses menschengroße Problem.

Wir mussten improvisieren. Wir zogen einen riesigen Baumstamm quer über die Strecke an einer langen Bergabpassage, und Gabrelle nutzte ihre begrenzten Stealth, um ihn zu verstecken. Wenn man genau hinsah, konnte man den umgestürzten Baum immer noch sehen, aber hoffentlich würde unser Ziel darauf konzentriert sein zu sprinten, anstatt auf ihre Schritte zu achten.

Dion tauchte zuerst auf, und wir weihten ihn ein, sodass er um die Falle herumlief. Ich machte mir immer noch keine Sorgen darum, ihn zu überholen, wenn die Zeit kam.

Neela tauchte früher auf als erwartet, nicht weit hinter Dion – er sollte sich ernsthaft hinterfragen, dass er einen

Menschen so dicht an seinen Fersen ließ. Sie würde verdammt schnell sein, sobald ihre Exposition gegenüber menschlicher Technologie nachließ.

Als sie keuchend um die Ecke kam, rieb sich der böse Bastard in mir vor Freude die Hände.

Sie sprintete den Hügel hinunter, Dringlichkeit zeichnete sich auf ihrem Gesicht ab, ihr stacheliges blondes Haar klebte an ihrer Stirn. Trotz der unvermeidlichen Realität, als Letzte ins Ziel zu kommen, schwankte ihre Entschlossenheit nie, und ich musste ihre Entschlossenheit bewundern.

Aber es spielte zu unserem Vorteil. Sie rannte direkt in den fast unsichtbaren Baumstamm und überschlug sich. Ihr Knöchel brach mit einem spektakulären Knacken, und ich kam aus meinem Versteck.

Gabrelle warf uns beiden eine Kusshand zu. »Ich lasse euch zwei Turteltäubchen allein.« Sie wackelte mit den Augenbrauen und lief dann den Pfad entlang.

Ich wartete ein paar Momente und schaute siegreich auf mein Opfer hinab, beobachtete die Schmerzlinien, die sich in ihr Gesicht gruben.

Sie würde dieses Rennen nicht beenden, nicht mit einem gebrochenen Knöchel. Ich könnte einen Healer rufen, aber das würde ich nicht tun. Ich brauchte sie am Boden. Ich musste Sebs Versprechen halten und sicherstellen, dass sie ihren sich windenden Arsch nie auf seinen Thron setzte.

Warum also schmeckte mein Sieg wie brennendes Öl und füllte meinen Magen wie geschmolzener Stahl?

Sie schaute zu mir auf, Entschlossenheit strahlte immer noch von ihrem verdammten Gesicht.

»Warum gibst du nicht einfach auf?«, zischte ich. »Du wirst nie den Thron besteigen. Geh zurück nach Hebes. Wir wollen dich hier nicht.«

Entschlossenheit brannte in ihren verblüffend blauen Augen. »Ich werde niemals gehen. Du wirst mich schon niederstrecken müssen, Arschloch.«

Ich zwang meine Lippen zu einer Kurve, aber ich wollte weinen. »Mit Vergnügen, Streunerin.«

Ich drehte mich um, um wegzugehen, aber sie rief, ihr schlammverschmiertes Gesicht zeigte das erste Anzeichen von Angst, das ich je darauf entdeckt hatte. »Du wirst mich doch nicht einfach hier lassen, oder?«

Als ich zurückblickte, sah ich ihren linken Fuß in einem seltsamen Winkel hängen, ihre heftig atmende Brust und einen grimmigen Ausdruck, der sich in ihr Gesicht gegraben hatte. Ich stand da, wie gebannt, unfähig, meinen Blick abzuwenden.

Sebs Gesicht schwebte vor mir, das Stechen unseres Versprechens kribbelte immer noch auf meiner Handfläche. Mit einem leisen Knurren fasste ich einen Entschluss. »Ja«, presste ich heraus. »Genau das werde ich tun.«

Ohne zu zögern drehte ich mich um und sprintete den Hügel hinunter. Ich musste Dion und Gabrelle überholen, musste dieses Rennen als Zweiter beenden. Musste so weit wie möglich von Neela wegkommen.

Neela

Schmerz schoss durch meinen Knöchel, brennend und unverkennbar. Mein linker Fuß hing in einem seltsamen Winkel von meinem Bein, und ich konnte ihn nicht einmal ansehen.

Dieser Arsch Ronan hatte mich meilenweit von allem entfernt mit einem gebrochenen Knöchel im Schlamm zurückgelassen. Ich wollte sagen, ich könnte nicht glauben, dass er so tief sinken würde, aber ich konnte es glauben. Der Ronan, den ich in der Bar kennengelernt hatte, war ein Fake – der echte war kaltherzig, berechnend und hieß die floranische Prinzessin offensichtlich nicht mit offenen Armen willkommen.

Alle vier echten Erben wollten mich loswerden, wahrscheinlich damit sie Verda allein regieren konnten. Typischer machthungriger politischer Zug, der auch unter den Straßengangs in den Docklands zu Hause gewesen wäre.

Sie trugen zwar feinere Kleidung und hatten fancy bunte Augen, aber diese Fae waren genauso niederträchtig wie jeder von zu Hause.

Das machte mein Leben viel einfacher, weil ich wusste, womit ich es zu tun hatte. Wären sie freundlich und einladend gewesen, wäre ich überfordert gewesen... aber unhöflich und mörderisch? Damit konnte ich arbeiten.

Ich bewegte mich, und Qualen durchzuckten meinen Knöchel. Ich musste wohl zwei oder drei Meilen durch den Wald gelaufen sein, also waren das zwei oder drei Meilen, die ich mit einem gebrochenen Fuß zurückhumpeln musste.

Auf keinen Fall würde ich versuchen, dieses Rennen zu beenden. Es war mir egal, ob ich gewann oder verlor, ihre dummen Punktesysteme interessierten mich nicht, und es war mir auch egal, ob ich die Fähigkeiten erlangte, die ich zum Aufstieg brauchte.

Nichts davon spielte eine Rolle, weil ich keine Fae war, also würde ich nie auf ihrem dummen Thron sitzen oder mich umbringen, um meine vollen Kräfte zu erhalten.

Nichts davon war wichtig. Aber ich konnte das nicht zugeben und diese Arschlöcher loswerden, weil sie dann wüssten, dass ich das kostbare floranische Armband von der echten Fae-Prinzessin gestohlen hatte.

Scheiße, mein Leben.

Ich verzog das Gesicht vor Schmerz, biss die Zähne zusammen, als ich mich zum Stehen hochzog, und griff nach einem langen Stock, um ihn als behelfsmäßige Krücke zu benutzen. Die Strecke war matschig und nass, und ich humpelte den schlüpfrigen Hang hinauf, bemüht, auf der rutschigen Oberfläche nicht auszurutschen.

Jeder Schritt war eine Qual, während mein baumelnder Fuß wackelte und meine Nerven schrien. Die Sohle meines guten Fußes war völlig zerkratzt von meinem barfüßigen Sprint durch den Wald.

Wäre ich eine Fae, könnte ich so geschmeidig gleiten wie sie, und mein verdammter Knöchel würde nicht so erschüttert werden. Das wäre schön.

Ich wollte aufgeben. Wollte mehr als alles andere mich in den Schlamm legen und still sein, aber ich konnte nicht.

»Gib einfach auf«, hatte er gesagt. Nun, ich würde ihm nicht die blutige Genugtuung geben.

Niemand überlistete mich.

Er mochte denken, er wäre in einer Machtposition und könnte mich zur Unterwerfung zwingen, aber er wusste nicht, dass ich ein Fake war, dass ich die Oberhand hatte und nur mit ihm spielte, während ich herausfand, wie ich in Arathay bleiben konnte.

Das Feuer in meinem Knöchel brannte heiß, aber das Feuer in meinem Bauch war noch heißer. Ich würde mich an Ronan rächen, weil er meinen Knöchel gebrochen und mich zum Sterben zurückgelassen hatte. Ich würde mich an der ganzen verwöhnten Bande rächen, aber besonders an Ronan.

Er war derjenige, der mir in die Augen gestarrt und mich dann verlassen hatte, mich mit einem gebrochenen Bein zurückließ. Er war derjenige, der mir letzte Nacht diesen umwerfenden Orgasmus geschenkt hatte. Was für ein Mann fickte einem nachts das Hirn raus und ließ einen am Morgen zum Sterben zurück? Schlimmster One-Night-Stand aller Zeiten.

Mein Tattoo kribbelte, und ich blickte hinunter, entdeckte eine reife Frucht, die wie eine Birne aussah, aber tief lila war. Ich begann, meinem Tattoo zu vertrauen, und sprach hinein. »Soll ich diese Birnen-Dinger essen?«

Es kribbelte wieder, was ich als Ja deutete. Seit wann nahm ich Ratschläge von einem dämonischen Tattoo an? Ich seufzte. Seit jetzt.

Als ich in die saftige Frucht biss, ließ die Qual in meinem Knöchel zu einem dumpfen Pochen nach. »Verdammt nochmal.« Ich verschlang das ganze Ding.

Der Schmerz verschwand nicht, aber er sank auf ein erträgliches Niveau.

Diese ganze Scheiße erinnerte mich daran, wie Randys Crew mich einmal bewusstlos geprügelt und dann mit einem verdrehten Knie in den Wäldern außerhalb der Stadt abgeladen hatte, und ich zur Zivilisation zurück humpeln musste. Ich hatte es einmal geschafft, also konnte ich es wieder tun. Damals hatte ich nicht einmal eine magische Frucht.

Ich griff nach einer weiteren Birne und stopfte sie in meinen BH, um sie mitzunehmen, falls die betäubende Wirkung nachlassen sollte, dann humpelte ich den Pfad weiter entlang, immer noch die Krücke benutzend und hüpfend, aber viel schneller, da mein Knöchel nicht mehr bei jedem Schritt schrie.

Ein Bach plätscherte neben mir und erfüllte die Luft mit einem süßen, tauigen Nebel, und ich konnte nicht widerstehen, vom Weg abzukommen und neben ihm zusammenzubrechen. Ich trank gierig von dem fließenden Wasser.

Nur war es kein Wasser, sondern ein leicht süßer Wein, der meinen Durst löschte und eine fröhliche Stimmung in mir auslöste. Mann, ich könnte diesen Ort lieben.

Abgesehen von den bösen Prinzen und Prinzessinnen, die mich tot sehen wollten, natürlich.

Ich trank, bis ich satt war, dann stand ich wieder auf und balancierte gefährlich auf meinem einen gesunden Bein, während ich meine behelfsmäßige Krücke in Position brachte. Ich rammte die Krücke auf einen großen Grasbüschel und verlagerte mein Gewicht darauf.

Ein schmerzerfülltes Quieken kam aus dem Grasbüschel, und es entrollte sich, enthüllte süße Pfoten mit niedlichen kleinen Zehenballen und ein süßes kleines Gesicht mit großen braunen Augen. Es war eine Kreatur, die aussah wie eine Mischung aus Teddybär und Kätzchen, und ich hätte vor Entzücken geseufzt, wenn es nicht gerade Organe verloren und Blut aus einer klaffenden Wunde gespritzt hätte.

»Oh Scheiße, es tut mir so leid.« Ich beugte mich hinunter, um den Kopf der Kreatur zu streicheln, als sich ein zweiter Nicht-Grasbüschel entrollte und auf mich losstürzte. Während es angriff, verwandelten sich die weichen Teddybär-Züge in einen Tigerkopf, seine Schnauze wuchs und scharfe Fangzähne erschienen, die mir die Hand abgebissen hätten, wenn ich nicht auf meinen Hintern gefallen und weggerutscht wäre.

Ich rutschte auf meinem Hintern und kroch so schnell wie möglich am Bachufer entlang. Dieses Ding konnte mich leicht töten. Aber es schrumpfte auf seine normale Größe zurück und kehrte zu seinem Gefährten zurück. Ein hohes Wimmern erfüllte die Luft und ließ mir eine Gänsehaut über den Körper laufen.

Die Kreatur leckte ihren verletzten Gefährten, ihre von Kummer erfüllten Schreie durchdrangen den Wald. Das kleinere, blutige Tier hörte auf, sanft zu wimmern.

Ich wich zurück und wandte mich zum Gehen. Niemand half mir, und ich half niemandem; das war meine Regel. Ich schuldete diesen Kreaturen nichts.

Außer, dass ich es doch tat. Ein Stich von Schuld überkam mich, als mir klar wurde, dass ich beiden etwas schuldete. Ich hatte eines direkt durch den Bauch aufgespießt, und es verblutete. Das hohe Wimmern hielt an. Meine Unachtsamkeit hatte nicht nur ein Leben ruiniert, sondern zwei.

»Scheiß drauf.«

Ich biss in die zweite lila Birne und hielt dann das Fruchtstück den beiden Kreaturen hin. Das gesunde, größere und dunklere grüne Tier knurrte mich an und fletschte seine gefährlichen Zähne.

Trotzdem näherte ich mich. Langsam, verdammt langsam, während ich ein Auge auf das knurrende Biest behielt. Als ich in Reichweite kam, drückte ich Birnensaft in das blutende Maul. Das Wimmern hörte auf, und das dunklere Tier beobachtete mich aufmerksam, Intelligenz blitzte aus seinen großen braunen Augen.

Ich hatte den Schmerz gestoppt und konnte mit leichtem Herzen gehen. Kreaturen starben ständig in der Wildnis, deshalb nannte man es ja Wildnis. Sie nannten diesen Ort nicht *das Sanfte* oder *das Sichere*, oder? Es war nicht meine Schuld, wenn ein Tier eine Verletzung erlitt und dann starb.

Ich drehte mich um und kroch weg, und die zweite Kreatur ließ mich gehen, aber sie heulte wieder auf und leckte ihren Gefährten, und der Klang ihrer Trauer legte sich wie eine Schicht auf meine Haut.

Die Schuld gewann. »Scheiß drauf.« Ich rutschte zurück zu der verwundeten Kreatur und hob sie vorsichtig in meine Arme, wobei ich ihren gefährlichen Beschützer misstrauisch beäugte.

»Gut, du dummes Ding«, sagte ich zu der verletzten Kreatur, als ich sie an meine Brust drückte. »Ich nehme dich mit nach Hause. Liz wird einen Arzt für dich finden. Oder einen Tierarzt.« Ich seufzte, als ich meine Krücke unter meine Achsel klemmte und wieder auf den Weg hüpfte. »Du und ich beide, Kumpel.«

Ich humpelte auf meinem nackten, blutigen Fuß so schnell wie möglich nach Hause und hielt das blutgetränkte Fellbündel an meine Brust gedrückt. Sein Gefährte folgte mir auf Schritt und Tritt, leise knurrend, aber ohne zu versuchen, mich aufzuhalten.

Nach einer Ewigkeit kam ich am Mondweg an, der zum Rosenpalast führte. Gott sei Dank hatte Liz mir gesagt, ich solle nach dem

Steinhaufen Ausschau halten, der den Eingang zum magischen Pfad markierte, sonst hätte ich ihn nie gefunden.

Als ich mit den beiden Teddybär-Tigern im Schlepptau hinter dem Rosenpalast auftauchte, rief ich um Hilfe und fiel auf einen Busch, der mich freundlicherweise auffing.

Liz schlenderte mit einem frechen Gesichtsausdruck nach draußen, wahrscheinlich um sich über mein zerfetztes und schlammiges Chiffonkleid lustig zu machen, aber als sie mich sah, fiel ihr die Kinnlade herunter. Sie blieb ein Dutzend Fuß entfernt stehen. »Warum folgt dir ein Schnüffeltuff? Eigentlich ist meine wirkliche Frage, warum hat dich dieser Schnüffeltuff noch nicht getötet?«

Ich war zu müde, um Angst vor dieser Frage zu haben. Außerdem wusste ich bereits, dass es gefährlich war, aber es hatte mir noch nicht wehgetan. Ich wischte mir mit einer schlammigen Hand über die Stirn. »Es folgt nicht mir. Es folgt dem hier.« Ich hielt das blutige Bündel in meinen Händen hoch, und Liz wich einen Schritt zurück. »Kannst du einen Arzt dafür holen?«

Sie sah mich an, als hätte ich sie gebeten, mir den Mond zu bringen. »Du willst einen Healer für einen Schnüffeltuff?«

Ich nickte. »Und für mich.«

Dagegen konnte sie nichts einwenden, also stimmte sie zu und rannte hinein, um einen zu rufen.

»Hey!«, rief ich ihr nach, und sie hielt inne, um mich anzuhören. »Du hattest recht mit dem Kleid«, gab ich zu und klopfte geziert meine zerrissenen und schmutzigen Chiffon-Lumpen glatt.

Ihre hellgrünen Augen blitzten schelmisch. »Natürlich hatte ich recht. Ich habe immer recht.« Mit einem frechen kleinen Knicks drehte sie sich um und eilte davon, um einen Heiler zu finden.

Ronan

Ich beendete den Fußlauf-Wettkampf auf dem zweiten Platz hinter Leif und war somit der Zweite, der zum Seehaus zurückkehrte.

An Dion vorbeizukommen, war ein Kinderspiel gewesen. Ich war ein paar Minuten, nachdem ich Neela im Staub zurückgelassen hatte, an ihm vorbeigeflogen. Gabrelle war eine größere Herausforderung, und sie nutzte ihren Vorsprung voll aus, sodass ich alles geben musste, um sie einzuholen. Aber bei der 24-Kilometer-Marke überholte ich sie und kam locker als Zweiter ins Ziel.

Als ich das Seehaus erreichte, hatte Leif bereits geduscht und eine frische graue Jogginghose angezogen. Er lümmelte mit einem riesigen Grinsen auf seinem großen silbernen Sofa und warf einen Tennisball gegen die Wand, um ihn dann aus der Luft zu fangen. »Hast dich also endlich entschieden, zu mir zu stoßen, was?«

»Ich bin immer noch der schnellste Fae«, stellte ich klar. »Du bist der schnellste Hund von... lass mich zählen... einem.«

Wie üblich prallten Beleidigungen an Leif ab, und wenn überhaupt, wurde seine Selbstgefälligkeit nur noch größer. »Ich habe dich fair und ehrlich geschlagen, Alter. Du bist einfach nur eifersüchtig, dass ich aufgestiegen bin und du nicht.«

Ich setzte mich auf Gabrelles Glasstuhl, da ich meinen schmutzigen Hintern nicht auf meinen eigenen setzen wollte. »Ich bin auf nichts an dir eifersüchtig.«

Leif leckte sich die Fingerspitze, fuhr damit über seine nackte Brust und spielte mit seiner Brustwarze. »Bist du sicher, dass du nicht auf all den Sex eifersüchtig bist, den ich bekomme?«

Leifs Haus stand für Ausschweifung und Unzucht, und sein Rudel wurde diesem Namen sicherlich gerecht. Jeder Einzelne von ihnen würde mit Männern, Frauen, Non-Binären, einfach allem, was sich bewegte, schlafen. Er bezeichnete sich selbst stolz als megasexuell, also nahm ich an, dass sich sein Verlangen auch auf Pappkartons und warme Apfelkuchen erstreckte. Er bestritt es nicht einmal, wenn ich versuchte, ihn damit aufzuziehen.

»Ich bekomme so viel Sex, wie ich will«, erwiderte ich.

Jede Frau in Verda wollte ein Stück von meinem Hintern, und viele bekamen es auch. Sie reichten von gespielter Koketterie mit Augenzwinkern in der Hoffnung, dass ich sie um ein Date bitten würde, bis hin zum anderen Ende des Spektrums mit direktem Stalking oder Betteln.

Außer Neela. Irgendwie hatte sie letzte Nacht die Kontrolle. Sie hatte mich dazu gebracht, jede ihrer Bewegungen zu beobachten und sie praktisch anzuflehen zu bleiben. *Geh nicht*, hatte ich ihr gesagt, und Scham überkam mich bei dieser Erinnerung. Hätte ich gewusst, dass sie Sebarahs Schwester war, wäre ich ihr nicht zu nahe gekommen.

Also ja, ich bekam allen Sex, den ich wollte… und normalerweise zu meinen Bedingungen.

Leif grinste. »Du bekommst immer noch nicht so viel wie ich.«

»Niemand bekommt so viel wie du.«

Er blieb siegessicher grinsend auf dem Sofa liegen, während ich duschte und mich umzog. Als ich in den Hauptraum zurückkehrte, war Gabrelle angekommen. Selbst mit ihrem zerrissenen Overall schaffte sie es, wunderschön auszusehen. Die Risse und Löcher schienen strategisch platziert zu sein, um Blicke auf hellbraune Unterbrüste und dunkelbraune Oberschenkel zu enthüllen.

Sie war die personifizierte Schönheit, wirkte aber irgendwie kälter und herzloser, jetzt wo ich Neela kennengelernt hatte. Neela war Bewegung, Leben und Emotion, das Gegenteil von Gabrelles Perfektion und Kontrolle.

»Dieses Mal nur drei Punkte für dich, Gabrelle«, grinste Leif und lümmelte breitbeinig auf seinem riesigen silbernen Sofa.

Gabrelle ging an uns vorbei, um zu duschen, und murmelte »Aufgestiegen«, wobei es sich irgendwie wie *Betrüger* anhörte.

Eine halbe Stunde später tauchte sie mit frisch gewaschenem Haar auf, das in weichen rosa Wellen um ihr makelloses Gesicht fiel, und trug ein weißes Etuikleid, das wie maßgeschneidert für sie war. »Gute Arbeit mit der Usurpatorin-Prinzessin«, sagte sie zu mir, setzte sich auf ihre gläserne Chaiselongue und streckte ihre wohlgeformten Beine darauf aus. »Null Punkte ist genau das, was diese Menschenfreundin verdient.«

Wir erklärten Leif, was wir getan hatten. Wie wir den Baumstamm an einer steilen Abfahrt über den Weg gelegt hatten und Gabrelle ihn dann mit den Spuren von Stealth, die sie von ihrem Vater geerbt hatte, verzaubert hatte.

»Ich fürchte, ich habe nur stümperhaft gearbeitet«, gab sie zu und ließ einen schlanken Finger an ihrer gläsernen Chaiselongue entlanggleiten.

»Du hast den Baumstamm verdammt nahe an unsichtbar gemacht«, widersprach ich. Die Schönheitskönigin hatte gute Arbeit geleistet.

Sie blinzelte kokett zu mir auf. »Stell dir vor, was ich nach meinem Aufstieg alles machen kann.«

Leif fing seinen Ball auf und beobachtete jede ihrer Bewegungen. »Wirst du Stealth wählen? Ich dachte, du würdest dich sicher für Lure entscheiden.«

Sie zuckte leicht mit den Schultern. »Ich habe mich noch nicht entschieden, und ich habe noch ein paar Jahre Zeit, bevor ich es muss.«

Leif war letztes Jahr aufgestiegen, und Dion und Sebarah schon einige Jahre davor, aber Gabrelle und ich waren noch nicht fünfundzwanzig. Ich war mir ziemlich sicher, dass ich in die Fußstapfen meiner Eltern treten würde, und Gabrelle würde sich definitiv für Verführung entscheiden – sie spielte nur die Geheimnisvolle.

»Na ja, Neela wird keine fünf Minuten durchhalten, wenn ihr zwei hinter ihr her seid«, sagte Leif.

Ich knurrte. »Du meinst wohl, wenn wir vier hinter ihr her sind.«

Leif zuckte mit den Schultern. »Sie zu Fall zu bringen und ihr die Beine zu brechen... Ich bin mir nicht sicher, ob ich dafür zu haben bin. Sie gehört nicht zu meinem Rudel.«

Gabrelle schlug ihre Beine übereinander und zog dabei absichtlich den Blick des Wolfes auf sich. »Wir stecken alle zusammen in dieser Sache, Ende der Geschichte«, sagte sie entschieden.

Gabrelle und Leif hatten eine besondere Verbindung, die ich nicht ganz verstand. Sie stammte aus der natürlichen Paarung ihrer Häuser, Sinnlichkeit und Schönheit. Also nahm Leif Gabrelles Worte ernster als die von jedem anderen.

Er zuckte mit den Schultern. »Klar, natürlich. Ich stehe immer hinter euch, Leute. Das wisst ihr doch.«

Das sollte er besser.

Stunden später tauchte Dion völlig erschöpft auf. Niemand sagte ein Wort darüber, dass er der Letzte war, weil wir alle wussten, dass es unvermeidlich war, dass er seine zwei Punkte in der körperlichen Prüfung bekommen und versuchen würde, in den magischen besser abzuschneiden. Selbst Leif hielt seine Überheblichkeit in Grenzen, und nachdem Dion sich erfrischt hatte, gesellte er sich zu uns im Hauptraum, als die Sonne über dem See unterging.

Nachdem er eine halbe Stunde in seinem Sitzsack gesessen hatte, erhob sich Dion mühsam. »Ich nehme an, niemand hat Lust zu kochen«, brummte er.

Leif schnaubte. »Wenn ich kochen würde, würdest du dich die nächsten sechs Monate über den Geschmack beschweren, Alter. Darauf bin ich einmal reingefallen, aber nie wieder.«

Dion beschwerte sich gerne darüber, dass wir ihm nie beim Kochen halfen, aber die Wahrheit war, er liebte diesen Scheiß. Nach einer Stunde, in der er in der Küche ein Gourmetfestmahl zubereitet hatte, war er in viel besserer Stimmung, und wir setzten uns alle zusammen an den Tisch, um es zu genießen.

Gabrelle aß sorgfältig und bedächtig, so wie sie alles tat. »Wie war sie im Bett?«

Leif riss seinen Kopf herum und ließ seinen Blick zwischen uns hin und her huschen. »Oh, stimmt ja! Du hast Neela gevögelt. Das ist ein Plan, den ich unterstützen kann. Ich werde sie auch flachlegen und ihr dann das Herz brechen.«

Wut durchströmte mich, gewalttätige, unkontrollierbare Raserei. In einer einzigen fließenden Bewegung stand ich auf und stieß den Tisch hart nach vorne, sodass er gegen Leifs Bauch krachte und seinen

Stuhl nach hinten kippte. Sein Tennisball flog durch die Luft, als er mit einem Jaulen zu Boden stürzte, und das Feuer in mir loderte noch heißer.

Ich umrundete den Tisch und baute mich über ihm auf, knurrend: »Leg keinen Finger an sie, du Köter.«

Der Raum war in schockiertes Schweigen verfallen, und Leif sah mit weit aufgerissenen Augen vom Boden zu mir auf. Es war mir egal. Wenn er nicht zustimmte, sie in Ruhe zu lassen, würde ich ihm die Kehle herausreißen, Freund hin oder her.

Er hob beschwichtigend die Hände. »Schon gut, okay, kein Vögeln der Neuen. Mann, ich wusste nicht, dass der langweilige Kein-Sex-Pakt auch für sie gilt.«

Richtig, der Kein-Sex-Pakt. Das war das Problem.

Was auch immer der Grund war, der Gedanke, dass irgendein Fae sie berührte, war unerträglich.

Nicht nur Leif, sondern jeder Fae.

Niemand berührte Neela außer mir.

Neela

Der dunkelgrüne Schnüffeltuff knurrte und fletschte seine übergroßen Zähne, also legte ich seinen verletzten Gefährten neben mich ins Gras und rutschte ein paar Zentimeter weg. Ich wollte so weit wie möglich weg, aber das war alles, was ich in meiner Erschöpfung schaffte.

Das wilde Geschöpf kam vorsichtig näher und ließ sich neben seinem Gefährten nieder, leckte sie ab und wimmerte leise.

Das Nächste, was ich wusste, war, dass Liz mich an der Schulter rüttelte, um mich zu wecken, und ich blinzelte verschlafen. Ein Fae mit langen silber-schwarzen Haaren blickte mir ins Gesicht, seine silbernen Augen waren mit Onyx gesprenkelt.

Ich drehte den Kopf. »Behandle zuerst das Tier.« Ich hatte einen gebrochenen Knöchel, aber das Geschöpf war dem Tode nahe und brauchte dringend Hilfe. Ich hoffte, dieser Arzt konnte Wildtiere ebenso gut heilen wie Fae. Und, äh, Menschen.

Liz sah mich an, als wäre ich eine weichherzige Närrin, aber Altruismus hatte nichts damit zu tun; meine Motive waren egoistisch. Ich würde mich für immer scheiße fühlen, wenn dieses Ding sterben würde, weil ich es mit meinem Ast aufgespießt hatte, und ich wollte seinen Tod nicht auf meinem Gewissen haben. Außerdem könnte sein Gefährte mir die Arme ausreißen.

Als ich an der Reihe war, legte der Healer seine Hände über meinen Knöchel, und ein warmes Kribbeln durchströmte meine Verletzung, wie Wasser, das durch meine Glieder blubberte. Es breitete sich entlang meiner Knochen aus, fügte sie zusammen, heilte mein Fleisch und beseitigte die Infektion. Das Gefühl badete mich in Wärme und ließ mich ganz fühlen.

Bevor ich dem Healer mehr als danken konnte, trug Liz mich die Treppe hinauf ins Bett.

»Ich kann laufen«, beharrte ich, obwohl ich mir nicht sicher war, ob das stimmte.

»Der Healer sagte, du müsstest über Nacht ruhen, da du immer noch unter den Auswirkungen menschlicher Technik leidest.« Sie zwinkerte, wohl wissend, dass menschliche Technologie nichts damit zu tun hatte, dass ich nicht wie ein Fae aussah. »Du kannst morgen früh wieder tanzen und mit deinen kleinen Füßen stampfen.«

Ihre Arme fühlten sich wie schlanke Eisenbänder an. »Bin ich nicht zu schwer? Wie kannst du mich so leicht tragen?« Liz war größer als ich, aber ich war voller drahtiger Muskeln.

Sie schnaubte. »Du bist ein untergroßer Zwerg. Ein Kind könnte dich diese Treppe hochtragen.«

Die beiden Schnüffeltuffs folgten uns in vorsichtigem Abstand die Treppe hinauf, nicht daran gewöhnt, drinnen zu sein, aber nicht willens, von meiner Seite zu weichen. Ich wusste nicht, was sie von mir erwarteten... war ich jetzt ihre Mutter geworden? Waren wir geprägt oder so? Würde ich den Rest meiner Tage mit zwei wilden Kreaturen an meinen Fersen verbringen?

Ich kuschelte mich in mein superbequemes Bett, und die Schnüffeltuffs machten sich ein Nest aus Decken und Kissen in der Ecke meines Schlafzimmers. Sie rollten sich wie zwei große Grasbüschel zusammen und brachten einen leichten Waldgeruch in mein Zimmer. Die Geräusche ihres sanften Schnüffelns lullten mich in den Schlaf.

Am nächsten Morgen folgten mir die wilden Kreaturen die Treppe hinunter und setzten sich direkt vor die Schwelle zur Küche, während Liz und ich am Küchentresen aßen.

»Wir können im Frühstückszimmer essen, wenn du willst«, sagte Liz mit vollem Mund voller butteriger Scones. »Ich habe immer hier gegessen, als ich allein war, aber technisch gesehen sollten wir den richtigen Raum benutzen.«

Ich schüttelte den Kopf. »Zu stickig da drin. Ich mag es hier lieber. Außerdem können meine Schnüffeltuffs von hier aus den Garten sehen.«

Liz hob ihre grünen Augenbrauen. »*Deine* Schnüffeltuffs?«

Ich zuckte mit den Schultern.

Liz fragte nach dem Prozess, und ich erzählte ihr jedes Detail. Wie die Prinzessin und die Prinzen verwöhnte Arschlöcher waren und es verdienten zu sterben. Wie sie meinen Untergang orchestrierten und wie sie mir in die Augen sahen, während ich mich vor Schmerzen wand, und einfach weggingen.

Liz' Mund klappte immer weiter auf, während ich meine Geschichte erzählte. »Wow. Stell dir vor, wie schrecklich sie wären, wenn sie wüssten, dass du gar kein Fae bist.«

Ich schauderte. Das war mir nicht in den Sinn gekommen. Ich hatte mich in dem Wissen gesonnt, dass ich sie täuschte, und die Gefahr ignoriert.

Ich musste an meinem Plan B arbeiten. Ich biss in eine Frühstücksbaiser, die so köstlich war, wie sie klang, und anscheinend auch nahrhaft, dann erblickte ich die Schnüffeltuffs, die in der Tür herumschlurften. Ich brach etwas Baiser ab und warf es ihnen zu, aber sie sahen nur zu, wie es wie eine tote Ratte auf den Boden fiel, und starrten mich dann verächtlich an.

Ich zuckte mit den Schultern. »Tut mir leid. Ich weiß nicht, was ihr Jungs esst.«

Liz beäugte die Bestien misstrauisch. »Sind sie jetzt deine Haustiere?«

Der größere, dunklere Schnüffeltuff, den ich beschlossen hatte, Herb zu nennen, reagierte darauf, indem er seine winzige niedliche Schnauze in eine riesige, furchterregende Schnauze verwandelte und ihr die Zähne fletschte.

Liz wich so heftig zurück, dass sie von ihrem Hocker fiel und mit dem Hintern auf dem schwarz-weiß gekachelten Schachbrettboden landete.

Ich lachte. »Nö. Sie sind definitiv nicht meine Haustiere.« Ich wandte mich ihnen zu. »Ihr Jungs geht und sucht euch selbst etwas Frühstück im Garten, wenn ihr so wählerisch seid.«

Sie huschten davon, und ich war erfreut zu sehen, wie gut die Kleinere aussah, ganz so, als hätte sie nie das falsche Ende meines Wanderstocks kennengelernt.

Ich streckte meinen Knöchel in einem trägen Kreis und suchte nach anhaltenden Schmerzen, fand aber keine. »Erstaunlich.« Ich nahm noch einen Bissen von der Baiser. »Ich könnte mich an diesen Ort gewöhnen.«

Wenn ich hier bleiben wollte, brauchte ich schnell einen Plan B. Bald würde das ganze Reich merken, dass ich kein Fae war. Ich war schon fast achtundvierzig Stunden hier, und ich hatte nur noch zwei

Wochen, bis meine Fae-Fähigkeiten erscheinen sollten, also musste ich vorher herausfinden, wo ich leben würde. »Gibt es hier eine Menschenstadt?«

Liz hob ihren Hocker auf und setzte sich wieder darauf. Ein Stirnrunzeln hatte sich auf ihren Zügen niedergelassen, wahrscheinlich wegen meiner neuen blättrigen Freunde und ihrem geprellten Hintern. »Wovon redest du?«

»Zu Hause haben wir Chinatown und Little Italy. Habt ihr so etwas Ähnliches für Menschen? Einen Ort, wo wir alle abhängen? Menschenstadt.«

Sie nahm einen Schluck Saft und musterte mich. »Nein, und wir haben auch keinen Zoo für Menschen. Rede nicht so, sonst denken die Fae, du bist verrückt.«

Ich kaufte ihr das nicht ab. Wenn es in diesem Reich Menschen gäbe, würden sie einander finden. Stärke in der Zahl.

Menschen, die nicht dazugehörten, landeten im schlimmsten Teil der Stadt. Ich kaute auf meiner Lippe und dachte nach. »Wo hängen all die Gauner rum?« Ihr Gesicht war ausdruckslos, sie schien die Frage nicht zu verstehen, also formulierte ich sie um. »Wo ist der gruseligste Teil der Stadt? Der eine Ort, an den du nicht gehen möchtest. Zu Hause ist es das Hafenviertel. Wo ist es hier?«

»Wenn du versprichst, deine neuen Freunde nicht mitzubringen–«

»Herb und Doug«, informierte ich sie, nachdem ich mich gerade für Dougs Namen entschieden hatte.

Sie hielt inne. »Welches ist das Mädchen?«

»Doug.«

»Okay. Wenn du versprichst, Herb und Doug nicht mitzubringen, werde ich dich zum schlimmsten Ort in Verda bringen.«

Ich grinste. »Spitze.«

Neela

Das hier war ganz anders als die Docklands. Es war dunkel und erschreckend auf eine Weise, wie kein menschlicher Ort je sein könnte.

Ich ging voran, weil meine vertrauenswürdige Fae-Führerin zitterte wie Espenlaub, und irgendjemand musste ja mutig sein. Aber es war alles nur Show. Wäre sie nicht hier, würde ich wegrennen und mich verstecken.

Furcht durchdrang meinen Körper und strahlte von den Steinwänden um uns herum aus. Moos wuchs aus den Rissen der alten Gebäude, alles Licht und jede Freude waren aus der Welt gesaugt worden.

»Was ist das für ein Ort?«, flüsterte ich und zog an Liz' Hand.

»Vor Tausenden von Jahren herrschten die Stimmungsmeister allein über Verda. Ihre Herrschaft endete in einem schrecklichen

Krieg. Das hier war ihr Schloss, wenn du es glauben kannst. Angeblich war es prächtig.«

»Was ist damit passiert?« Es fiel mir schwer, mir diesen Ort als etwas anderes als trostlos, dunkel und schrecklich vorzustellen.

»Die Herrschaft der Stimmungsmeister endete in einem furchtbaren Krieg, der die Fae-Bevölkerung dezimierte. Das war vor Tausenden und Abertausenden von Jahren, und die Zerstörung veranlasste die fünf derzeitigen Häuser, gemeinsam zu regieren, damit wir nie wieder einen so schrecklichen und brutalen Krieg erleiden müssten. Unsere Bevölkerung ist so klein, dass unser Reich einen weiteren nicht überleben würde.«

»Heilige Scheiße.«

»Als ihre letzte Handlung erfüllten die Stimmungsmeister die Schlossmauern mit Furcht und Schrecken, damit ihre Feinde hier nie in Frieden leben konnten.«

Ich machte einen weiteren Schritt ins Schloss, als sich die Wände über mir schlossen. Ich stellte mir Monster vor, die mich von den Wänden anstarrten, während ich vorbeiging, und fühlte mich, als würde ich in meinen Tod laufen.

»Es fühlt sich an wie damals, als ich durch die Barriere aus der Menschenwelt kam. Ich dachte, ich würde sterben.«

Sie drückte meine Hand und drängte sich näher an mich, sodass wir Schulter an Schulter gingen und vorwärts stolperten. »Die alten Stimmungsmeister haben auch diese Barriere verzaubert«, flüsterte sie, ihre Stimme kaum hörbar über dem Pochen meines Herzens.

Ich konnte keinen Schritt mehr vorwärts machen. Ich wusste, ich würde nicht sterben – das war ich auch nicht, als ich durch die Barriere zwischen den Welten ging – aber das Gefühl war unerschütterlich. Wenn ich noch einen Schritt vorwärts machte, würde ich nie wieder einen Atemzug nehmen.

Wir drehten uns um und flohen, und die Furcht ließ nach, als wir uns vom Zentrum des zerfallenden Schlosses entfernten, aber wir hörten nicht auf zu rennen, bis es nur noch ein ferner Punkt am Horizont war und ich endlich wieder leicht atmen konnte.

»Das wäre der perfekte Ort für Menschen, sich zu verstecken«, sagte Liz. »Sie wären sicher vor den Fae. Niemand geht da rein.«

Ich schüttelte den Kopf. »Auf keinen Fall. Menschen würden dort nie leben. Es ist verdammt schrecklich.«

Ich hatte das alles falsch verstanden. Menschen würden nicht im schlimmsten Teil der fae Welt leben, sondern im langweiligsten. Irgendwo, wo nie etwas passierte. Keine magischen Flüsse gefüllt mit köstlichem Wein, keine freundlichen Büsche, die dich auffingen, wenn du dich hinsetztest, und definitiv keine mit Furcht erfüllten Ruinen.

»Wo ist der langweiligste Teil von Verda? Dort werden sie sein.«

Liz wusste genau, wohin sie mich bringen musste. Es dauerte Stunden des Gehens und Navigierens durch Mondwege, um dorthin zu gelangen, aber schließlich tauchten wir in einem weiten grasbewachsenen Feld des Nichts auf.

»Es ist perfekt«, strahlte ich. Wir erkundeten es zu Fuß und sahen schließlich in der Ferne einige Häuser. Eine Stadt. Ein gewöhnliches Dorf mit Häusern aus Ziegeln oder Holz. Keine farbwechselnden Wände, keine stimmungsverändernden Möbel, es könnte eine Stadt mitten in Hebes sein.

Als wir das Dorf betraten, war es, als würden wir in mittelalterliche Zeiten zurückversetzt, allerdings mit einigen fae Annehmlichkeiten. Und das waren definitiv Menschen. Keine Spur von dieser unheimlichen fae Stille und den wildfarbenen Augen. Das waren meine Leute.

Ein Gefühl der Erleichterung überkam mich, und ich entspannte mich zum ersten Mal seit Tagen. Das war mein Plan B. Ich würde mir ein kleines Häuschen am Stadtrand bauen und hier neue Freunde finden. Das war das Leben, das ich geplant hatte.

Plötzlich knurrte eine raue Stimme und riss mich aus meinen Gedanken. »Was machst du hier?«

Ich wirbelte herum. Ronan. Ronan verdammter Mentium. Er trug ein schwarzes T-Shirt, das sich eng an seinen Oberkörper schmiegte, und ich musste die Zähne zusammenbeißen, um nicht zu checken, was er untenrum trug.

Ich hielt meinen Blick fest auf sein finster dreinblickendes Gesicht gerichtet. »Ich erkunde meine neue Welt.« Das war schlecht. Ronan hatte mich dabei erwischt, wie ich nach Menschen suchte. Das durfte meine Tarnung besser nicht auffliegen lassen.

Seine schwarzen Augen starrten in meine Seele, bewerteten und kalkulierten meine Worte. »Ist das so?«, sagte er langsam und misstrauisch.

Scheiße, ich musste den Spieß umdrehen und seine Aufmerksamkeit davon ablenken, warum ich ausgerechnet in den langweiligsten Teil des Reichs der Fae gekommen war. »Was machst du hier?«

Die Frage traf ins Schwarze. Der große Kerl zögerte, dann fuhr er sich mit der Hand durch sein rabenschwarzes Haar. »Ich war neugierig auf Menschen nach ... der anderen Nacht.«

Die andere Nacht. Bezog er sich auf unseren intimen Abend? Unser öffentliches Geficke? Das war wahrscheinlich eine Premiere für ihn, mit einer Menschenfrau zu schlafen, eine weitere Kerbe in seinem Bettpfosten.

Ich stemmte eine Hüfte heraus. »Bist du enttäuscht, dass du keine echte Menschenfrau abgeschleppt hast?« Ich spielte die fae Karte, so gut ich konnte.

Er trat vor, sodass er direkt vor mir stand, seine breite Brust versperrte mir die Sicht und zwang mich, meinen Hals zu recken, um seinem

Blick zu begegnen. Seine kohlschwarzen Augen loderten vor Wut. »Nein. Nichts an dir ist überraschend oder interessant«, knurrte er. »Und das wird es auch nie sein. Deine Familie war schon immer die schwächste unter den herrschenden Häusern, und du bist noch schwächer als sie.«

Er schnippte mit seinem Zeigefinger gegen meine Schulter, mit genug Kraft, dass ich rückwärts taumelte und auf meinem Hintern im Dreck landete. Ich schürfte mir die Handflächen auf, und ein Schock fuhr mir durch das Steißbein. Das tat verdammt weh.

Wut erfüllte mich, und ich rappelte mich auf, fühlte mich wie ein verdammter Trottel. Ich hasste das. Nichts war schlimmer, als zum Narren gehalten zu werden; dieser Kerl hatte mich nun schon zweimal zum Narren gemacht. Mir den Knöchel gebrochen und mich dann in den Schlamm gestoßen.

Als ich mich nach Unterstützung umsah, wurde mir klar, dass sich jeder Mensch in die Häuser verkrochen hatte. Verdammte Feiglinge.

Ich klopfte mir den Dreck von den Händen und schubste Ronans harte Brust, aber er bewegte sich keinen Zentimeter. »So ein großer Mann, der mich angreift, wenn meine fae Kräfte noch nicht zurückgekehrt sind. Du solltest dich vorsehen, denn wenn ich meine volle Stärke habe, werde ich dich zu Fall bringen.«

Er schnaubte.

»Wer Aufsteigt zuerst, Arschloch?« Er blinzelte zweimal, was mich zum Lächeln brachte. Ich traf einen wunden Punkt, also setzte ich nach. »Du warst früher stärker und schneller als dein Kumpel Leif, bis er Aufstieg, richtig? Mein Aufstieg ist nächsten Monat. Ich werde stärker und schneller sein als du, und ich werde dir vor all deinen Kumpels in den Arsch treten. Bis dahin bleib mir vom Leib.«

Ich stapfte davon, zurück in Richtung des Mondwegs, durch den wir gekommen waren, und Liz trottete hinter mir her.

Als sie mich eingeholt hatte, konnte ich meine Frustration nicht länger zurückhalten. Ich wandte mich ihr zu und zischte sarkastisch: »Danke für deine Hilfe eben.«

Sie ließ sich von meinem Gift nicht aus der Ruhe bringen. »Ronan Mentium stammt aus der stärksten fae Familie, es hat keinen Sinn, sich einzumischen. Ihr müsst euren Hierarchie-Scheiß unter euch ausmachen. Das ist der Weg der Fae.«

»Nun, ich bin keine verdammte Fae«, gab ich bissig zurück.

Sie antwortete mit einem Achselzucken und ging schweigend neben mir her, während ich besessen darüber nachdachte, wie ich Ronan zu Fall bringen könnte.

Ronan

D as Menschendorf hatte nichts von Neelas wilder Rastlosigkeit, ihrer sich windenden Katzenhaftigkeit.

Es war langweilig und ereignislos, gefüllt mit uninteressanten Menschen, deren Haar- und Augenfarben zwar unpassend, aber nicht so ablenkend wie Neelas waren. Jeder Einzelne von ihnen huschte davon, sobald sie mich sahen, und zeigte nichts von der wilden Entschlossenheit und der Streunerin.

Ich hatte mir nie viele Gedanken über Menschen gemacht. Ein paar Dutzend lebten in Verda, und gelegentlich tauchte einer in den Straßen der Stadt auf, aber ich schenkte ihnen keine weitere Beachtung.

Bis zu jener Nacht in der Bar, als Neela mich so überrascht hatte. Ein Teil ihrer Anziehungskraft war ihre absolute Menschlichkeit gewesen, die ständige Bewegung, das Verlangen und die Emotionen, die offen auf ihrem Gesicht geschrieben standen.

Das hatte meine Neugier geweckt. Also kam ich hierher, um nachzuforschen, um zu sehen, ob ich mein ganzes Leben lang eine Quelle des Vergnügens und der Faszination übersehen hatte, aber ich war enttäuscht. Neela war anders als all diese Menschen, vielleicht wegen ihrer fae Natur, gemischt mit ihrer menschlichen Erziehung, eine bloße Laune der Umstände.

Dann war sie da, direkt vor mir, stand im Menschendorf.

Ich hatte ihr einen spitzen Kommentar zugeworfen, aber sie hatte ihn direkt zurückgegeben und war dann weggegangen, und ließ mich wütend und erregt zurück. Verdammt sei dieses Weibsbild.

Gedanken an sie verfolgten mich den ganzen Weg nach Hause. Als ich endlich meine Haustür erreichte, schwebte ein Spellbird geduldig über der Schwelle. Ein Brief, ein Stück Papier, das in Vogelform gefaltet und verzaubert war, um zu seinem beabsichtigten Empfänger zu fliegen.

Ich streckte meine Hand aus, und der Spellbird landete sanft darauf und hörte auf, sich zu bewegen. Der Zauber war vollständig.

Mein Herzschlag beschleunigte sich, als ich das Papier entfaltete.

Gewöhnliche Fae versammeln sich vor dem Rosenpalast. Komm schnell.

Scheiße. Es hatte sich herumgesprochen, dass das floranische Armband beansprucht worden war und der letzte verbliebene Nachkomme des Hauses Flora zurückgekehrt war. Doppelte Scheiße.

Ich machte mich auf den Weg zum Rosenpalast und benutzte die vertrauten Mondwege, die ich so oft gegangen war. Sebarah und ich hatten so viel Zeit miteinander verbracht. Sein Palast war wie mein zweites Zuhause.

Die Wächterhecke überraschte mich. Sebarah war vor ein paar Jahren aufgestiegen, als ich erst zwanzig war, und zu niemandes Überraschung hatte er sich entschieden, zum Grower aufzusteigen. Er machte sich sofort daran, schützende Sträucher um sein Familienanwesen zu züchten, die sich nur für Familie oder willkommene Gäste öffnen würden. Ansonsten blieb sie dicht und dornig, undurchdringlich.

Er hatte Monate damit verbracht, diese Hecke zu züchten und sie mit der perfekten Mischung aus Grower-Magie und Zaubern zu versehen, um den richtigen Effekt zu erzielen.

Ich war derjenige gewesen, der den Namen Wächterhecke erfunden hatte, und er liebte ihn. Die Blüten bekam er nie ganz richtig hin. Er hatte immer Blüten gewollt, die sich je nach Absicht des Besuchers veränderten.

»Du willst doch nur, dass sie rote Rosen zeigt, wenn Gabrelle zu Besuch kommt«, hatte ich gescherzt, und vielleicht hatte ich recht. Aber er gab nie zu, Gabrelle zu lieben, und bekam diesen Teil der Pflanze nie zum Funktionieren. Die Zauberarbeit war zu komplex für ihn, und er wollte keinen Weaver engagieren; er wollte, dass es sein persönliches Meisterwerk wird. So blieben die Blüten hartnäckig klein und rosa und veränderten sich nie.

Als ich ankam, war die Hecke weit geöffnet, und Fae strömten hindurch. Der Innenhof und die Wiese dahinter waren voll mit einer Menge Fae, mit winzigen geflügelten Fae, die über ihnen flatterten.

Neela erschien auf einem Balkon im zweiten Stock und sah erschrocken aus. Gut, sie fühlte sich unwohl mit der Aufmerksamkeit, also würde sie sie nicht suchen. Hoffentlich wäre sie dumm genug, nicht zu erkennen, dass die Liebe der gewöhnlichen Fae ihre größte Waffe sein könnte.

Bei ihrem Anblick brach ein Jubel aus, der ihre Verwirrung in ein überraschtes Lächeln verwandelte.

Gabrelle erschien neben mir, ihr schwarzes Kleid makellos. »Das ist eine interessante Wendung der Ereignisse«, bemerkte sie gelassen.

Wenn es je einen Moment gab, um Gefühle oder Enttäuschung zu zeigen, dann jetzt, aber die Schönheitskönigin war wie immer eiskalt.

»Wir müssen sie aufhalten.«

»Ja, aber wie?«

Leif und Dion fanden uns bald. Wir vier gehörten zu den größten Fae, in einer Menge nicht schwer zu erkennen, und Dions lange lockige Haare waren heute leuchtend orange, was ihn noch auffälliger machte.

»Orangensaft nach dem Mittagessen, Alter?«, fragte Leif.

Dion nickte. »Die eigentliche Frage ist, was werden wir dagegen unternehmen?«

Die Jubelrufe und Hurras gingen weiter, und wenn sie abklangen, würde Neela, wenn sie überhaupt Verstand hatte, eine Rede halten. Irgendetwas darüber, wie erfreut sie sei, alle zu sehen, wie froh sie sei, zurück zu sein, und wie sehr sie sich darauf freue, alles über Verda zu lernen und es in eine blühende Zukunft zu führen. Bla, bla, bla.

»Wir müssen sie ablenken«, flüsterte ich dringend.

Leif hüpfte auf und ab. »Ich hab's.« Er sprang in die Menge, bevor ich ihn über seinen Plan ausfragen konnte. Er hatte besser etwas Anständiges vor – seine Strategien waren nicht immer narrentaupfsicher. Einmal hatte er versucht, Fische in unserem See zu fangen, indem er das neueste Album der Fanged Five spielte, und Seb und ich hatten uns an ihn herangeschlichen und ihn reingestoßen. Er fing nichts außer Seetang.

Leifs silberner Kopf schlängelte sich durch die Menge, dann ging er durch die Vordertür hinein und tauchte Momente später auf dem Balkon im zweiten Stock hinter Neela auf. Dies war ein seltener Moment, in dem der Wolf nicht mit nacktem Oberkörper herumlief, und sein hellgraues T-Shirt und die Jogginghose, gekrönt von seinem fließenden silbernen Haar, ließen ihn wie eine glühende Säule aus Silber aussehen.

Ich wusste, dass das ihr Schlafzimmerbalkon war, und der Gedanke, dass Leif durch ihren intimsten Raum ging, ließ mich mit den Zähnen knirschen.

Neela drehte sich um, ihr Gesichtsausdruck wechselte zu einem Stirnrunzeln bei seinem plötzlichen Erscheinen hinter ihr. Aber er bedeutete ihr, sich der Menge zuzuwenden und ihre Rede zu beginnen.

»Hallo, alle zusammen«, begann sie, und ich konnte sehen, dass sie diese süße, neugierige Neuankömmlings-Ausstrahlung hatte, die die Menge aufsaugen würde. Ich hoffte, sie würde versehentlich ihr wahres, brutales Selbst zeigen, die entschlossene Zicke, die nie tat, was man ihr sagte – das würde die gewöhnlichen Fae sofort gegen sie aufbringen.

Hoffentlich hatte Leif etwas Gutes in petto. Sie wandte sich ihm zu, abgelenkt, und ich witterte ihre Erregung über den Platz hinweg. Ich kannte diesen Geruch, menschlicher Moschus mit Vanille vermischt, aber dieser Duft war nur für mich bestimmt. Meiner.

Er benutzte seine sexuelle Magie, um sie abzulenken, und es funktionierte. Sie konnte kaum zwei Sätze zusammenbringen, und sie verlor die Menge schnell.

Es war ein genialer Plan, und ich hasste ihn verdammt nochmal. Ich hasste ihre geweiteten Pupillen, ihr flatterndes Herz und wie sie immer wieder über ihre Schulter zu Leif blickte.

»E-entschuldigt mich«, stammelte sie zu den versammelten Fae und wandte sich nach drinnen, packte Leifs T-Shirt und zog ihn hinter sich her.

Ein urtümliches Brüllen brach tief aus mir hervor. Meine Fingernägel gruben sich in meine Handflächen und zogen Blut, als ich durch die Menge der Fae stürmte und sie nach links und rechts zerstreute. Ich sprintete ins Haus und nahm die Treppe in Dreiersprüngen, dann platzte ich mit einem wütenden Gebrüll in Neelas Schlafzimmer, in der Erwartung, sie umschlungen, sich umarmend, leidenschaftlich vorzufinden.

Aber das waren sie nicht. Neela hatte Leif offensichtlich geohrfeigt und hielt ihm eine Standpauke, er solle »sich verpissen und mich in Ruhe lassen«.

Als ich in den Raum platzte, blitzten ihre blauen Augen vor Intensität. »Du bist hier auch nicht willkommen, Prinzchen«, fauchte sie mich an, und ich blickte auf den Raum zwischen ihren beiden Körpern, meine Wut ließ nach.

Es war keine Eifersucht. Auf keinen Fall. Sie konnte mit wem auch immer sie wollte schlafen, solange meine Kumpels sich an unseren Kein-Sex-unter-den-Erben-Pakt hielten. Sie war eine Erbin, also war sie technisch gesehen auch Teil des Deals, und ich musste sicherstellen, dass Leif das verstand.

Das war es definitiv. Es hatte nichts damit zu tun, wie sich ihr sich windender Hintern so verdammt perfekt auf meinem Schoß angefühlt hatte.

Neela

Das Waldklassenzimmer war mit Blumen geschmückt und von Efeu überwuchert. Ich war früh angekommen, und jetzt, da ich den Luxus hatte, mich allein umzusehen, bemerkte ich, wie wunderschön es war.

Die Überreste alter Steine säumten den Rand der Lichtung, und ich fragte mich, ob dies einst ein Ort magischer Kraft gewesen war. Die Steine waren durch den herabfallenden Efeu kaum sichtbar, der auch den Waldboden bedeckte.

Sobald mein Tattoo mich wach vibriert hatte, war ich aus dem Bett gesprungen. Ich wollte nicht wie beim letzten Mal erwischt werden, als Letzte ankommen und schon im Hintertreffen sein. Also stellte ich sicher, früh hier zu sein.

Herb und Doug folgten mir auf Schritt und Tritt, Doug trottete zu meinen Füßen und Herb hielt einen vorsichtigen Abstand, ließ seinen Gefährten aber nicht aus den Augen. Sie ließen sich am Rand der Lichtung nieder, im schattigen Dunkel kaum von der Vegetation zu unterscheiden.

Ich ging um die Lichtung herum, berührte Blätter, roch am Efeu und untersuchte die bröckelnden Ruinen. Die Bäume um uns herum waren uralt und hoch, mit rauer Rinde, die sich mit glatter abwechselte.

Dieser Ort war verrückt. Diese Menschenmengen letzte Nacht waren verrückt. Ich hatte draußen einige Geräusche gehört, mich auf meinen Balkon gewagt und eine Horde schwärmender Fae gesehen. Diese Typen mussten ihre Königsfamilie wirklich mögen.

Ich hatte nicht gewusst, was ich sagen oder tun sollte, also war es fast eine Erleichterung, als Leif sich einmischte und ich nach drinnen flüchten konnte.

Das Letzte, was ich wollte, war, im ganzen Reich erkannt zu werden. Schließlich plante ich, mich in das Menschendorf zu schleichen und mein Leben anonym zu verbringen, was jetzt schwierig sein würde, nachdem die halbe Bevölkerung von Verda City mich gesehen hatte.

Ich müsste meine Haare wachsen lassen, sie färben und vielleicht Kontaktlinsen besorgen. Nein, Quatsch, ich war in einem magischen Reich – ich könnte wahrscheinlich einen Trank dafür kaufen.

Ein Fae tauchte in meinem peripheren Blickfeld auf – ich hatte den Mistkerl nicht anschleichen hören. Verdammt seien diese Fae und ihre lautlosen Füße.

Ronan musterte mich von oben bis unten, sein Blick verweilte für einen langen Moment auf meinen Hüften, bevor er zu meinem Gesicht zurückkehrte. Mann, er war sexy. Er trug ein graumeliertes T-Shirt, das seine Bizepse betonte, und Jeans, von denen ich wusste, dass sie weicher waren, als sie aussahen. Seine kantige Kieferlinie war angespannt. Sogar sein toter schwarzer Blick war attraktiv. Ich könnte ihn den ganzen Tag mit den Augen ficken, wenn er nicht so ein Arsch wäre.

Ein träges Grinsen breitete sich auf seinem Gesicht aus. »Na, na, die sexbesessene Prinzessin beehrt uns mit ihrer Anwesenheit.«

Ich wusste es. Ich wusste, dass Ronan Leif zu diesem Trick letzte Nacht angestiftet und mich vor der halben Fae-Bevölkerung wie eine Sexsüchtige aussehen lassen hatte.

»Na, du musst es ja wissen«, sagte ich und versuchte, ihn zu beschämen, indem ich auf unsere erste gemeinsame Nacht anspielte.

Aber er zeigte keine Emotion, typisch verdammter Fae. Zumindest nichts, was nicht sorgfältig im Voraus geplant und strategisch auf seinem Gesicht platziert worden war.

Ich nutzte die Gelegenheit, als sein Blick auf meinen fixiert war, in dem, was er wohl für einschüchternd hielt, und stolzierte über die Lichtung, um mich auf den Busch zu setzen, den er beim letzten Mal gewählt hatte, und hoffte inständig, dass es sein Lieblingsplatz war.

Natürlich konnte ich an seinem sorgsam komponierten Gesichtsausdruck nicht erkennen, ob ich richtig lag, also übertrieb ich und wackelte mit meinem Hintern in die geformten Blätter. »Mann, der ist sogar noch bequemer als der andere.«

Es war vielleicht nur meine Einbildung, aber ich glaubte, sein Kiefer zucken zu sehen, also verbuchte ich es als Sieg.

Leif sprang in Wolfsgestalt in die Lichtung, eine riesige silberne Kreatur, die mir den Schock meines Lebens versetzte. Der massive Hund kam direkt auf mich zu, und ich wäre aus meinem Busch gekippt, wenn dieser nicht schnell einen Ast ausgebildet hätte, um mich zu stützen.

In einem Augenblick war Doug an meiner Seite und verwandelte sich in ihr Monster-Selbst. Sie war bei weitem nicht so groß wie der

Wolf, aber ihr Maul war größer und ihre Fangzähne länger, und Leif wich zurück und winselte.

Der Wolf verwandelte sich in seine Fae-Form, splitterfasernackt mit seinem großen Schwanz, der hin und her schwang, und ein Puls sexuellen Verlangens durchfuhr mich.

»Zieh dir verdammt nochmal was an«, knurrte ich und war überrascht, als Ronan kicherte. »Hört, hört.«

Leif ignorierte mich und starrte immer noch Doug an. »Du hast einen verdammten Schnüffeltuff? Weißt du, was dieses Ding ist?«

Nö, aber ich wusste, dass sie meine Freundin war. »Natürlich weiß ich das.«

Doug schrumpfte, ihre Schnauze verschwand, und sie versuchte, auf meinen Schoß zu springen, schaffte es aber nicht ganz, also schob ich eine Hand unter ihren Hintern und half ihr hoch. Sie drehte sich einmal im Kreis, bevor sie sich zum Schlafen niederließ. Sie war wie ein Igel mit dem gleichen niedlichen weichen Bauch und winzigen Pfoten, aber mit Grasbüscheln statt Stacheln.

Ich streichelte ihren grasigen Rücken, und sie schnüffelte zufrieden. »Wenn du denkst, sie wäre gruselig, solltest du mal ihren Gefährten sehen.«

Zufriedenheit durchströmte mich, als Leif die Lichtung absuchte und versuchte, den zweiten Schnüffeltuff zu identifizieren. Gott sei Dank hatte ich mich mit diesem Wesen angefreundet; sie könnte meine einzige echte Waffe gegen diese Fae sein.

Gabrelle schwebte in die Lichtung, gekleidet in ein weißes Trägerkleid, das ihr Haar und ihre Haut zum Leuchten brachte. Ein Mann, den ich nicht kannte, folgte ihr. Er hatte lockiges rosa Haar und lebhafte rosa Augen wie sie, und für einen Moment dachte ich, er könnte ihr Bruder sein.

Erst als er sprach, erkannte ich ihn als Dion. Er warf jedem seiner Freunde – mich ausgenommen – ein in Folie eingewickeltes Päckchen zu und grinste. »Das ist die beste Erdbeer-Mousse, die ihr je essen werdet.«

Leif war bereits mit der Zunge tief drin und schaffte es irgendwie, dabei sexy auszusehen.

Gabrelle schmollte. »Hast du keine für unsere Prinzessinnenfreundin mitgebracht?«

Dion warf mir einen harten Blick zu. »Es bringt nichts, sich mit ihr anzufreunden. Sie wird nicht lange hier sein.«

»Höchstens ein paar tausend Jahre«, erwiderte ich. Ich hatte keine Ahnung, wie lange Fae lebten, also riet ich wild. »Lang genug, um dir zu zeigen, wie viel besser ich als du bin. In allem.«

Gabrelle schüttelte traurig den Kopf. »Wie schade, dass du nur einen Monat hast, um deine volle Kraft zu erreichen, bevor du aufsteigst... oder stirbst.«

Ich war mir Ronans massiger Präsenz hinter mir bewusst, wo er sich nicht hingesetzt hatte, spürte seinen Blick in meinem Nacken. Es war also eine Erleichterung, als er sich am Gespräch beteiligte und ich den Vorwand nutzen konnte, mich umzudrehen und ihn anzusehen.

Jep, immer noch heiß.

»Und dann muss sie immer noch Gaias ultimativen Test bestehen, wenn sie jemals herrschen will«, sagte er. »Und ohne ein Leben lang Training, wie wir es hatten, wird das fast unmöglich sein.«

Jep, immer noch ein Arschloch.

»Schön, ich beiße an«, sagte ich mit einem Seufzer. »Was ist Gaias ultimativer Test?«

Ronans Fäuste ballten sich angesichts meiner Unwissenheit. »Fünf Häuser regieren das Reich. Sie werden in Gruppen von fünf ausgebildet. Mein Vater trainierte mit Gabrelles Mutter, Ds Vater, Leifs

Mutter und Sebs Mutter. Äh, deiner Mutter. Sie trainierten zusammen, traten bei ihren jährlichen Prüfungen gegeneinander an und herrschen gemeinsam. Das hält das Reich stabil.«

»Und wenn die Mehrheit von ihnen stirbt, übernehmen ihre Erben«, fügte Leif hinzu.

Ich rümpfte die Nase. »Wie morbide.«

»Wie praktisch«, warf Gabrelle ein. »Ich glaube, die Dinge werden im sterblichen Reich ähnlich gehandhabt? Zumindest war es früher so. Eine Königin stirbt und ihre Tochter nimmt ihren Platz ein.«

»Ja, aber ihr habt gesagt, dass die Mehrheit von ihnen sterben muss. Also sterben drei von fünf und die anderen zwei werden aus ihren Jobs geworfen?«

Die königlichen Gören tauschten einen Blick aus. »Nicht ganz«, sagte Gabrelle schließlich. »Sie werden getötet. Andernfalls können sie Schwierigkeiten verursachen und das Reich destabilisieren.«

Ich hörte auf, Doug zu streicheln. »Wie gesagt, das ist morbide. Ihr Fae seid eine verdammt morbide Rasse.«

Mein Versprecher, bei dem ich von *ihr Fae* sprach, blieb nicht unbemerkt. Ronan knurrte. »Ich habe dir gesagt, sie gehört nicht hierher.«

Doug stupste meine Hand an, damit ich sie weiter streichelte, was ich auch tat. Ihr Fell war weicher als Gras, und die Bewegung war beruhigend. Zumindest hatte ich mit ihr auf meinem Schoß einen Freund in der Nähe.

Dieses Fae-Regierungssystem war verdammt schrecklich. Fünf wurden zusammen ausgebildet, traten gegeneinander an, bestanden Gaias ultimativen Test und herrschten dann zusammen. Und sobald drei von ihnen starben, wurden die anderen zwei ermordet, sodass sie alle zusammen starben. Brutal.

Gott sei Dank war ich nicht wirklich einer von ihnen. Ich wollte nicht, dass meine Lebensspanne von einem dieser Mistkerle abhing.

Ich beschloss aufzustehen und zum Rosenpalast zurückzukehren. Ich wollte keinen Anteil an dem haben, was hier heute vor sich ging. Es schien nicht, als hätten wir eine weitere Prüfung, und ich hatte nicht vor, nur wegen der Unterhaltung hier herumzuhängen.

Ich schob Doug auf den Boden, und sie sprang unbeholfen mit einem niedlichen kleinen Schnaufen herunter, dann stand ich auf. Ich musste mich nicht erklären, also marschierte ich ohne ein Wort zum Rand der Lichtung. Aber als ich meine ersten Schritte in die Bäume machte, begann mein Tattoo zu brennen. Ich ging weiter den Pfad durch den Wald entlang, aber mein Handgelenk wurde heißer, bis der stechende Schmerz unerträglich wurde und ich gezwungen war, zur Lichtung zurückzukehren.

Gabrelle beobachtete meine Rückkehr mit einem zufriedenen Lächeln, als wäre mein Leben eine Vorstellung zu ihrem Vergnügen. »Heute gibt es eine Demonstration von Lure«, sagte sie, und mir wurde mit Schrecken klar, dass sie unsere Lehrerin war und mein dämonisches Tattoo mich nicht entkommen lassen würde.

»Nein, geh nicht«, sagte sie, als ich mich anschickte, zu meinem Platz zurückzukehren, und warf eine perfekte rosa Haarsträhne über ihre Schulter. »Du wirst ein ausgezeichnetes Versuchsobjekt für meine Demonstration abgeben.«

Ich wusste, dass Gabrelle noch nicht aufgestiegen war, also hätte sie keinen vollen Zugriff auf diese Lurekraft, was auch immer das war. Hoffentlich bedeutete das, dass sie mir nicht wirklich zu viel Schaden zufügen konnte. Ich stemmte eine Hüfte heraus und versuchte, so viel Platz wie möglich einzunehmen. »Meinetwegen.«

Sie lächelte kokett. »Braves Mädchen. Jetzt komm näher.«

Ich musste nicht gehorchen. Als ich mein Tattoo überprüfte, war es zufrieden damit, mich diesen Befehl ignorieren zu lassen. Aber dann liefen meine Füße auf die Eiszicke zu, ohne die Idee mit meinem bewussten Gehirn abzusprechen.

Mir stockte der Atem, und mein Mund fiel kurz auf, bevor ich ihn wieder zuknallte.

Gabrelles verführerisches Lächeln war ganz weiße Zähne und pflaumenrote Lippen auf ihrer perfekten braunen Haut. »Lure gibt mir Macht über die Handlungen anderer«, erklärte sie und winkte mich näher heran.

Meine Füße hörten nicht auf, sich zu bewegen, bis ich nur noch einen Zentimeter von ihrem Gesicht entfernt war und ihren... Passionsfruchtnoten riechen konnte – sie roch sogar wunderschön. »Und was machst du mit Menschen, wenn du sie unter deiner Kontrolle hast?«, fragte ich vorsichtig.

Ihr Lächeln wurde breiter, und sie hob sinnlich eine nackte Schulter. »Was immer ich will.«

Ich schauderte. Dies war eine Gefahr, gegen die ich keine Verteidigung hatte. Doug und Herb nahmen sie nicht als Bedrohung wahr, also fletschten sie nicht die Zähne. Und sie war noch nicht einmal aufgestiegen. Ich wagte mir nicht vorzustellen, wie mächtig sie sein würde, wenn sie es getan hatte – vielleicht konnte sie dann Dutzende von Menschen auf einmal oder über eine größere Entfernung hypnotisieren.

»Nun«, sagte sie und leckte sich über die Lippen, offensichtlich in dem Versuch, mich zu erschrecken. »Was sollen wir dich als Nächstes tun lassen?« Sie legte einen manikürten Finger an ihre vollen Lippen. »Geh zu Leif hinüber«, befahl sie.

Auf keinen Fall. Ich stellte mir eine mentale Barriere zwischen meinem Geist und ihr vor, eine schützende Kuppel, die ihre Befehle davon abhalten würde, in mich einzudringen. Ich hatte die volle Kontrolle über mein Gehirn und meinen Körper, und es gab keine Möglichkeit, dass ich über die Lichtung gehen würde und—

Meine Füße marschierten über den efeubedeckten Boden, bis ich vor Leif stand und auf seine linke Brustwarze starrte. Gott sei Dank hatte er eine Jogginghose angezogen, aber seine Brust war nackt und muskulös und direkt an der Spitze meiner Nase.

»Leck ihn«, wies sie an.

Auf keinen verdammten Fall—

Ich fuhr mit meiner Zunge über seinen gemeißelten Körper, über die Wölbung seines Brustmuskels und in einem langsamen Kreis um seine Brustwarze. Sein Schwanz sprang zwischen uns auf und zeltete in seiner Jogginghose, noch beeindruckender als im schlaffen Zustand.

Ronan knurrte laut hinter mir, wahrscheinlich sauer, dass Leif das so sehr genoss. Er wollte, dass seine Kumpels die ganze Zeit den totalen Schläger spielten, und Leif strahlte keine Schläger-Vibes aus.

»Stopp«, befahl Gabrelle, als Ronans Knurren zu einem Brüllen wurde. Sie sah Ronan an, und ihr weißer Rock raschelte um ihre Knie. »Du willst an die Reihe kommen, Emotionale? Gut. Setz dich hin.«

Er gehorchte sofort und ließ sich in denselben Busch fallen, in dem ich vorher gesessen hatte, und ich fragte mich, ob sie auch bei ihm Lure einsetzte.

»Küss Ronan«, befahl sie.

Ich setzte jedes Quäntchen Energie, das ich aufbringen konnte, in meinen mentalen Schild und wollte, dass ihre Befehle mich nicht beeinflussen würden. Ich fühlte mich klar, nicht hypnotisiert oder betrunken oder mir meiner Umgebung nicht bewusst, also sollte ich in der Lage sein, mich davon abzuhalten, mit dem größten Arschloch, dem ich je begegnet war, rumzuknutschen.

Ich wusste zufällig, dass er ein verdammt guter Küsser war, aber er war auch das letzte Wesen auf Erden, mit dem ich etwas anfangen wollte.

Ich würde auf keinen Fall—

Meine Füße hüpften über die Lichtung, und ich setzte mich rittlings auf ihn, dann presste ich meinen Mund auf seinen.

Er packte meine Hüften fest und erinnerte mich an die Nacht, als wir uns zum ersten Mal trafen, nur dass ich diesmal ihm zugewandt war. Er schob mich nach vorne, bis sein harter Schwanz meinen Slip küsste, meinen nassen Slip, und seine weichen, salzigen Lippen mich in sich aufnahmen.

Verdammt sei Gabrelle und ihr Lure, es war so mächtig. Ich verschlang seinen Kuss, presste meine Lippen gegen seine, saugte und knabberte und leckte, und mein ganzer Körper reagierte darauf.

Pulsierte Leif mich mit seiner sexuellen Magie und verstärkte den Lure? Keine Ahnung, aber plötzlich wollte ich nirgendwo anders sein. Mein Geist und Körper waren eins.

Meine Hände umklammerten Ronans Nacken, und er packte meine Hüften, und wir küssten uns wie Ertrinkende. Ich sehnte mich nach ihm, tropfte für ihn, wollte ihn.

Ich war verloren in diesem männlichen Körper, presste und wand mich gegen ihn, als wäre er ein Rettungsanker in einem Sturm. Der Stoff meines Slips war durchnässt, und seine Fae-Jeans waren so dünn, dass sein harter Schwanz mich leicht penetrierte.

Ein leises Stöhnen entfuhr mir, und seine Finger gruben sich fester in meine Hüftknochen, verlangten mehr von mir, und ich wollte ihm alles geben.

Ich fuhr mit einer Hand um seine dicke Schulter und drückte seinen stahlharten Trizeps, während er meinen Hintern packte und rieb.

Seine Lippen summten ein unhörbares Stöhnen und ließen mich gewollt, begehrt und dringend fühlen.

Ich sehnte mich verzweifelt nach ihm und versuchte, mich für volle Penetration zu positionieren, während er eine Hand an meinen Hinterkopf legte und meinen Schädel drückte.

Seine Brust war so breit und fest. Alles an ihm war so hart wie Stahl und so lebenswichtig wie Sauerstoff.

Meine Hüften rieben, und ich küsste ihn härter, dann ließ ich ihn seine Hand über meinen Rücken ausbreiten und mich nah an sich ziehen.

Irgendeine mächtige fae Magie war im Spiel, und ich war hilflos unter ihrer Macht. Irgendwie war der Lure in mein Gehirn, in meine Gedanken eingedrungen und hatte mich diesen Mann wollen lassen, und ich war zu verloren im Moment, um mich überhaupt darum zu kümmern.

»Stopp«, befahl Gabrelle, und ich kletterte sofort von Ronans Schoß, immer noch schmerzend und tropfend vor Verlangen. Ich starrte keuchend auf Ronan, der immer noch ausgestreckt und träge vor Lust dalag. Seine dunklen Augen waren verschleiert vor Begierde, als sie zurück zu mir starrten und in mein Innerstes blickten.

Ich wollte nicht zurück auf seinen Schoß kriechen; natürlich nicht. Warum sollte ich das wollen? Warum sollte ich die Lücke zwischen uns schließen und die Hitze hochdrehen wollen, wenn es mir nicht mehr befohlen wurde? Warum stellte ich mir vor, mich wieder rittlings auf ihn zu setzen und meinen Slip beiseite zu schieben?

Ähnliche Gedanken schienen durch Ronans Kopf zu fließen, wenn der Ausdruck in seinen Augen ein Indikator war. Dann verhärtete er sich von verschleierter Lust zu kaltem Kalkül, was es mir leichter machte, einen Schritt zurückzutreten.

Ich schüttelte die Auswirkungen der Lure-Demonstration ab und ging hinüber zu der Stelle, wo Doug und Herb im Gras nach Würmern gruben.

Leif pfiff. »Wow, sie ist ein scharfes Mädchen. Ein echter Feuerteufel.«

Ich verdrehte die Augen. »Leck mich.«

Leif leckte sich die Lippen. »Jederzeit, Schätzchen.«

Ronan knurrte etwas über einen Erbenpakt, und Gabrelle schnaubte verächtlich.

Meine Beine waren wackelig, also legte ich eine Hand an einen glattrindigen Baum für zusätzlichen Halt. »Also, ist das das Ende der Demonstration? Kann ich jetzt gehen?«

Sie runzelten die Stirn, als wäre ich ein Idiot, und ich nahm an, das war fair, weil sie nicht wussten, dass ich nur wegen meines dummen herrischen Tattoos hier war.

»Du kannst jederzeit gehen«, sagte Ronan langsam. »Den ganzen Weg zurück nach Hebes.«

»Was für ein Gentleman«, schnappte ich.

Ich stapfte davon, und mein Tattoo summte glücklich, so dass ich meinen Marsch ganz nach Hause fortsetzen konnte. Doug trottete an meinen Füßen, und Herb folgte ein oder zwei Meter dahinter. »Danke für eure Hilfe da drüben, Jungs«, murmelte ich sarkastisch.

Ich hatte keine Ahnung, warum ich diese Bemerkung darüber, dass Ronan ungentlemanlike sei, herausgeschnappt hatte. Es störte mich nicht, dass wir einen One-Night-Stand hatten. Dass er mich gevögelt und dann meine Knochen gebrochen hatte. Dass er mich geküsst und mir dann gesagt hatte, ich solle nach Hebes zurückgehen.

Es war mir völlig egal. Warum also wiederholte sich die Hitze seiner Berührung in meinem Kopf, und warum verfolgte seine scharfkantige Kieferlinie meine Träume?

Wegen Rache. Ich war von ihm besessen, weil er mich immer wieder übertrumpfte, und ich musste am Ende die Oberhand gewinnen. Ich würde meine Rache an ihm und all seinen eingebildeten Kumpels bekommen, und dann würde ich verschwinden und ein perfektes Leben im langweiligsten Teil von Verda führen.

Aber zuerst Rache.

Ronan

Als ich an der schmiedeeisernen Straßenlaterne vorbeikam, ergoss sich das schwebende Energiekügelchen in gelbem Licht über meine Vorderseite und warf bei jedem meiner Schritte lange Schatten.

Die Straßen von Verda City waren gut beleuchtet, und jede Nacht kamen neue Straßenlaternen hinzu, die die Dunkelheit verdrängten. Die Cleaver, die unsere Energie herstellten, mussten hart am Werk sein.

Ich lief durch die Straßen, in denen Sebarah und ich letztes Jahr nach der ersten Prüfung gefeiert hatten. Es war ein sechzehn Kilometer langer Schwimmwettkampf entlang des Foster Rivers gewesen und sollte der körperliche Test sein, obwohl der eigentliche Trick darin bestand, nicht zu viel Flusswasser zu schlucken und betrunken zu werden.

Ich kam als Erster ins Ziel. Bei den körperlichen Herausforderungen erzielte ich immer fünf Punkte – zumindest bis Leif zu einem verdammten Wolf aufstieg. Dion und Seb kämpften ständig um den letzten Platz. Letztes Jahr hatte Sebarah den Wasserfall, der das Ende des Rennens markierte, ein paar Minuten vor Dion erreicht, also zogen wir in die Stadt, um zu feiern.

Wir kamen an diesem Möbelgeschäft vorbei – »Wir formen Holz« –, an das ich mich wegen Sebs anzüglichem Witz erinnerte. Der dumpfe Schmerz, den ich immer spürte, wenn ich ihn vermisste, wurde schärfer und stach.

Er war nicht der Stärkste oder Schnellste von uns, aber er machte das mit seiner inneren Kraft wett. Bei der Prüfung der inneren Kraft erzielte er konstant vier oder fünf Punkte. Er war zu einem Grower aufgestiegen, wie wir alle wussten, und er war ungewöhnlich mächtig, sogar mächtiger als seine Mutter. Er hatte über Nacht diesen Orangenhain auf eine Laune hin wachsen lassen, um mich damit aufzuziehen, ein weicher Prinz zu sein, der jeden Morgen frischen Saft brauchte.

Wenn es ihn nicht gäbe, wäre ich ein noch größeres arrogantes Arschloch, als ich es ohnehin schon bin. Ich lächelte, aber es war schmerzerfüllt und sah wahrscheinlich verdreht und erschreckend aus.

Ich war im Sinnesviertel, wo das beste Nachtleben stattfand und wohin Seb und ich immer zum Feiern gingen. Es war spät, aber die Ogernase hatte noch geöffnet, also ging ich hinein.

Dunkles Holz, gedämpftes Licht und viel Hintergrundlärm. Perfekt. Ich bestellte einen Shot des härtesten Schnapses, den ich mir vorstellen konnte, und einen Krug Bier. Einen für Seb, einen für mich.

Ich kippte den Shot Höllenzeug runter, zitterte wegen des brennenden Gefühls und nippte dann an meinem riesigen Bier.

Da sah ich sie. Die Streunerin unterhielt sich lebhaft in einer Nische mit irgendeiner grünhaarigen niederen Fae. Ich hörte, wie die Frau sagte, dass sie gehen würde.

»Kommst du? Lass uns gehen.«

Neela schüttelte heftig den Kopf und warf mit einer wilden Handbewegung ein Glas Wasser um. »Nein, nein, nein. Ich muss hier bleiben und meine neue Welt erkunden. Das ist sehr wichtig«, lallte sie.

Ihre Begleiterin sagte etwas, das ich nicht hören konnte, und wandte sich dann zum Gehen. Sobald sie weg wäre, würde ich auch von hier verschwinden. Ich wollte der Streunerin heute nicht begegnen. In meiner Stimmung würde sie wahrscheinlich tot enden, und ich hatte keine Lust, mich damit zu befassen.

Ich trank das Bier aus und wollte gehen, aber Neela brüllte quer durch den Raum zu mir herüber. »Hey! Hey du, Prinzlein. Komm her und erkläre dich.«

Scheiß drauf. Wenn sie wollte, dass ich rüberkomme, dann würde ich das tun. Vielleicht würde ich ihr ein paar Manieren beibringen.

Ich stürmte hinüber, aber als ich sie sah, wurde ich weicher. Sie sah so entspannt und glücklich aus, ihre Glieder locker und ihre Augen strahlend mit dieser Traktorstrahl-Intensität, an die ich mich von der ersten Nacht erinnerte, als wir uns trafen.

»Setz dich, Lover-Boy«, sagte sie mit leichtem Lallen. Ich rutschte ihr gegenüber in die Nische. Die Hintergrundmusik war hier noch lauter, ein eindringlicher Trommelrhythmus, überlagert von Gitarre.

Was zum Teufel machte ich hier? Ich sollte weggehen, aber irgendetwas an ihr zog mich an. Ich könnte genauso gut bleiben und mir anhören, was sie zu sagen hat.

»Bevor wir anfangen, habe ich ein Geheimnis.« Sie richtete das umgekippte Glas auf und klammerte sich daran, als ginge es um ihr Leben.

Würde sie gleich ein Verbrechen gestehen, das mir einen Vorteil gegenüber ihr verschaffen würde? Das wäre super nützlich.

Aber ich wollte nicht, dass sie es tat. Sie war jetzt so verletzlich, dass es rücksichtslos erschien, das auszunutzen. Wenn wir uns in einem fairen Kampf gegenüberstanden, konnte ich alles austeilen, aber sie war in keinem Zustand, um Geheimnisse zu gestehen.

Sie beugte sich verschwörerisch vor. »Ich bin ein bisschen betrunken.« Sie hielt ihre Finger einen Zentimeter auseinander, um zu zeigen, wie ganz leicht angetrunken sie war.

Ein Glucksen entfuhr mir. »Ja, ich weiß.«

Sie sah beleidigt aus. »Sehe ich betrunken aus?«

»Ja.«

»Ich meine, wenn du mich wirklich ansiehst, so meine Haare und Augen und Haare und Gesicht und so, sieht es aus, als wäre ich betrunken?«

»Ja.«

Sie kniff die Augen zusammen, als müsste ich mich irren. »Also sehe ich richtig betrunken aus?«

»Sehr.« Ich nahm einen Schluck von meinem Bier.

Sie lehnte sich in der Nische zurück und wäre fast wie eine Pfütze unter den Tisch gerutscht. »Interessant. Deine fae Sinne sind wirklich spektakulär.«

Ich lachte, was mich selbst überraschte und ihren Blick einfing, und sie strahlte mich wieder mit diesem umwerfenden Lächeln an. Selbst als betrunkenes Durcheinander war sie noch immer magnetisch.

»Ist Gabrelle nicht gemein.« Die Streunerin schmollte und schob ihre Unterlippe verführerisch vor, und ich hatte den Impuls, hineinzubeißen, aber ich tat es nicht. Natürlich tat ich es nicht. Ich schuldete es Seb, mich von ihr fernzuhalten. Eigentlich sogar, sie ganz loszuwerden.

»Gabrelle macht nur ihren Job«, sagte ich tonlos und bemühte mich, jede Emotion aus meiner Stimme zu verbannen. Das Letzte, was ich brauchte, war, dass Neela erfuhr, wie schwer es mir fiel, sie zu quälen, wie sehr ich wünschte, ich könnte meine Blutschuld gegenüber Sebarah vergessen. Schon dieser Gedanke ließ Schuldgefühle wie ein Hammerschlag auf meine Schultern niedergehen, und ich sackte zusammen.

Die Streunerin war natürlich ahnungslos gegenüber meinem emotionalen Aufruhr. Sie konnte kaum gerade sitzen. »Sie ist gemein. Sie hat mich magisch dazu gebracht, dich zu küssen –«

»Sie hat dich Gelockt.«

Neela nickte heftig. »Ja! Sie hat mich Gelockt, dich zu küssen, und sie hat dich Gelockt, mich zu küssen. Macht dich das nicht wütend?«

Gabrelle hatte mir nichts dergleichen angetan. Ich hatte Neela aus wilder, leidenschaftlicher und fordernder Begierde zurückgeküsst, nicht weil die Schönheitskönigin irgendetwas mit mir gemacht hatte. Sobald sich die Gelegenheit ergab, hatte ich die Streunerin an den Hüften gepackt und sie hart auf mich gezogen, ohne mich darum zu kümmern, ob die anderen uns zusahen, ohne mich darum zu kümmern, ob eine Million Fae in den Bäumen um die Lichtung herum saßen.

Ich wollte sie einfach, also nahm ich sie mir.

»Nein«, sagte ich tonlos und hielt mich weit davon entfernt, die Wahrheit zuzugeben. »Ich bin nicht wütend auf Gabrelle.«

Neela nahm einen unsicheren Schluck von ihrem Drink und stellte ihn krachend ab. »Wirst du jetzt nicht ganz *Ach, Neela, du solltest keinen Alkohol mehr trinken, du siehst schon betrunken aus.*« Sie legte eine schreckliche Fistelstimme auf, während sie mich imitierte, und ich konnte nicht anders als zu lächeln.

»Du bist eine erwachsene Frau. Du kannst deine eigenen Entscheidungen treffen.«

»Genau. Danke. Deshalb bin ich hier.«

Ich beobachtete ihr Gesicht aufmerksam und sog ihren Anblick in mich auf. Sie war nicht aufmerksam genug, um es zu bemerken, also musste ich kein Desinteresse vortäuschen. Ich konnte jeden Zentimeter ihrer gefleckten Haut und ihrer verblüffend blauen Augen in mich aufnehmen. »Deshalb bist du in dieser Bar?«

Sie lehnte sich zurück. »Nein, ich bin in dieser Bar, weil mein Armband mich hierher gebracht hat.« Sie sprach einen Moment lang in ihr Handgelenk. »Du bist ein sehr ungezogenes Tattoo«, sagte sie wie eine Wilde.

Wurde sie hierher gelockt? »Bist du gekommen, um Gabrelle zu treffen?«

Neela schüttelte wieder den Kopf. Hätte sie lange Haare, würden sie ihr um das Gesicht fliegen, also war der stachelige Pixie-Schnitt ganz gut. »Nö. Mein liebes böses Armband hat mich hierher gebracht.« Sie wischte sich mit der Hand über die Lippen. »Du bist wirklich gutaussehend.«

Scheiße. Mein Schwanz zuckte bei diesem Kommentar, und ich konnte mich kaum zurückhalten, neben sie zu rutschen und diese perfekten schmollenden Lippen zu küssen. »Nicht nur gutaussehend, sondern supersexyheiß. Sogar für einen Fae. Du bist der fickbarste Mann, den ich je gesehen habe.«

Verdammt, sie brachte mich hier um. »Du bist auch nicht übel«, sagte ich lahm. Ich wollte ihr sagen, dass sie berauschend, faszinierend, umwerfend war, so anders als die gefassten Fae-Frauen, mit denen ich mich umgab, dass sie spektakulär und wild war.

Aber ich sagte nichts davon.

Sie winkte abwehrend ab. »Du bist sexy, weil du ein Fae bist.« Sie senkte ihre Stimme zu einem Flüstern, das ich gerade noch über den Fanged Five-Song hören konnte, der von der verzauberten Decke spielte, und fügte hinzu: »Ich habe ein Geheimnis.«

Ich lächelte. »Ist es so gut wie das Geheimnis, dass du betrunken bist?«

»Ich *sehe* betrunken aus«, korrigierte sie mich. »Und das ist besser. Viiiel besser.« Sie sah sich um, als könnte uns jemand belauschen, dann rutschte sie aus der Nische und setzte sich zu mir auf meine Seite. Ihr Oberschenkel ruhte an meinem und brannte sich durch mich hindurch, und ich konnte mich kaum auf ihre Worte konzentrieren.

»Ich bin kein Fae«, flüsterte sie und legte dann ihren Finger auf meine Lippen, als wäre es mein Geheimnis.

Ihr Finger war kalt auf meinem Mund von dem eisigen Glas, das sie umklammert hatte, und zwischen dem und ihren warmen Oberschenkeln hatte ich kaum einen Gedanken im Kopf.

»Du wurdest in Hebes geboren, ich weiß«, sagte ich und sprach durch ihren Finger.

Ein Funke erhellte ihre Augen, und sie nickte aufgeregt. »Ja! Du verstehst es. Genau.« Sie legte ihren Finger auf ihre eigenen Lippen und flüsterte theatralisch: »Psst.«

Neela roch nach Vanille-Moschus und Fae Fizz, und ich wollte sie in meine Arme nehmen und mit nach Hause tragen. Sie ließ mich meine Trauer vergessen. Selbst als meine Feindin versetzte sie mich in eine fröhliche Stimmung, die anhielt und anhielt. Sie war harsch und stark und entschlossen, aber auch verletzlich und weich. Und ich wollte jedes Stück von ihr.

Aber ich konnte sie nicht haben. Niemals.

Sie erlaubte mir, sie nach Hause zum Rosenpalast zu begleiten, der nicht weit von der Ogernase entfernt war. Sie hielt meine Hand und lehnte sich an mich, rieb sogar einmal meinen Bizeps und stellte meine Zurückhaltung wirklich auf die Probe. Ich konnte mich nicht erinnern, wer wen folterte.

Wir gingen in glücklichem Schweigen, das von gelegentlichen zusammenhanglosen Äußerungen unterbrochen wurde, wie »Delfine sind hübscher als Papierflieger, findest du nicht?«

Es gab mir Zeit zum Nachdenken. Darüber, wie falsch es war, sie nach Hause zu begleiten. Darüber, was ich Seb schuldete. Über unseren Blutpakt und wie ein paar Tage mit einer magnetischen Frau Jahre der Freundschaft nicht auslöschen konnten.

Sebs Hecke teilte sich, als wir uns näherten, und Neela wackelte mit dem Finger vor meinem Gesicht. »Du kannst nicht reinkommen«, lallte sie. »Ich hasse dich.«

»Ich weiß«, sagte ich leise. »Ich hasse dich auch.«

Sie nickte entschieden. »Gut.«

Ich wollte ihr folgen, und wenn sie mich gefragt hätte, hätte ich vielleicht nicht die Kraft gehabt, abzulehnen, also war es eine Erleichterung, dass sie die Nacht so beendet hatte.

»Weißt du«, begann ich, »das ändert nichts. Ich brauche dich immer noch, um zu gehen. Ich habe es Seb versprochen.«

Sie packte meine Revers und fixierte meinen Blick, fordernd: »Warum?«

Es war eine schreckliche Idee, meiner Feindin die Gründe für meine Handlungen zu erzählen, aber sie war so betrunken, dass sie sich am Morgen nicht daran erinnern würde, also holte ich tief Luft. »Seb kam in fast jeder Prüfung als Letzter. Er hatte jedes Jahr durchschnittlich weniger als fünf Punkte insgesamt, und das hat ihm zugesetzt. Er war deswegen immer unsicher.«

»Er klingt wie ein Arschloch.«

»Nein, er war mein bester Freund, und er war großartig. Es war nicht seine Schuld, dass er nicht ganz so schnell, stark oder geschickt in Zaubern war wie der Rest von uns.«

Sie legte eine Hand auf meine Brust, und ich wollte, dass sie sie dort ließ. »Moment mal«, lallte sie. »Ich bin verwirrt. Es klingt, als wärst du nett.«

Ich konnte nicht anders. Ich fuhr mit der Hand durch ihr stacheliges Haar und fühlte ihren zarten Schädel darunter. »Ich bin nicht immer ein Bastard, weißt du.«

Sie dachte darüber nach, überlegte wirklich eine Weile. »Doch, bist du. Egal, erzähl weiter. Sebarah war schlecht in all dem Fae-Kram, und was passierte dann?«

»Vor etwa einem Jahr erfuhr er von dir.«

Neelas Kinnlade klappte herunter. »Seb wusste von mir? Einem Müllsack-Waisenkind aus Hebes?«

Ihr Haar war weich unter meiner Hand, seidiger als ich erwartet hatte. »Du bist nicht immer so dumm.«

Sie nickte ein wenig. »Danke.«

»Seb fand heraus, dass er eine geheime Schwester hatte, die in der sterblichen Welt versteckt war. Du.«

»Oh, seine Schwester. Ich.« Sie zwinkerte theatralisch und stolperte in mich hinein.

Ich hielt sie fest und spürte ihr Herz gegen meine Brust schlagen. »Seb hatte Angst, du würdest für seinen Thron kommen. Er fühlte sich verletzlich, weil er immer so niedrig punktete. Du hättest um seine Position kämpfen können, wenn du stärker als er gewesen wärst.« Ich seufzte in ihr Haar. »Also versprach ich ihm, dass ich dich nie auf seinen Thron lassen würde. Wir schlossen einen Pakt mit Blutmagie, der unzerbrechlich ist.«

Neela neigte ihren Kopf nach oben und verengte ihre Kateraugen. »Ich wusste es. Du *warst* nett!«

Sie stieß sich von meiner Brust ab und stolperte zurück, dann salutierte sie vor mir. »Aber du wirst für mich immer ein Arschloch bleiben«, sagte sie wie ein Versprechen. »Bis zum nächsten Mal, sexy Feind.«

Ich sah zu, wie sie die Grenze zu ihrem Anwesen überquerte, wo sie sicher sein würde.

Ich wünschte, ich hätte Seb dieses Versprechen nicht gegeben. Jetzt, da er tot und gegangen war, wäre es völlig logisch gewesen, dass seine Schwester seinen Platz auf dem Thron einnahm. Aber ich hatte ihm mit Blutmagie geschworen, dass sie es nie tun würde. Und Blutpakte hielten für immer.

Neela

Es war ein Wunder. Ein Wunder direkt vom Himmel, Gott sei Dank. Ich wachte am Morgen ohne Kater auf.

»Was ist ein Kater?«, fragte Liz, und ich tanzte ein kleines Tänzchen, während ich erklärte, wie menschlicher Alkohol einen stundenlang – manchmal sogar tagelang – beschissen fühlen lässt.

»Warum trinkt ihr es dann?«

»Zum Spaß.«

Meine gute Laune hielt nicht lange an, denn Erinnerungsfetzen fielen mir ein. Hatte Ronan mich nach Hause gebracht? Hatte ich seine Hand gehalten und mich wie eine verdammte Idiotin an seine Brust gelehnt? Ja, ja und ja.

»Scheiße.«

Liz schob mir einen Teller mit Eiern und Kugelfisch-Muffins zu. »Stimmt was nicht?«

Ich legte meinen Kopf in meine Hände und lehnte das Essen ab. »Scheiße, scheiße, scheiße.«

Liz zog einen Hocker heraus und setzte sich an die Küchentheke. »Meine hochentwickelten fae Sinne sagen mir, dass etwas nicht stimmt«, scherzte sie.

»Ich habe Ronan gesagt, dass ich keine Fae bin. Und als er mir erzählte, dass Seb mein Bruder ist ... ich glaube, ich habe gezwinkert. Oh, Mist.«

Liz war praktisch veranlagt, wie ein Fels in der Brandung, während ich ein verdammter Origami-Vogel war, der im Sturzregen zerriss. »Er hat dir wahrscheinlich nicht geglaubt. Dein einziger Zug ist es, so zu tun, als wäre nichts passiert, und den Kopf hoch zu halten.«

Ich stöhnte und ließ meinen Kopf ganz auf den Tisch sinken.

Mein Handgelenk kribbelte, und ich schlug mit der anderen Hand darauf. »Nein, nein, nein. Nicht heute. Ich bin nicht deine Lady Fancy Bloomers, ich bin nur die Schlampe, die dich gestohlen hat, und ich will einen freien Tag.«

Das Armband ignorierte mich. Es war wirklich böse. Das Kribbeln wurde schmerzhaft, und ich tauchte meine ganze Hand in ein eiskaltes Glas Orangensaft, aber es linderte das Brennen nicht.

»Schön.« Ich schob meinen Hocker mit meinem Hintern zurück und schrie in mein Handgelenk. »Ich gehe ja. Ist es das, was du willst?«

Die Qual verschwand sofort, und ich knurrte meinen Arm an: »Dummes dämonisches Tattoo.« Es pulsierte als Warnung zurück.

Bevor ich zur Waldlichtung aufbrach, checkte ich bei Liz ein, die mein Outfit absegnete. Weiche Seidenschuhe, die härter als Stiefel waren, blutrote Lederhosen, die nach Rockstar aussahen, und ein bequemes, lockeres schwarzes Tanktop, das nie zu riechen schien.

Ich versuchte, mich an Liz' Rat zu erinnern, den Kopf hoch zu halten, als ich in das Waldklassenzimmer ging, aber ich glaube, ich habe überkompensiert. Ich starrte praktisch in die Baumkronen, als ich die Lichtung betrat und mich weigerte, meinen Blick irgendwo in Ronans Nähe zu richten.

»Du kommst zu spät«, schnappte Gabrelle.

»Und du bist eine Zicke«, gab ich zurück.

Eine tiefe Stimme ließ mich sofort angespannt werden. »Ich dachte, du kommst nicht, Streunerin.« Ich konnte ihm nicht länger ausweichen, aber als ich Ronan ansah, wünschte ich, ich hätte es nicht getan. Ich hatte noch nie jemanden gesehen, der so gründlich enttäuscht von meiner Ankunft war. Seine vollen Lippen waren fest zu einer Grimasse zusammengepresst, und er rieb sich den Nacken.

Unser Gespräch von gestern Nacht war ein Mosaik, dem die meisten Teile fehlten, aber selbst ich konnte zusammensetzen, dass ich etwas gesagt haben musste, um ihn zu verärgern und dazu zu bringen, mich noch mehr zu hassen.

Ich entspannte meine Haltung und stemmte eine Hüfte zur Seite. Mit Hass konnte ich umgehen. Es war viel besser als Scham. »Tut mir leid, dich zu enttäuschen, Prinzchen.«

Er starrte mich einfach nur mit diesen unergründlichen schwarzen Loch-Augen an, die ich beim besten Willen nicht lesen konnte, sein markanter Kiefer angespannt.

Ich trat zurück und stolperte fast über Doug, die sich um meine Knöchel drängte. Sie begleitete mich immer in den Wald, obwohl sie mich gerne allein in die Stadtstraßen gehen ließ. Vielleicht spürte sie hier mehr Gefahr als überall sonst.

Ich ließ mich in einen Busch unter dem tiefen Schatten eines hohen Baumes fallen und hoffte, im Dunkeln zu verschwinden. Wenn der intensive Duft von Blättern und Blumen mich ganz verschlucken könnte, wäre ich eine glückliche Frau.

Leif und Dion waren schon hier. Leif war oberkörperfrei und trug eine graue Jogginghose, die sein silbernes Haar und seine silbernen Augen betonte – seine übliche Uniform. Dion hatte milchiges Haar und Augen, die überhaupt nicht zu seiner mediterranen Rauheit passten. Er hielt eine Papierrolle, was mich noch tiefer in meinen Busch sinken ließ.

Es war der Tag der zweiten Prüfung. Scheiße.

Ich sackte so tief zusammen, dass ich mich fast in zwei Hälften faltete. »Was ist es diesmal? Wenn es wieder ein zwanzig Meilen langer Lauf durch den Busch ist, gehe ich verdammt noch mal zu Fuß.«

Ronan höhnte. »Diesmal muss es Zauberarbeit oder innere Kraft sein.« Er musste das stille Wort nicht hinzufügen: *Idiotin*.

Dion las von der Schriftrolle. »Die heutige Prüfung wird die Fähigkeiten der Erben in der Zauberarbeit testen.« Leif stöhnte, Gabrelle lächelte sanft und stemmte eine in rehfarbenes Leder gekleidete Hüfte zur Seite, und Ronan nickte.

»Gaia wird fünf Dämonen beschwören, einen für jeden von euch zum Besiegen. Ihr habt sechzig Sekunden zur Vorbereitung.« Dion blickte mit einem Grinsen auf. »Kampffähigkeiten.«

Ronan sah mich kurz an und dann weg, wahrscheinlich in der Hoffnung, dass ich bei dem bevorstehenden Kampf sterben würde.

Adrenalin schoss durch meine Adern, und ich sprang auf die Füße. »Ein Dämon? Deine Schlampen-Göttin beschwört einen Dämon?«

Leif rieb sich die Hände. »Nur kleine Dämonen, nichts Ernstes. Wir sollten zurechtkommen.«

»*Ihr* solltet zurechtkommen«, schrie ich. »Ihr lernt schon euer ganzes Leben lang Zaubersprüche. Was ist mit mir? Ich kenne keinen einzigen. Was soll ich tun, einfach hier stehen und sterben?«

Es war eine rhetorische Frage, aber sie kam ernst an, und die Erben sahen sich gegenseitig selbstgefällig an. Gabrelle warf Ronan einen vielsagenden Blick zu, und er sah mir endlich in die Augen. »Ja. Genau das solltest du tun.«

Ich sah mich nach einer Waffe um und hob einen langen Stock auf, gerade als fünf Rauchsäulen aus dem Boden wuchsen. Die Rauchsäulen verfestigten sich und formten fünf furchterregende Wesen, eines für jeden von uns.

Meins war eine riesige Katze mit scharfen Reißzähnen und Feuer anstelle einer Mähne, die sich bei jeder Bewegung hin und her bewegte. Es roch nach Asche. »Bleib bloß weg von mir, Feuerlöwe«, rief ich und schwang meinen Stock.

Die anderen Erben bildeten einen nach außen gerichteten Kreis, mit dem Rücken zueinander, damit sie nicht von hinten angegriffen werden konnten. Ich wurde allein gelassen.

Der Kampf begann. Jeder Erbe begann, Beschwörungsformeln zu murmeln, und für ein paar hoffnungsvolle Momente versuchte ich, mich darauf einzustimmen, was sie sagten, um den Zauberspruch zu wiederholen, aber es war zwecklos. Sie sprachen übereinander mit steigender und fallender Lautstärke, in einer Sprache, die ich nicht erkannte und keine Hoffnung hatte, sie nachzuahmen.

Ihre vier Dämonen kreisten: ein riesiger Oger, ein hundegroßer Drache, ein Krieger mit Hörnern und ein Schwarm Wespen, die als Einheit auf Gabrelle zustürzten und angriffen.

Mein Feuerlöwe stürzte vor, zog meine Aufmerksamkeit auf sich und versprühte Funken zu meinen Füßen. Ich duckte mich, als eine scharfe Klaue durch die Luft fuhr. Mein Kopf war leer. Ich konnte an keinen Ausweg denken. Die anderen Erben murmelten und bewegten ihre Hände, und alles, was ich hatte, war ein verrottender Stock.

Der Löwe brüllte erneut, und Flammen schossen aus seinem Maul, also warf ich mich zu Boden und rollte mich weg, gerade noch dem Inferno entkommend. Mein Herz raste außer Kontrolle, hämmerte in meiner Brust, und meine Hände waren schweißnass. Ich hatte meinen Stock verloren, während ich mich von den Flammen wegrollte, also suchte ich verzweifelt den Boden ab, auf der Suche nach etwas anderem, das ich als Waffe benutzen konnte.

Der Feuerlöwe verfolgte mich, und ich machte einen Purzelbaum unter einem weiteren mächtigen Hieb hindurch und hob einen Stein auf, den ich auf die Kreatur warf, ohne Wirkung.

Ich warf einen kurzen Blick auf die anderen, in der Hoffnung, sie würden mir zu Hilfe kommen, sobald ihre eigenen Dämonen besiegt wären. Der Wespenschwarm wirbelte in einem Zyklon, den Gabrelle kontrollierte, und sie saugte sie einen nach dem anderen ab. Dion duckte sich, als sein Krieger angriff und seine Konzentration störte, was seinen Zauberspruch unterbrach. Leif schien es auch nicht viel besser zu ergehen, aber Ronan hatte seinen Oger bereits besiegt.

Ronan kam mir jedoch nicht zu Hilfe. Oder sonst jemandem. Er lehnte mit einem selbstgefälligen Blick an einem Baum, seine muskulösen Arme über seiner breiten Brust verschränkt.

Ich konnte spüren, wie er mich beobachtete. Er wusste genau, in welchen Schwierigkeiten ich steckte, aber sein Gesicht war ausdruckslos, und er hob keinen Finger, um zu helfen.

Der Feuerlöwe sprang und nagelte mich am Boden fest, seine Klauen zerrissen mein Tanktop zu beiden Seiten meines Körpers. Sein Atem war wie ein Hochofen, sengend, schmerzhaft und stank nach den ätzenden Gruben der Hölle.

»Jetzt hab ich dich, fae Balg«, knurrte der Löwe und erschreckte mich.

»Du kannst sprechen?« Vielleicht gab es doch noch Hoffnung für mich. »Du wirst mich doch nicht töten, oder?«

»Ich werde deinen zerbrechlichen Hals in zwei Teile schlitzen«, brüllte die Kreatur. »Du hast mich aus meinem Schlummer geweckt.«

Das war ein Gefühl, das ich verstehen konnte. »Aber ... « Ich zerbrach mir verzweifelt den Kopf nach einem Argument, das mein Leben retten könnte. »Wenn –«

Zwei wilde Kreaturen mit noch längeren und schärferen Reißzähnen als der Löwe knurrten von hinten und stürzten sich auf den Dämon.

Mein Herz sprang mir in den Hals, als Doug und Herb sich mit der Höllenkatze rollten und kämpften.

Sie waren ein verschwommenes Durcheinander aus grasgrünem Fell und sengendem Feuer, als sie sich überschlugen und rangen, jede Kreatur kämpfte um ihr Leben. Mein Herz saß mir in der Kehle, und meine Lungen waren vor Angst wie eingefroren.

Schließlich knurrte der Löwe: »Genug!« Er zog sich von den Schnüffeltuffs zurück, knurrend und Flammen auf den Waldboden tropfend wie Blut, das jedes Blatt versengte, das sie berührten. Er sah erschöpft und verwundet aus, und mit einem letzten Knurren zerfiel er zu Rauch, der sich in der efeuüberwucherten Erde auflöste.

Ich sprintete zu Doug und Herb, untersuchte sie auf Wunden und hoffte, dass all das tropfende Blut dem Löwen gehörte, nicht ihnen.

Sie waren versengt, aber es würde ihnen gut gehen, mit oberflächlichen Verletzungen, die heilen würden. Ich gurrte und streichelte sie, bis sie wieder zu ihren Grasbüschel-Formen zurückkehrten und sich zusammengekuschelt unter einem Baum niederließen.

Dann wirbelte ich zu Ronan herum. »Du würdest wirklich einfach zusehen, wie ich sterbe?«

Er beobachtete mich mit seinen unleserlichen, verdammten Augen, immer noch gegen den Baum gelehnt, ohne einen Muskel zu bewegen.

Vor Wut ballte ich meine Fäuste und drehte mich um, um zu sehen, wie es den anderen erging. Ich hasste all diese weinerlichen Idioten, aber ich würde ihnen lieber helfen, ihre höllischen Gegner zu besiegen, als herumzustehen und zuzusehen, wie sie sterben.

Aber niemand brauchte meine Hilfe. Alle Dämonenkreaturen waren verschwunden, und die Erben standen keuchend herum. Außer Gabrelle, die gepflegt und ordentlich aussah, mit ihrem rosa Haar, das über ihre Schultern floss, und ihrer rehbraunen Lederhose, die nicht einmal einen Schmutzfleck zeigte. Sie beobachtete mich mit einem einstudierten Lächeln.

»Schön, dass ich dich unterhalte«, murmelte ich ihr zu.

Eine silberne Zahl erschien über dem Kopf jedes Erben und schimmerte im gefleckten Sonnenlicht. Eine Fünf für Ronan, weil er seinen Dämon als Erster besiegte, eine Vier für Gabrelle, eine Drei für Leif und eine Zwei für Dion. Ich blickte über meinen eigenen Kopf und sah eine schimmernde Eins.

Mir wurde schwindelig. Ich hatte einen Punkt erzielt? Ich hatte einen Punkt erzielt! Ich, ein Müllsack-Waisenkind aus den Docklands, hatte an einer fae Prüfung teilgenommen und einen verdammten Punkt geholt. Ich drehte mich zu den anderen um. »Pech gehabt. Ich habe einen kostbaren Punkt erzielt und bin nicht gestorben.«

Ich sah mich um und suchte nach dem selbstgefälligen Grinsen auf Ronans Gesicht, fand ihn aber stattdessen steinern und ausdruckslos vor. »Ich wollte nicht, dass du stirbst«, presste er hervor. »Ich wäre eingeschritten.«

Meine Hände flogen zu meinen Hüften. »Ach ja? Bevor oder nachdem der Löwe mir den Kopf abgebissen hätte?«

Die silberne Nummer fünf verschwand über seinem Rabenkopf, und sein Kiefer zuckte, aber er sagte nichts mehr.

Leif trottete herüber und warf sich auf die Jasminmatratze. »Friss das, Big D. Du wirst in der Endwertung definitiv unter mir landen.« Er blickte zu mir auf. »Fae müssen ihren Scheiß selbst machen, Schätzchen. Wir dürfen uns nicht gegenseitig helfen. Das würde die Rangliste beeinflussen.«

Gabrelle überquerte die Lichtung und zog sich mühelos auf den Steinvorsprung. Sie schlug anmutig ein Bein über das andere. »Keine Fae kann auf einem Thron sitzen, die sich ihren Platz nicht erkämpft hat.« Sie warf mir einen harten Blick zu. »Das bedeutet, du gewinnst auf deine eigene Art und Weise, es wird dir nicht in den Schoß gelegt. Wenn du bis jetzt nicht erkannt hast, dass du nicht das Zeug dazu hast, wirst du es nie erkennen.«

»Weißt du, ich stimme dir tatsächlich zu«, sagte ich und wandte mich ihr zu. »Ich brauche keine Hilfe von irgendjemandem. Das war noch nie so. Mein ganzes Leben lang habe ich alles selbst und für mich selbst gemacht. Ich brauchte nicht einmal deine Hilfe, um einen Punkt in der Zauberherausforderung zu erzielen, obwohl ich keinen einzigen verdammten Zauberspruch kenne.«

Ich war überglücklich, einen Anflug von Missfallen über die Stirn der Eiskönigin huschen zu sehen. Das war das menschliche Äquivalent dazu, sich hinzulegen und zu weinen. Aber sie überspielte es schnell. »Du hast einen Punkt erzielt und das auch nur wegen deiner grasbewachsenen Freunde.«

Doug und Herb knurrten aus der Ecke.

»Und wer hat letztes Jahr die Eins bei der Zauberprüfung bekommen? Einer von euch muss es gewesen sein.«

Unbehagen breitete sich in der Lichtung aus, und ich liebte es verdammt nochmal.

Ronan brach das Schweigen. »Letztes Jahr hat Sebarah die Eins geholt. Das ist der Platz, auf dem das Haus Flora immer landet. Toter. Letzter.«

»Er hat einen Punkt bekommen, ich habe einen Punkt bekommen, also gehöre ich genauso hierher wie er es je tat.«

Dion kaute an einem Riegel, der seine Haare dunkelgrün färbte, beginnend an den Wurzeln und nach unten fließend. »Flora ist in der Kohorte unserer Eltern nicht Letzter geworden.«

Ronan riss den Kopf herum. »Doch, das sind sie. Haus Flora ist unter unseren Eltern am niedrigsten eingestuft.«

Dion setzte sich schwer auf die Matratze neben Leif und bot seinem Freund einen zweiten Müsliriegel an. »Flora hat diese Position gewählt. Sie kamen auf den zweiten Platz hinter deinen Eltern, entschieden sich aber dafür, den letzten Platz einzunehmen. Sebs Mutter wollte die Macht nicht, wollte die Verantwortung nicht oder so etwas.«

Diese Information bedeutete Ronan offensichtlich viel. Sein gebräuntes Gesicht verdunkelte sich, rötete sich, und sein ganzer Körper wurde steif. »Warum war Sebarah dann so schwach?«

Leif nahm einen Bissen vom Müsliriegel und stöhnte anerkennend, sprach mit vollem Mund. »Weil der Großteil ihrer Macht an jemand anderen ging, Alter.«

Jedes Augenpaar in der Lichtung landete auf mir, sogar Doug und Herbs. Ich versuchte mein Bestes, die Reglosigkeit der Fae zu imitieren und keinen Muskel zu bewegen, aber ich rutschte unbehaglich unter ihrer Aufmerksamkeit hin und her.

Das Lustige war, sie dachten, diese Information wäre bedeutsam für mich, dass sie mich irgendwie mächtiger machte und wahrscheinlicher dazu brachte, ihnen in den Hintern zu treten. Weil sie die Wahrheit nicht kannten.

Ich war keine Fae. Ich hatte das verdammte Armband gestohlen, und ihr toter Freund hatte nichts mit mir zu tun. Die einzige gute Nachricht war, dass Ronan mir letzte Nacht nicht geglaubt hatte, als ich gestanden hatte, keine Fae zu sein. Er hatte nur gedacht, ich sei ein betrunkener Narr... was schwer zu leugnen war.

Ich nahm Doug und Herb in meine Arme, um nach Hause zu gehen. Aber ich musste das letzte Wort haben. »Ich schätze, ihr Jungs werdet unter mir eingestuft.« Ich sah Ronan direkt in die Augen. »Und das schließt dich ein, Prinzchen. Ich komme, um dich zu kriegen.«

Ich liebte die klingende Stille... aber nicht die Tatsache, dass ich keine Möglichkeit hatte, das zu untermauern. Ich war wie immer nur große Klappe und nichts dahinter.

Ronan

Mein Magen knurrte, als ich die Piccolo-Straße entlangschlenderte. Ich nickte Leif zu und wir schlüpften in einen Feinkostladen.

Der Mittagsandrang war groß, und ich hatte keine Lust zu warten. Meine Ungeduld übertrug sich auf die Gruppe, die anfing zu drängeln und darüber zu murren, wie lange das dauerte. Leif knurrte eine Frau am Ende der Schlange an, und sie wimmerte und ließ ihre Tasche fallen, als sie den wilden Laut hörte.

Leif hatte eine starke Alpha-Seite in seiner Persönlichkeit, und es war immer schockierend, wenn ich sie sah. Unter den Erben war er Spaß und Spiel, alles Lecken und Lachen und Verspieltheit. Aber wenn seine Position in einer Hierarchie herausgefordert wurde, sah er rot. Die arme Fae hat sich wahrscheinlich in die Hose gemacht, wie er sie anknurrte, seine Lippen zu einem Zähnefletschen verzogen, seine rasiermesserscharfen Eckzähne entblößend, und dabei in jeder Hinsicht wie ein Alpha aussah.

Der Rest der Menge machte sofort Platz, um uns durchzulassen.

»Zwei Rindfleisch-Wraps«, bestellte ich, »und was auch immer er möchte.«

Der Besitzer dieses Ladens war ein fähiger Magirus und machte die beste Faeyonnaise, die ich je gegessen hatte. Es war mir egal, was sonst noch auf dem Sandwich war, solange es mit Sauce kam.

Unser Essen wurde zuerst zubereitet, und ich nahm das warme Paket mit einem Nicken zur bedienenden Fae entgegen. Dann bahnten wir uns unseren Weg durch die Menge, um draußen zu essen, während wir weiter schlenderten.

Leif lief buchstäblich das Wasser im Mund zusammen, so gut war das Essen, und ein großer, ekliger Speicheltropfen klatschte auf meinen Schuh.

Ich rempelte ihn mit der Schulter an. »Pass auf, wo du hin sabberst, Wolf«, knurrte ich.

Er grinste glücklich zurück. »Sorry, Alter. Aber das ist echt leckerer Scheiß hier.«

Ich hielt inne, als eine kleine Frau mit stacheligen blonden Haaren einen Crafterladen verließ, aber es war nicht Neela. Tatsächlich sah sie der Streunerin kaum ähnlich, also weiß ich nicht, warum ich sie verwechselt habe.

Ich seufzte. Neela beherrschte meine Gedanken zu oft für meinen Geschmack, und ich musste sie vertreiben.

»Lass uns ein bisschen trainieren«, schlug ich vor. Der beste Weg, die Streunerin aus meinen Gedanken zu verbannen, war, meinen Kopf völlig frei zu machen, und das bedeutete Schwertkampf.

Leif stimmte zu. Er war ein guter Freund und großartig, wenn ich keine tiefen Gespräche, sondern ruhige Kameradschaft wollte. Er war wahrscheinlich jetzt mein bester Freund auf der Welt.

Der schnellste Weg zurück zum Seehaus führte über Leifs Haus, das nicht weit vom Sinnesviertel entfernt war. Also gingen wir über sein monströses Marmorpalais zu dem Fleckchen Erde neben dem Seehaus, wo wir normalerweise trainierten.

»Heute Breitschwert, denke ich.« Ich wählte die schwerste, gemeinste Waffe aus dem offenen Regal, und Leif stöhnte, wählte aber auch ein Breitschwert.

Wir parierten leicht zum Aufwärmen, dann stieß ich ohne Vorwarnung zu und schlug Leif die Klinge aus der Hand.

Er murrte, als er sich bückte, um sie aufzuheben. »Du weißt, dass ich jetzt Krallen und Reißzähne habe. Ich muss diesen Scheiß nicht mehr üben.«

Ich ließ ihn seine Waffe aufheben und stieß dann erneut zu. »Und was, wenn ein Weaver einen Zauber wirkt, um deine innere Kraft zu lähmen?«

Diesmal war er bereit für mich und wehrte meine Klinge mit einem Klirren ab, dann parierte er selbst. »Wenn so ein Weaver-Arsch mich neutralisiert, neutralisiere ich ihn zurück. Ich reiße ihm die Eier ab.«

Ich duckte mich nach links und umkreiste meine Beute mit leichten Füßen auf dem Boden. »Nicht, wenn er dir zuerst ein großes Schwert durch den Bauch rammt.« Ich täuschte nach links an, dann ließ ich die schwere Klinge von oben herabsausen, während ich mich nach vorne lehnte und sein Knie hart trat.

Leif brach auf dem Boden zusammen, und seine Waffe klapperte neben ihm und wirbelte eine Staubwolke auf. »Dafür bist du ja da. Du wirst mir den Rücken freihalten und ihm mit deinem überkompensierend großen Schwert den Kopf abschlagen.«

Ich grinste. Es fühlte sich gut an, mit Klingen und Worten zu parieren. »Hey, Mann, ich muss nichts kompensieren.«

Er warf für einen Moment einen Blick auf meinen Schritt. »Stimmt.«

Sein Bein musste höllisch schmerzen, wo ich ihn getreten hatte, aber er kämpfte weiter, humpelte um mich herum und schaffte es, selbst ein paar Schläge zu landen. Leif und ich trainierten immer zusammen mit Schwertern. Gabrelle, Dion und Sebarah bevorzugten immer Pfeil und Bogen, aber ich mochte es, nah dran zu sein und die Angst und Erwartung in den Augen meines Gegners zu lesen.

Leifs Alpha-Seite kam zum Vorschein, je länger wir parierten. Er wurde frustriert und begann zu knurren. Seine blasse Haut wurde knochenweiß, sein Kiefer mahlte, und seine Muskeln schwollen vor Kraft an. Die Wut in seinen brennenden silbernen Augen hätte jeden anderen vor Angst schmelzen lassen, sogar Gabrelle oder Dion, aber ich war es vom Trainingsfeld gewohnt.

Er und ich waren ziemlich ebenbürtig, obwohl ich heute die Oberhand gewann. Seine Bemerkung darüber, dass Freunde füreinander einstehen, machte mich aus irgendeinem Grund wütend, den ich nicht genau benennen konnte, und verlieh meinen Schlägen Gift.

Neelas Gesicht schwebte durch meinen Kopf, so wie es während der zweiten Prüfung ausgesehen hatte. Sie hatte keinen Grund zu glauben, dass wir ihr helfen würden, aber sie hatte trotzdem verletzt ausgesehen, als ich ihr gegen diesen Feuerdämon nicht zu Hilfe gekommen war. Aber ich war nicht ihr Freund, also musste ich nicht für sie einstehen. Ich schuldete ihr nichts.

»Verflucht sei Gaia.« Ich klappte zusammen, stützte meine Hände auf meine Knie und keuchte. Das brachte die Usurpator-Prinzessin nicht aus meinem Kopf. »Lass uns eine Pause machen.«

Leif stürzte nach vorne und schlug mir die Waffe aus der Hand, wobei er endlich seinen Alpha-Zorn mit einem leichten Grinsen vertrieb. »Letzter Punkt gewinnt.«

»Betrüger«, murmelte ich, aber mit einem Lächeln. Wir brachten die Schwerter zurück in die offenen Regale, und ein befriedigendes Ziehen durchströmte meine Schulter und meinen Arm. Gut – das würde mich von der Streunerin ablenken.

Verdammt, ich dachte schon wieder an sie.

Leif schaute zum Himmel und nutzte die Sonne, um die Zeit abzulesen. »Ich sollte mich auf den Weg machen. Mom wird jetzt jederzeit gehen, also kann ich nach Hause und einen Healer für dieses Knie finden.«

Ich hob eine Augenbraue. »Gehst du deiner Mutter aus dem Weg?«

Leif grinste. »Ich gehe nur harter Arbeit aus dem Weg. Sie ist total aufgeregt wegen der Schattenwandler, und ich will nicht hineingezogen werden. Ich will nur eine Dusche, etwas zu essen und einen Fick. Ist das zu viel verlangt?«

Schattenwandler waren real, aber sie konnten nicht im Reich der Fae leben. Jenseits der Omber-Meerenge, einer schmalen Wasserstraße vor der Ostküste von Verda, lag eine Insel, die immer in Dunkelheit gehüllt war. Die Schatteninsel war die Heimat einer Rasse von Nachtbewohnern, die durch die Dunkelheit reisen konnten und deren Berührung der lebende Tod war.

Unter den Fae kursierten Gerüchte. Sie sprachen von Schattenwandlern, die die Dörfer entlang der Ostküste von Verda erreichten und sich von Fae-Seelen ernährten, wobei sie wandelnde Hüllen zurückließen – Fae-Körper ohne Fae-Seelen.

»Schattenwandler können kein Wasser überqueren.« Ich wischte mir den Schweiß von der Stirn. »Die Gerüchte, dass sie Fae im Osten zu Zombies machen, sind nur das. Gerüchte.«

Leif schüttelte sein Haar, und Schweißtropfen flogen davon. »Nein, Alter. Irgendein idiotischer Fae ist mit seinem Schiff über die Omber-Meerenge gesegelt, und sie glauben, dass einige Biester im Laderaum des Schiffes zurückgekehrt sind. Sie haben sich nachts durch das Reich geschlichen, und jetzt haben sie Verda City erreicht. Letzte Nacht wurde eine Familie von Bärenwandlern getötet – na ja, in wandelnde Hüllen verwandelt, die man erlösen musste. Die Wandler-Gemeinschaften kommen zusammen, um zu überlegen, was zu tun ist.«

Ich blickte zum Himmel. Die Sonne näherte sich dem Horizont, also war die Nacht nicht mehr weit. Wenn diese Schattenwandler-Bedrohung mehr als nur ein Gerücht war, dann konnten sie bei Einbruch der Dunkelheit überall hingehen... und jeden töten.

Meine Muskeln spannten sich an. »Ich muss Neela warnen.«

Leif warf mir einen seltsamen Blick zu, sagte aber nichts außer auf Wiedersehen. Dann zog er sich nackt aus, rannte zum See und tauchte ein, um nach Hause zu schwimmen für eine gute Nacht voller Vergnügen.

Dringlichkeit packte mich, als ich mich zum Orangenhain wandte. Ich musste Neela finden, bevor es die Schattenwandler taten.

Leif

Mom verließ die Bau, und zwei Minuten später trat ich ein. Mit der Nachricht, dass die Schattenwandler Verda City erreicht hatten, würde sie den Alpha raushängen lassen und versuchen, mich bei der Reaktion darauf einzuspannen.

Ich konnte mir nichts Langweiligeres vorstellen. Sie hatte einen Haufen Betas, die das für sie erledigen konnten, alle vollgestopft mit Strategie und so'n Zeug, also würde ich das den Experten überlassen, während ich etwas Spaßigeres machte. Zum Beispiel mit meinen Freunden raufen.

Unsere Wolfshöhle war aus Marmor gehauen, einige Räume schwarz mit goldenen Adern, andere reinster Creme. Wenn ich den Ort betrat, entspannte ich mich. All diese ständig wachsame Wolfwahrnehmung verschwand, wenn ich von allen Seiten von beruhigendem, hartem Fels umgeben war.

Unsere Wolfshöhle war der schickste, den ich je besucht hatte, wie es sich für das Zuhause der Königin gehörte. Mom war die Alpha der Alphas, die oberste Wölfin in ganz Verda, und unser Zuhause war der Hammer. Überall lagen weiche Felle für den Fall eines Notfall-Ficks, und die Möbel waren alle niedrig, groß und luxuriös.

Meine erste Amtshandlung war es, einen Healer zu rufen, um mein schreiendes Knie zu richten. Ich hasste es, dass Ronan beim Schwertkampf den ersten Schlag gelandet hatte, aber ich hatte den letzten. Gewinner, Gewinner. Unser Healer war geschickt und schnell, also war ich nach ein paar Minuten wieder hundertprozentig großartig.

Ich war verschwitzt, also huschte ich nach oben und duschte, dann trottete ich in das Schlafzimmer, das ich mit den jüngeren Betas teilte – niemand über hundert oder unter zwanzig war erlaubt, und niemand, der verpaart war. Wir waren die Beta-Welpen, und in den meisten Nächten wurde unser riesiger Fellhaufen zu einem schönen Fick-Haufen. Ich schnüffelte hoffnungsvoll herum, aber niemand war in der Nähe, also lief ich nach unten, auf der Suche nach jemandem zum Abhängen.

Grayson, einer meiner Zimmergenossen, knabberte an einem Hühnchen in der orangegeäderten Esshöhle. »Willst du draußen Ball spielen?«

Ich nickte. »Klar, gleich nachdem ich deinen Knochen abgenagt habe.«

Er knurrte und behielt den Hühnchenknochen. Er hätte ihn in dem Moment, als ich fragte, nach mir werfen sollen, um seine Unterwürfigkeit zu signalisieren, aber der Arsch knabberte weiter daran.

Wut stieg in mir auf, hart und heiß. Das Einzige, was meine entspannte Lebenseinstellung erschüttern konnte, war ein Untergebener, der die Hierarchie nicht respektierte. Als Sohn des Alphas stand ich über allen außer ihr, und Grayson wusste das verdammt noch mal.

Ich knurrte und sprang über den Tisch direkt auf seine Kehle zu. Er hob einen Unterarm, um seinen Hals vor meinen Zähnen zu schützen, aber ich schlug ihn beiseite und schnappte nach seiner Haut. Mit meinen wolfscharfen Schneidezähnen riss ich ein Stück Fleisch neben seinem Adamsapfel heraus, knurrte wild und ließ meiner Wut freien Lauf. Sein Blut schmeckte warm und salzig und nach purer Macht.

Ich spuckte das Stück seines Fleisches auf seine kauernde Gestalt, die jetzt zusammengerollt auf dem Küchenboden lag. »Respektiere mich nie wieder nicht«, knurrte ich. Ich mochte zwar locker sein, aber unsere Gesellschaft basierte auf Hierarchie und Respekt, und als zukünftiger Alpha musste ich sicherstellen, dass dies aufrechterhalten wurde. Ich weigerte mich, der Alpha zu sein, der unsere Welt zerbröckeln ließ, weil ich keine Disziplin durchsetzte.

Außerdem war die Wut schwer zu kontrollieren.

»Geh und lass dich heilen, dann warte auf mich im Verlies.«

Grayson versuchte zu murmeln, gurgelte aber nur. Er nickte jedoch und huschte mit gesenktem Kopf und kraftloser Haltung davon, zeigte all die Zeichen der Unterwürfigkeit, die er früher hätte zeigen sollen.

Ich würde ihm später im Verlies mehr Bestrafung zuteilwerden lassen. Die Art von Bestrafung, aus der ich große Befriedigung ziehen konnte... mein Schwanz zuckte bei dem Gedanken. Ich würde ihm nicht zu sehr wehtun, und wenn ich mich gnädig fühlte, würde ich ihn vielleicht sogar auch kommen lassen.

Ich hob das heruntergefallene Hühnchenbein auf und nagte es ab, ließ meine Wut abklingen und wollte nicht nach draußen zum Rest des Rudels gehen, bis ich mich wieder völlig unter Kontrolle hatte. Ich spritzte mir kaltes Wasser ins Gesicht und wusch Graysons Blut und

Geschmack weg, dann nahm ich ein paar tiefe Atemzüge, bevor ich mich zur Hintertür begab.

Draußen schien die Sonne, und ein halbes Dutzend Fae hatten sich bereits in Wolfsgestalt verwandelt. Ich zog mich aus und verwandelte mich ebenfalls, keuchend vor Aufregung und bereit, den letzten Rest meiner Wut loszuwerden, indem ich lief, bis ich umfiel.

Es sah aus, als wäre Luwan der Werfer, also blieb er in Fae-Gestalt, seine orangefarbenen Augen glitzerten vor Aufregung. »Fertig, los!« Er warf den Ball in einem hohen Bogen und setzte dabei jedes Quentchen seiner Fae-Kraft ein, sodass der Ball durch die Luft pfiff. Ich beschleunigte hinterher, meine Muskeln spannten sich an und entspannten sich wieder, der Rausch des Fluges durchströmte mich, während ich dem Ball hinterherjagte.

Ich mochte auf zwei Beinen langsamer sein als die anderen Erben, aber ich war schon immer schneller als der Rest meines Rudels gewesen, und auf vier Beinen überholte ich jeden Einzelnen von ihnen und stürzte mich auf den Ball, schnappte ihn zwischen meine Kiefer und knurrte siegreich.

Ich trottete mit hoch erhobenem Schwanz zurück, und die anderen Wölfe sahen mir beim Vorbeigehen zu. Das Einzige, was noch besser war als der Nervenkitzel des Wettkampfs, die Aufregung der Jagd, war der Ruhm eines Sieges.

Ich ließ den Ball ein paar Meter vor Luwans Füßen fallen, um meine Dominanz über ihn zu beweisen, und er schluckte einen Seufzer, als er losging, um ihn zu holen.

»Fertig, los!« Wieder jagten wir dem Ball hinterher und versuchten, der Schnellste, der Stärkste, der Beste zu sein. Wieder klemmte ich die Kugel zwischen meine Fangzähne und knurrte triumphierend.

Dies war mehr als nur ein lustiges Spiel. Es half uns, unsere Hierarchie zu bestimmen und zu erkennen, wo wir im Rudel standen. Rennen, Ringen, Kämpfen und Geburtsrecht spielten alle eine Rolle für unsere Position in der Gruppe. Selbst die langsamsten und schwächsten Wölfe mochten das Spiel, weil die Gewissheit, seinen Rang zu kennen, Trost spendete.

Besonders für mich. Denn ich war der Beste.

Nachdem wir erschöpft waren, verwandelten wir uns zurück in Fae-Gestalt und fläzten uns keuchend und plaudernd herum.

Taal, eine drahtige braune Frau mit kleinen, kecken Brüsten, ließ sich neben mir ins Gras plumpsen. »Manchmal bin ich neidisch auf die wilden Wölfe. Die Kerle können den ganzen Tag spielen und müssen nie zur Arbeit gehen.«

Wilde Wölfe waren technisch gesehen die gleiche Spezies wie wir – Fae, die sich in Bestien verwandelten. Aber ihr Leben war das genaue Gegenteil. Sie lebten in beschissenen Höhlen aus Baumzweigen oder so einem Mist und folgten ihren eigenen verrückten Regeln. Ich hatte gehört, dass sie die meiste Zeit in Wolfsgestalt verbrachten. Die ungezähmten Rudel erkannten Mom nicht als ihre oberste Alpha an, was sie wahnsinnig aufregte. Ich würde die wilden Schwänze auf jeden Fall unterwerfen, wenn ich König würde.

Ich schauderte. »Du würdest mich keine hundert Meter vom nächsten Fae-Seidenanzug entfernt erwischen«, witzelte ich, und das Rudel lachte.

Mit dem Rudel abzuhängen, war viel unterhaltsamer, als über Schattenwandler zu quatschen. Ich war noch nie so glücklich gewesen, mich hinter Moms Rücken herumzudrücken.

Ronans Gesicht, als ich die Schattenwandler erwähnte, war einfach Gold wert – er sah aus, als hätte man ihm den linken Arm in den Hintern geschoben. Und sein erster Instinkt war es, loszustürmen, um zu überprüfen, ob es Neela gut ging.

Er hatte es offensichtlich schlimm erwischt wegen dieser Frau. Ich hatte noch nie jemanden gesehen, der so verliebt und gleichzeitig in so tiefer verdammter Verleugnung war. Ich hoffte nur, sie würde ihn sanft abblitzen lassen, wenn er es endlich kapierte und ihr seine Liebe gestand, denn sie erwiderte seine Gefühle ganz sicher nicht, soweit ich das beurteilen konnte.

Ich würde mich ihr nicht mal nähern. Ich hatte schon immer irgendwie Angst vor ihrer Mutter gehabt, auch wenn ich das niemandem gegenüber zugeben würde, und schon gar nicht Ronan. Diese floranische Typen waren nicht zu unterschätzen, und das Letzte, was ich tun würde, wäre, meinen Schwanz in ihre Erbin zu stecken, egal wie heiß sie war.

Mein Schwanz wurde bei dem Gedanken hart, und als ich mich in meinem nackten Rudel umsah, bemerkte ich noch einige andere Erektionen und einige lüsterne Düfte von den Frauen.

Taal kroch näher, ihre kleinen Brüste wackelten unter ihrem Körper. »Willst du mich ficken, Alpha?«

Ich war noch nicht ihr Alpha – aber es machte mich steinhart, wenn sie mich so nannte.

Andere Fae küssten sich, ließen ihre Hände über die erhitzte Haut des anderen gleiten. Dieses gemütliche Ballspiel am Nachmittag verwandelte sich in eine Orgie, und ich war voll dabei.

»Dreh dich um, Baby«, knurrte ich, und Taal zeigte mir ihren straffen braunen Hintern, immer noch auf allen Vieren.

Ich drang in sie ein und blickte Brandon in die Augen, der bis zum Anschlag in Benjis Hintern steckte.

Ich liebte mein verdammtes Rudel.

Ronan

Sebarahs Hecke würde mich entweder durchlassen oder mich in Stücke reißen, je nachdem, ob sie mich als Sebs Freund oder Neelas Feind erkannte.

Sie teilte sich, als ich mich näherte, und blies mir sogar einen Jasmin-duftenden Kuss auf einer sanften Brise als Willkommensgruß zu. Also Sebs Freund.

Ich knirschte über den Kiesweg und einige Stufen hinauf zur Haustür. Ich zögerte, die Hand auf dem Türknauf. Der Rosenpalast war früher mein zweites Zuhause gewesen, und ich kam und ging ohne anzuklopfen, obwohl ich dieses Privileg verloren hatte, als ich Seb verlor. Aber Klopfen fühlte sich zu förmlich an für ein Haus, das ich so gut kannte wie mein eigenes.

Ich stand wie ein Idiot auf der Veranda, und bevor ich mich entschieden hatte, schwang die Tür auf.

Die grünhaarige Fae, die in jener Nacht mit Neela in der Bar gewesen war, als sie betrunken wurde und mir sagte, ich sei sexy, verengte ihre hellen Augen, als sie mich sah. »Sie ist nicht hier.«

»Wer bist du?«, fragte ich.

Sie neigte den Kopf. »Ich bin eine Fae des Hauses Flora. Das ist alles, was du wissen musst.«

Ich wollte diese Frau nicht verärgern. Ich hatte genug von Feinden. Ich wollte nur Neela finden und sie vor den Schattenwandlern warnen. Sie hatte jedes Recht, es zu wissen. Selbst wenn sie nach Hebes zurückkehrte, musste sie nicht in einem Leichensack zurückgehen.

Ich seufzte ungeduldig. »Wie heißt du?«

Die Frau überlegte, mich zu ignorieren, das konnte ich an ihrem Zögern erkennen. »Liz Frankel.«

»Nun, Liz, ich muss Neela finden. Wo ist sie?«

Sie hatten offensichtlich über mich gesprochen, denn Liz war mit ihrer Antwort wenig mitteilsam. Sie verschränkte die Hände hinter dem Rücken und stellte sich so, dass sie den Türrahmen blockierte. »Wie ich schon sagte, sie ist weg.«

»Wo?« Ich weigerte mich, mich vor dieser dienenden Fae zu erklären, aber ich musste wissen, wo Neela vor Einbruch der Nacht war. »Sag mir, wo sie ist, verdammt. Es ist wichtig.«

Die grünhaarige Fae wagte es, mir die Tür vor der Nase zuzuschlagen. Sie war eine willensstarke Frau mit einem rebellischen Streich, der zu breit für ihren Stand war... Ich konnte verstehen, warum Neela sie mochte.

Ich ging um den Rosenpalast herum und versuchte herauszufinden, wohin die Streunerin gegangen sein könnte.

Wohin würde ich an ihrer Stelle gehen? Mehrere Mondwege zweigten von diesem Anwesen ab, aber ich hatte keine Ahnung, ob Neela überhaupt von ihnen wusste. Sie war sicherlich nie am Seehaus aufgetaucht, also war das zumindest einer, den sie nicht entdeckt hatte.

Sie hatte ein paar harte Tage hinter sich, also war sie vielleicht irgendwohin gegangen, um Trost zu finden... Aber wohin ging eine wilde Streunerin, wenn sie eine Umarmung brauchte, weit weg von zu Hause?

An einem vom Blitz getroffenen Baumstumpf im Garten entdeckte ich zwei fehl am Platz wirkende Grasbüschel und machte einen großen Bogen um sie. Ich brauchte nicht, dass Neelas Haustier-Schnüffeltuffs mich angriffen. Ich wollte sie nicht töten und Neela ihrer einzigen Verteidiger in dieser gefährlichen Welt berauben müssen.

Wenn diese kleinen grünen Kerle noch hier waren, war Neela nicht in einen Wald gegangen – sie begleiteten sie immer in die Wälder.

Also wo war sie?

Vielleicht suchte jemand, der in der sterblichen Welt aufgewachsen war, Menschen auf, wenn sie Trost brauchte. Es lag Sicherheit im Vertrauten, und ich war ihr einmal im menschlichen Dorf begegnet, also wusste sie, wo es war.

Es war die einzige Spur, die ich hatte.

Soweit ich wusste, gab es keinen Mondweg, der von hier direkt zum menschlichen Dorf führte, also nahm ich den nach Playta und sprang dann von Mondweg zu Mondweg, bis ich in der Nähe war.

Es war frustrierend. Die Dämmerung brach herein, und mit ihr kam die Gefahr der Schattenwandler, von denen Neela nichts wusste. Ich musste sie warnen.

Nur weil sie ihren Hintern nicht auf Sebs Thron setzen konnte, bedeutete das nicht, dass sie den Tod verdiente.

Bei dem Gedanken wurden meine Handflächen und meine Stirn klamm, und ich beschleunigte mein Tempo, verfiel in einen Sprint, als ich mir vorstellte, wie dunkle Wesen sich in den tiefen Schatten hinter ihr zusammenballten.

Das menschliche Dorf war voller lärmenden Lebens, und ich zog meine Kapuze hoch, um meinen Kopf zu bedecken, als ich mich näherte. Sie brauchten keinen fae Prinzen, der ihnen den Spaß verdarb, und ich brauchte nicht die schwärmerische Aufmerksamkeit. Zumindest jetzt nicht.

Ich entdeckte Neela auf einer Parkbank, und die Anspannung wich aus meinem Körper. Sie beobachtete Kinder auf einem Spielplatz mit quietschenden Metallschaukeln und einer langen, geschwungenen Rutsche. Lachen und Kreischen erfüllten die Luft, und ich konnte mein erleichtertes Lächeln nicht unterdrücken.

Aber Neela lächelte nicht. Ihr Gesicht war angespannt und blass. Eine Träne lief über ihre Wange, als sie zusah, wie ein menschlicher Vater sein weinendes Kind tröstete. Ein Vater, der sein Kind tröstete, war das Natürlichste auf der Welt, und doch brachte dieser Anblick Neela zum Weinen und verwandelte sie von einer fauchenden Streunerin in ein verletzliches Kätzchen.

Wie musste ihr Leben gewesen sein, dass sie bei einem so alltäglichen Moment der Zuneigung weinte? Härter, als ich es mir je vorgestellt hatte.

Meine Augen brannten heiß, und ein Kloß bildete sich in meinem Hals. Neela hatte mir erzählt, dass sie sich selbst großgezogen hatte, niemanden gebraucht und nie Hilfe von jemandem bekommen hatte, und ich hatte es immer geglaubt.

Aber jetzt verstand ich es. Zum ersten Mal hatte ich eine Ahnung davon, wie sich das angefühlt haben musste. Einsam, traurig, beängstigend.

Sie hatte nie eine Mutter, die sie tröstete, ihr blutendes Knie küsste und ihr sagte, dass alles gut werden würde.

Sie hatte nie einen Freund, der ihr den Rücken freihielt, sie in einem Kampf beschützte oder zu ihrer Verteidigung in die Schlacht zog.

Sie hatte nie jemanden gehabt.

Dann wurde sie aus der Welt, die sie kannte, herausgerissen und in unsere geworfen, und ich hatte alles getan, um ihr das Leben zur Hölle zu machen.

In diesem Moment kippten meine Gefühle für diese Frau, und meine ganze Welt drehte sich um. Ich hatte alles getan, um ihr zu schaden, als ich sie hätte beschützen sollen.

Schuldgefühle überwältigten mich, zerfetzter und heftiger als alles, was ich bei Sebs Tod empfunden hatte. Das war nur ein Rinnsal von Reue gewesen im Vergleich zu dem wilden Gefühl, das mich jetzt ertränkte, als ich an das dachte, was ich dieser armen, verletzten Frau angetan hatte.

Weil meine Rolle hier direkter war. Bei Seb war ich abwesend gewesen. Bei Neela war ich verdammt präsent gewesen.

Ich war wie gelähmt. Mir fehlten die Worte, ich würde nie die richtigen Worte finden, um für den Scheiß, den ich gebaut hatte, zu büßen. Egal wie sehr ich es wollte.

Neela saß auf der Bank und beobachtete die Kinder und Familien, quälte sich selbst, und ich stand in den Büschen und schaute zu wie ein Perverser. Die Dämmerung ging in die Nacht über, und die Familien gingen, aber Neela blieb auf ihrer Bank sitzen. Ich würde sie nicht stören. Ich würde die ganze Nacht hier stehen und sicherstellen, dass es ihr gut ging, aber ich würde nicht in ihre Privatsphäre eindringen und sie mit meiner Anwesenheit quälen.

Ein menschlicher Mann näherte sich ihr, und meine Nackenhaare stellten sich auf. Ich knurrte leise, bereit, ihm die Kehle herauszureißen, wenn er ein Wort gegen sie sagen würde.

Er blieb bei ihrer Bank stehen, und sie wechselten harte Worte, die ich nicht ganz verstehen konnte. Das Knurren in meiner Kehle war unstillbar, und ich grub meine Fingernägel in meine Beine und riss Löcher in meine Jeans.

Sie regelte es selbst. Sie blieb lässig sitzen, aber ich konnte die Spannung in ihren Schultern und ihrem Nacken sehen, als sie die Bedrohung abwehrte und er wegging.

Sie war kompetent, majestätisch, beeindruckend. Wenn sie in ihre Kräfte kommen würde, wäre sie die Stärkste von uns allen. Ihre Erziehung auf der Straße hatte sie zu einem Diamanten geschmiedet, ihr eine Stärke verliehen, die meine behütete Kindheit nie gekonnt hätte.

Ich und die anderen Erben, wir hatten nie eine Chance gegen sie. Und es war mir egal. Es war mir scheißegal.

Die Schatten der Nacht krochen aus den Büschen und übernahmen den Spielplatz. Es blieben keine Lichtflecken mehr zum Verstecken. Die Schattenwandler konnten überall sein.

Ich erschrak, als ich einen tiefen Atemzug neben mir hörte, eine Vibration in der Luft, die mich vor Gefahr warnte.

Neela saß immer noch auf der Bank, aber ich konnte sie keinen Moment länger in Gefahr sehen.

Ich knirschte durch die Blätter auf sie zu und machte absichtlich Geräusche, damit sie mich kommen hören konnte. Sie schaute auf, und die Traurigkeit in ihren Augen verhärtete sich zu Wut. »Was zum Teufel machst du hier?«

Etwas bewegte sich aus der Dunkelheit auf uns zu, ein tieferer Schatten als die umgebende Luft. Ich murmelte einen Zauberspruch, um ein schwaches Licht um uns zu werfen, aber es war nicht stark genug, um lange zu halten.

»In den Schatten lauert Gefahr. Böse Kreaturen, genannt Schattenwandler, überqueren das Reich von Osten. Sie haben Verda City erreicht, also ist es nachts nicht sicher draußen zu sein.«

Ich wollte, dass sie ausflippte, in Panik geriet und zumindest meine Warnung zur Kenntnis nahm. Aber ihr Zorn richtete sich gegen mich. »Was kümmert's dich«, spuckte sie aus und stand auf, um ihrer neuesten Bedrohung – mir – entgegenzutreten. »Du hast nichts anderes getan, als mir wehzutun, seit dem Moment, als ich ankam. Ich habe nicht darum gebeten, in euer kostbares Reich zu kommen, weißt du. Ich wurde von diesem verdammten Armband schreiend und tretend hierher geschleift, und ich würde in einem Wimpernschlag nach Hebes zurückkehren, wenn ich könnte. Aber es lässt mich nicht. Also lass mich verdammt nochmal in Ruhe, und du kannst deinen kostbaren Thron haben. Ich will ihn nicht einmal.«

Der Kloß in meinem Hals machte meine Stimme heiser. »Es tut mir so leid, Neela. Für das, was ich dir angetan habe. Ich war ein Arschloch.«

Ihr Gesichtsausdruck war wie immer perfekt lesbar, als läge ihr Herz auf einem Teller für mich zum Zerpflücken. Sie dachte, ich würde lügen, glaubte kein verdammtes Wort von dem, was ich sagte, und ich konnte es ihr nicht verübeln.

Aber ich versuchte es weiter. »Ich weiß, es ist schwer zu verstehen. Ich habe das alles nur für deinen Bruder getan. Für Seb. Ich habe einen Blutpakt mit ihm geschlossen, dich nie auf seinen Thron sitzen zu lassen, aber es war ein Fehler. Ein verdammt großer Fehler, und ich hätte es nie tun sollen.«

Sie stand auf den Beinen, in voller Alarmbereitschaft, und überprüfte die Büsche hinter mir, um zu sehen, ob die anderen Erben da waren und dies eine Art praktischer Scherz war. Jeder Moment ihres Unglaubens riss ein weiteres Stück von meinem Herzen.

Sie sprach durch zusammengebissene Zähne. »Du hast mir die Beine gebrochen.«

Das Bild von ihr, wie sie im Schmutz lag, mit Matsch bedeckt, mit ihrem baumelnden Knöchel, würde mich nie verlassen. Am schlimmsten war das Entsetzen in ihrer Stimme. *Du wirst mich doch nicht einfach hier lassen, oder?*

Ich hatte sie verlassen. Ich hatte sie einfach verdammt nochmal liegen lassen, als ich ihr hätte helfen sollen. Sebs Fleisch und Blut. Meine Streunerin. Ich ließ sie im Dreck liegen, und ich würde mir das nie verzeihen.

Ich würde vor niemandem kriechen, nicht einmal vor ihr, aber ich würde es erklären. »Ich tat es für Seb.«

Sie wirbelte zu mir herum. »Und was ist jetzt? Du hast immer noch diesen Blutpakt, oder? Also was machst du hier?«

Die Worte flossen einfach aus meinem Mund. »Die Blutmagie bedeutet nichts. Es ist mir egal, ob Gaia mir den Kopf abreißt und für die Ewigkeit in meinen Hals pisst, ich werde dir nie wieder im Weg stehen.«

Mein Herz hatte noch nie so oft geschlagen, mein Atem war noch nie so unregelmäßig gewesen. Sie spielte mit mir, antwortete nicht, starrte nur und blinzelte, während meine Seele zersplitterte. Dieser Moment, diese qualvolle Erwartung ihrer Antwort, war die schlimmste Art der Qual. Ich würde jederzeit gebrochene Beine dieser Situation vorziehen.

Sie ließ sich wieder auf den Sitz fallen und breitete ihre Arme über der Rückenlehne aus, sah aus wie eine Königin. »Verpiss dich, Prinzchen. Ich werde dir nie verzeihen.«

Ich stand Wache, bewegungslos. »Okay«, murmelte ich. »Das habe ich verdient.«

Und das hatte ich. Ich hatte keine Absolution oder Trost verdient, nicht nach dem, was ich ihr angetan hatte. Alles, was ich jetzt tun konnte, war in der Nähe zu stehen und sie zu beschützen.

Neela

Wie ein ganztägiger Kater folgte mir Ronan nach Hause und wachte dann über mich, bis ich einschlief.

Ich lag die halbe Nacht wach und dachte über seine komplette Kehrtwende nach. Seine verwirrende Hundertachtzig-Grad-Wendung.

Er schien aufrichtig zu bereuen, was er mir angetan hatte. Ich hatte noch nie so viele Emotionen bei einem Fae gesehen, und es wirkte echt, als käme es aus den Tiefen seines Herzens. Ich war eine gute Menschenkennerin, weshalb ich so wenige Leute mochte – weil die meisten von ihnen Arschlöcher waren. Und ich konnte erkennen, wenn jemand log.

Ronan log nicht. Er bereute wirklich all den Mist, den er abgezogen hatte. Aber das machte ihn nicht zu einem anständigen Menschen. Es machte ihn zu einem emotional instabilen Arsch mit einem massiven

Schuldkomplex. Das klang sehr nach seinem Problem, nicht meinem, und er täte gut daran, mich ab jetzt da rauszuhalten.

Hoffentlich würde er seine rachsüchtige Prinzchen-Nummer auf das nächste Opfer verlagern, und ich könnte damit weitermachen, mir ein neues Leben in Verda aufzubauen.

Ich wachte auf, Doug kuschelte sich in meine Achselhöhle und schnüffelte niedlich. Ihre großen braunen Augen öffneten sich, als ich mich bewegte, und ich streichelte ihren weichen, warmen Bauch und sagte ihr, sie solle weiterschlafen. Sie trottete vom Bett zu Herb, der unter der Fensterbank zusammengerollt lag, dann kuschelten sie sich zusammen und schnüffelten ins Schlummerland.

Mein Armband schien mir den Tag freizugeben, und ich würde das Beste daraus machen. Ich hatte in den Docklands überlebt, indem ich die Straßen und Gassen besser kannte als jeder andere, besser als jeder Schläger, der mich jagte, und besser als die Bullen.

Ich musste hier dasselbe tun. Ich würde den Tag damit verbringen, durch die Straßen zu laufen, in Gassen zu tauchen und diesen Ort zu verstehen. Ich sprach Liz in einem der Wohnzimmer im Erdgeschoss an, dem mit der grünen Tapete und den blattförmigen Sofas. Ihre Haare verschmolzen mit der Einrichtung.

»Willst du mit mir auf Entdeckungstour gehen? Ich werde durch die Stadt laufen, bis ich Blasen an den Füßen habe.«

Sie schielte mich von der Seite an. »Klingt toll, aber ich glaube, ich passe.«

Ich schob meine Hände in die Hosentaschen. Ich hatte eine dunkelblaue Hose gefunden, die wie Jeans aussah, aber millionenfach bequemer war, aus irgendeinem Fae-Stoff, der stärker und weicher als Spinnweben war. »Was könnte möglicherweise besser sein, als mit mir auf ein Abenteuer zu gehen?«

Sie legte den Kopf schief. »Und zu laufen, bis meine Füße bluten? Buchstäblich alles.«

»Wie du meinst, Schlampe.«

Sie grinste. »Oh, das tue ich immer.«

Ich kannte die Hauptstraße des Sinnesviertels, die nachts von Bars und tagsüber von Geschäften gesäumt war. Ich war mir nicht sicher, ob sie sich durch Magie verwandelten oder durch den klassischen Zaubertrick der Aufmerksamkeitsverlagerung, aber ich hatte vor, es herauszufinden. Das und alles andere. Wie zum Beispiel, wohin die gepflasterten Gassen führten, die besten Verstecke vor Verfolgern und der schnellste Weg von A nach B.

Ich tauchte in eine enge Gasse ein und nahm ein paar Abzweigungen, in der Erwartung, wieder in der Piccolo-Straße zu landen, aber ich war ganz woanders. Das würde schwieriger werden als gedacht – die Geografie spielte nicht fair.

Nach ein paar Stunden bekam ich den Dreh raus. Es war genau wie in den Docklands, nur ohne den Schmutz, ohne die Schläger und ohne die Gefahr. Also eigentlich überhaupt nicht wie die Docklands.

Jede freie Minute würde ich hierher kommen, um die Ins und Outs der Stadt zu lernen. Ich hatte heute nur einen kleinen Bereich erkundet und verstand immer noch nicht ganz, wie drei Rechtsabbiegungen einen nicht wieder zum Ausgangspunkt brachten.

Ich seufzte. Das Licht schwand, also war jetzt meine Chance, zu beobachten, wie sich die Läden in Bars verwandelten, aber ich war in irgendeiner Hintergasse, weit weg von allem, was ich kannte. Eine weniger mutige Person würde sich als verlaufen bezeichnen, aber nicht ich: Ich war auf Abenteuerreise.

Meine Sinne waren den ganzen Tag in Alarmbereitschaft gewesen, auf der Hut vor dem Gesindel und den Schlägern, die in den Docklands herumlungerten, aber ich hatte keine wahrgenommen. Bis jetzt.

Die Dunkelheit verdichtete sich, und eine schattenhafte Gestalt folgte mir definitiv. Sie hatte die Heimlichkeit der Fae, aber ich hatte ein Müllsack-Bewusstsein, sodass ich sehen konnte, wie sie zwischen den Schatten hin und her huschte, einen vorsichtigen Abstand zu mir hielt, mich aber nicht aus den Augen ließ.

Adrenalin schoss in meinen Blutkreislauf, und meine Sinne schärften sich. Das war vertraut. Die Art von Szenario, das mich in Panik versetzte, als ich zum ersten Mal auf der Straße landete, mich aber nach Jahren der Exposition nur geschickter machte.

Ich war kein Mädchen, das stehen blieb und kämpfte, ich war durch und durch vom Typ wegrennen und verstecken.

Aber ich wusste nicht, wo ich war. Deshalb musste ich verdammt nochmal lernen, mich hier zurechtzufinden.

Ich rannte blindlings die Straße hinunter, ohne mich darum zu kümmern, dass ich mich verriet. Wie zu erwarten, sprintete die Gestalt hinter mir her. Mein Herz hämmerte, aber ich zwang mich zu langsamen, regelmäßigen Atemzügen, während ich um Ecken jagte, mich an Wänden entlangdrückte, auswich, mich duckte und rannte, was das Zeug hielt.

Es nützte nichts. Ich wurde von einem Fae gejagt, der besser sehen, besser hören, besser riechen und bessere Beine hatte.

Ich konnte dieses Wesen nicht abhängen.

Wo war Doug, wenn ich sie brauchte? Obwohl sie nicht schnell rennen konnte. Ronan also. Ich war verzweifelt genug, mir zu wünschen, Ronan wäre bei mir. Er war derjenige, der mich vor Schattenwandlern gewarnt hatte, die nachts von ihren Opfern tranken. War das, was mir folgte, ein Schattenwandler?

Ronan würde es wissen. Außerdem hatte er die Fae-Stärke, um mich zu verteidigen, und die Fae-Geschwindigkeit, um mir beim Verstecken zu helfen. Wenn er hier wäre, würde ich leichter atmen.

Zuhause. Ich hatte ein Zuhause, zu dem ich rennen konnte, was etwas Neues war. Mit einem letzten Kraftaufwand bog ich um eine Ecke, sah Lichter vor mir und hörte das Dröhnen von Musik und ein unheimliches Rauschen hinter mir.

Noch zwei Ecken, dann wäre ich in Sicherheit. Meine Beine pumpten wie verrückt, und endlich bog ich in die Piccolo Street ein. Ich war noch nie so froh gewesen, betrunkene Typen taumeln und singen zu sehen.

Der Rosenpalast war nicht weit, und ich konnte die ganze Strecke unter Straßenlaternen zurücklegen, aber ich rannte trotzdem und hörte nicht auf, bis ich durch die rosablühende Hecke geschlüpft war.

Liz wartete in der Küche auf mich, mit einem finsteren Blick auf ihrem üblichen Resting-Bitch-Face. »Hattest du Spaß?«

»Ja, ich hatte einen Riesenspaß.« Ich lehnte mich keuchend und nach Luft ringend gegen den Tisch.

Sie wedelte mit einem zerknitterten Stück Papier herum, das aussah, als wäre es in einem Origami-Wettbewerb benutzt worden, und reichte es mir dann. »Ein Spellbird ist für dich angekommen.«

Es war eine Nachricht von Ronan, die mich darüber informierte, dass wir am nächsten Tag eine Unterrichtsstunde über innere Kraft hatten.

Ich zog einen Hocker hervor und hoffte, dass Liz irgendwie eine Mahlzeit hervorgezaubert hatte. Mein Magen zog sich zusammen. »Toll, noch eine Stunde mit der königlichen Bastardbrut.«

Liz schob mir eine Schüssel mit dampfendem Eintopf zu, der reichhaltig und köstlich roch. »Sie schicken dir jetzt Notizen? Lassen dich wissen, wann der Unterricht stattfindet? Das scheint ungewöhnlich zivilisiert. Für sie, meine ich.«

Ich beugte mich über die Schüssel mit Eintopf und ließ den Dampf mein Gesicht befeuchten. »Ronan hat beschlossen, dass es ihm super leidtut, so gemein im Unterricht gewesen zu sein, und ob wir uns bitte küssen und vertragen können.«

»Ich verstehe. Und kannst du das?«

Ich hielt mit einem Löffel Eintopf auf halbem Weg zu meinem Mund inne. »Nein! Wann hast du das letzte Mal jemandem verziehen, der dir das Bein gebrochen hat? Oder der daneben saß und zusah, wie du gegen einen Dämon kämpfst, wissend, dass du sterben würdest, und keinen Finger rührte, um zu helfen? Hast du die Angewohnheit, Leuten zu verzeihen, die versuchen, dich zu ermorden, nur weil sie sich entschuldigt haben? Ich werde keinem von ihnen jemals verzeihen, besonders nicht Ronan. Nichts, was er tun kann, wird mich dazu bringen, seine Entschuldigung anzunehmen. Nichts.«

Liz beobachtete mich schweigend beim Essen, bis ich es nicht mehr aushielt.

Ich knallte meinen Löffel auf den Tisch. »Was? Hör auf, mich so vorwurfsvoll anzustarren. Denkst du, ich sollte einfach mit den Wimpern klimpern und sein BFF sein?«

Sie stützte ihre Ellbogen auf die Theke und legte ihr Kinn in ihre Hände. »Es würde dein Leben um einiges einfacher machen.«

»Ich mache es mir nicht einfach. Mein Leben war noch nie einfach. Einfach ist nicht das, was ich vom Leben will.«

Aber als ich die Worte laut aussprach, fragte ich mich, wie wahr sie waren. Wäre ein einfaches Leben nicht das Luxuriöseste und Wunderbarste überhaupt? Tage, an denen ich mir keine Sorgen um meine Zukunft machen müsste, mir keine Sorgen darum machen müsste, in Gefahr zu sein, mir keine Sorgen darum machen müsste, woher ich meine nächste Mahlzeit bekommen würde, wo ich in einem Monat schlafen würde? War ein einfaches Leben nicht das Markenzeichen des Erfolgs?

Es spielte keine Rolle. Ich konnte Ronan nicht verzeihen, weil das, was er getan hatte, unverzeihlich war.

Neela

Am nächsten Morgen kam ich früh auf der Waldlichtung an und ließ mich auf einem Busch nieder, mit Doug auf meinem Schoß, Herb beobachtete aus den Bäumen, und ich setzte einen strengen Gesichtsausdruck auf.

Ich wusste nicht, was ich heute von Ronans Stimmung zu erwarten hatte, und ich wollte ihm keine Verletzlichkeit zeigen. Gottseidank hatte er mich nicht weinend auf der Parkbank im Menschendorf gesehen – das wäre eine Intimität zu viel gewesen.

Ronan schritt mit königlicher Ausstrahlung in die Lichtung, sein weißes T-Shirt ließ sein Gesicht extra gebräunt erscheinen, und wir sahen uns lange Momente an, bevor er sprach. »Guten Morgen, Neela.«

»So förmlich, Prinzchen«, erwiderte ich. »Was ist aus ›Streunerin‹ geworden?«

Er suchte die Lichtung ab, bis er sah, wo Herb stationiert war, dann ging er auf die andere Seite. »Ich dachte, du magst diesen Spitznamen nicht.«

Ich zuckte mit den Schultern. »Wenn er passt... «

Die Wahrheit war, Streunerin war ein passenderer Name für mich, als er je wissen konnte. Er dachte immer noch, es sei eine Beleidigung für eine Prinzessin, aber eigentlich war es eine treffende Beschreibung für eine Müllsackdiebin.

Er näherte sich von links, machte einen großen Bogen um Herb und reichte mir eine reife, saftige Mango.

Ich sah ihn fragend an.

»Du hast gesagt, du magst Mangos«, erklärte er mit einem verlegenen Grinsen.

Ich mochte Mangos nicht; ich liebte sie verdammt nochmal. Ich hatte eine gekostet, als ein Bauer das Waisenhaus besuchte und mehrere Kisten für uns alle zum Teilen mitbrachte. Es war der beste Bissen von allem, was ich je gegessen hatte.

»Du kannst mich nicht mit tropischen Früchten bestechen, Prinzchen. Das macht den Knöchel nicht wieder gut. Oder den Dämon. Oder den Kuss.«

Bei dem letzten wurde er blass, eine seltene äußere Gefühlsregung, also musste es ihn getroffen haben. Gut so. Ich war nicht zu fein dafür, ihn für all den Scheiß zu pieksen, den er mir angetan hatte, selbst wenn er mir köstliche Früchte brachte.

Gabrelle schwebte in einem fließenden staubrosa Kleid in die Lichtung, das liebevoll ihre Brüste und Hüften umspielte. Sie war wirklich das spektakulärste Geschöpf auf dem Antlitz der Erde, und ihr Resting Bitch Face war sogar noch besser als das von Liz. Vielleicht hätte ich in einem anderen Universum ihre Freundin sein können, obwohl sie viel kälter und eisiger als Liz war, und ich vermutete, dass sie nicht so sehr Freunde als vielmehr Spielzeuge hatte.

Sie und Ronan tauschten Worte aus, die ich nicht hören konnte, und beide lachten. Ihre Freundschaft schien echt zu sein... vielleicht lag ich ein kleines bisschen falsch mit ihr. Nur ein klitzekleines bisschen.

Leif stürmte als riesiger silberner Wolf herein und leckte Gabrelle und Ronan ab, die ihn gutmütig tätschelten, dann pirschte er auf mich zu. Mit heraushängender Zunge.

»Wag es ja nicht, du verdammter Wolf.« Ich hob Doug hoch und hielt sie wie einen Schutzschild vor mich, aber sie starrte Leif nur an und gähnte, dann wackelte sie mit ihren kleinen Pfoten, um gegen das Aufgewecktwerden zu protestieren.

Leif sah zwischen meiner grünen, flauschigen Freundin und mir hin und her, dann fuhr er mit seiner langen, nassen Zunge über Dougs grasiges Fell, und der verräterische Schnüffeltuff wackelte glücklich.

»Dummer Köter«, murmelte ich. »Und freche Doug. Du sollst ihn genauso hassen wie ich.«

Leif verwandelte sich direkt vor mir in seine fae Gestalt, wobei sein großer Schwanz auf Augenhöhe baumelte, dann beugte er sich hinunter und leckte mir mit seiner weichen fae Zunge übers Gesicht. »Du hasst mich nicht«, flüsterte er und tanzte aus der Reichweite, bevor ich seinen schleimigen Arsch schlagen konnte.

Leif war der am wenigsten hassenswerte von allen, und es stimmte wahrscheinlich, dass ich ihn nicht verabscheute, aber ich mochte ihn trotzdem nicht. Er fläzte sich in voller Pracht auf der Jasminmatratze, zog seine graue Jogginghose erst an, als Gabrelle sie ihm zuwarf und Ronan knurrte.

»Schon gut, schon gut«, brummte er und wand sich in die Hose.

Dion kam als Letzter an und marschierte mit einem großen Sack in die Lichtung. Seine Haare und Augen waren karamellfarben, und ich bemerkte einen deutlichen Duft von verbranntem Zucker, als er erschien.

Er strahlte wie eine schwangere Frau. »Der beste Tag des Jahres«, verkündete er. »Essenstag.«

Ronan versuchte zu erklären, dass Dion seine innere Kraft demonstrieren und uns eine Mahlzeit kochen würde, aber ich unterbrach ihn, sobald ich den Kern verstanden hatte. »Ich brauche deine Erklärung nicht.«

Ronan starrte finster auf den efeubedeckten Boden, und ich konnte sehen, dass er mehr sagen wollte, aber er hatte den guten Verstand, die Klappe zu halten.

Dion plapperte über frische Zutaten, etwas über das Rezept seiner Urururgroßmutter und wie die wichtigste Zutat die magische Absicht des Kochs sei.

Ich hörte nur halb zu, während ich über die Kreatur nachdachte, die mich durch die gewundenen Kopfsteinpflasterstraßen des Sinnesviertels gejagt hatte. War er ein Schattenwandler gewesen? Er war sicherlich ein Fae oder etwas genauso Schnelles, aber ich hatte keine Ahnung, wie schnell Schattenwandler waren. Ich musste mehr über sie erfahren, wollte Ronan aber nicht die Genugtuung geben, ihn zu fragen. Vielleicht wusste Liz Bescheid.

Wenn diese Kreatur ein Schattenwandler war, warum hatte sie nicht angegriffen? Sie hatte jede Gelegenheit gehabt, mich zu töten oder in eine wandelnde Zombiehülle zu verwandeln oder was auch immer sie taten.

Vielleicht konnten Schattenwandler keine Menschen verschlingen? Dieser Gedanke entzündete eine Blase der Freude in mir –

möglicherweise konnte mein Menschsein ein Vorteil sein, nicht der ständige Nachteil, der es bisher gewesen war.

Dion präsentierte seine Mahlzeiten mit einem enthusiastischen »Ta-da!«

Er hatte für jeden von uns etwas Besonderes zubereitet. Meins war weißer Schleim, serviert in einer Schüssel. Es roch wie das Gefühl, wenn man einen frisch gekauften Eisbecher öffnet und den Deckel ableckt. Himmlisch.

Es schmeckte genauso köstlich. Es war nektarsüß, aber nicht überwältigend, und ich wollte mehr. Ich nahm einen zweiten Bissen, dann einen dritten.

»Sag mir, dass das gut für mich ist«, stöhnte ich.

Dion nickte begeistert. »Ja, es ist alles nahrhaft und gesund. Du könntest so viel essen, wie du willst, und würdest deinem Körper nur Gutes tun.«

Ich wollte es essen, bis ich starb, und vielleicht würde ich das auch. Es war so gut, dass ich es mir weiter in den Mund schob.

Irgendwann wurde ich mir entfernt bewusst, dass die anderen mich ansahen, aber ich blieb auf das Essen fixiert.

Es war wirklich magisch. Ich konnte es jetzt in der Luft schmecken, als ob seine Essenz aus der Schüssel geschwebt wäre und die Umgebung verwandelt hätte. Ich stand auf, vage bewusst, dass Doug protestierend quiekte, als sie auf den efeubedeckten Boden fiel. Ich schluckte die Luft in riesigen Bissen, schmeckte die cremige Süße, aber es war nicht genug.

Nicht dicht genug, nicht greifbar genug, ich brauchte mehr. Ich hob einen Stein auf und leckte daran. Ja, er schmeckte genauso sensationell wie das Dessert. Ich biss in den Stein, vielleicht brach ich mir einen Zahn, vielleicht auch nicht, es war mir egal, ich wollte einfach mehr von diesem Geschmack.

Die Welt um mich herum verlor an Schärfe, aber ich konnte mich nicht dazu bringen, darauf zu achten. Es waren Geräusche von sprechenden Fae zu hören, sogar etwas Geschrei und Gerangel, aber es störte mich nicht. Sie konnten tun, was sie wollten.

Dieser nette Koch hatte mir gesagt, ich könnte das essen, bis ich sterbe, also würde ich genau das tun. Mit wildem Hunger biss ich härter in meinen Stein und schaffte es, ein winziges Stück abzubrechen, das ich zwischen meinen Zähnen zermahlte und dabei vor Vergnügen stöhnte.

Der Lärm um mich herum war ohrenbetäubend. Ronan stieß Dion zu Boden und knurrte etwas über »Meins« – vielleicht wollte er mehr Essen. Vielleicht hatte er nicht die gleiche Mahlzeit bekommen wie ich und war eifersüchtig.

Aber ich konnte nicht teilen. Ich brauchte alles für mich selbst. Ich verschlang so viel Stein, wie ich konnte. Als ich versuchte, einen weiteren Bissen zu nehmen, riss mir jemand den Stein aus den Händen und warf ihn weg. Ich drehte mich um und knurrte.

Ronan. Er hatte mir meine besondere Mahlzeit weggenommen.

Er versuchte, mit mir zu reden, aber ich konnte nur mit der Faust gegen seine stupide harte Brust hämmern und mein Dessert zurückverlangen.

Er nahm mich in seine Arme und sprintete durch die Büsche, weigerte sich, mir meine Mahlzeit zurückzugeben. Ich hatte schon immer gewusst, dass er mein Feind war, aber jetzt hatte ich den Beweis. Ich zerrte mit meinen Zähnen an seinem weißen T-Shirt und riss ein großes, köstliches Loch hinein. Es schmeckte genauso gut wie die Steine. Ich schabte mit meinen Zähnen über die Haut seiner Brust, bedeckte meine Zunge mit seinem Geschmack und ließ sein Blut in meinem Mund zusammenlaufen, bevor ich es schluckte.

Dann waren wir im Rosenpalast. Zuhause. Etwas nagte in meinem Hinterkopf bei dem Wort Zuhause, und ich erinnerte mich, dass ich den Palast nicht als Zuhause betrachten sollte, weil es nicht lange so sein würde.

Aber jetzt war er einladend und vertraut, und das knurrende Hungergefühl in meinem Bauch ließ nach.

Ronan und Liz redeten um mich herum und durch mich hindurch, und ich hoffte, dass Liz Ronan sagte, was für ein gemeiner Kerl er war und dass er mir mein Essen zurückgeben sollte, aber ich konnte mir nicht sicher sein. Er brachte mich in mein Schlafzimmer, legte mich auf mein Himmelbett und gab mir etwas zu trinken.

Es schmeckte nicht gut, schmeckte nicht wie meine besondere Mahlzeit, und ich wollte es ausspucken, aber Ronan hielt meine Nase zu, bis ich schluckte.

Ich öffnete meine Augen. Mein Mund blutete und war wund, und ich fühlte mit meiner Zunge, dass mehrere Zähne fehlten. Meine Lippen und mein Hals waren von den Steinen, die ich gegessen hatte, zerschnitten, und meine Fingernägel schmerzten von den Kratzern, die ich Ronan zugefügt hatte. Mein Bauch war mit Blei gefüllt – nein, mit Steinen.

Ich lag in meinem Bett, und Ronan war auch da. Aber er saß, ich lag, und wir hatten beide unsere Kleidung an.

Seine kohlschwarzen Augen waren dunkler als je zuvor. »Fühlst du dich besser?« Er legte eine Hand auf meine Stirn, und ich wich nicht zurück.

Verdammter Dion. Es war nicht schwer zusammenzusetzen, was passiert war. Dion hatte mir eine spezielle Fae-Mahlzeit gekocht, die mich in einen Rausch versetzt hatte. Es war so anders als Gabrelles Zauber, bei dem mein Verstand klar gewesen war, aber mein Körper ihren Befehlen gehorcht hatte, statt meinen eigenen.

Diesmal war mein Verstand infiziert worden. Viel beängstigender.

»Ich habe dich gegessen«, murmelte ich und blickte auf die Wunde an seiner Brust, die rotes Blut auf sein weißes T-Shirt tropfen ließ.

Er lächelte leicht. »Ich vergebe dir.«

»Ich werde nie wieder essen«, krächzte ich, jedes Wort wurde aus meiner zerrissenen und blutigen Kehle gerissen.

Ronan fuhr mit der Hand durch mein Haar, und ich hatte nicht die Energie, ihn aufzuhalten. Seine Stimme war sanft. »Sprich nicht. Liz holt einen Healer.« Seine Hand glitt durch meine Locken, bevor er hinzufügte: »Du solltest wirklich einen im Personalstab haben, weißt du.«

Ich hätte gelacht, wenn meine Kehle nicht in Flammen gestanden hätte. Im Personalstab. Für wen hielt er mich?

Ach ja, er dachte, ich wäre einer von ihnen.

Ich setzte noch etwas mehr zusammen. Das Geschrei, das Gerangel, Ronan, der über Dion stand. Er musste für mich eingestanden sein, nachdem Dion mich verzaubert hatte. Er hatte meine Seite gegenüber einem seiner kostbaren Erben ergriffen. Ich hatte nicht um seine Hilfe gebeten, und ich würde es nie tun. Aber ich hatte sie gebraucht.

Ich wäre sicher weiter gegessen, bis ich gestorben wäre. Da war ich mir sicher.

Worte des Dankes sammelten sich auf meiner Zunge, verließen sie aber nicht. Ich konnte dem Fae nicht danken, der mir solch schreckliche Dinge angetan hatte.

Als ich einschlief, bemerkte ich die Mango, die Ronan mir geschenkt hatte, auf meinem Nachttisch. Ich würde nie wieder Essen von den Fae annehmen, also musste ich daran denken, sie wegzuwerfen.

Ronan

Die Bedrohung durch die Schattenwandler war real.

Die Gestaltwandler-Gemeinschaften arbeiteten zusammen – ein Wunder an sich –, weil sie anscheinend zuerst ins Visier genommen wurden. Jeden Morgen wurde ein Trupp losgeschickt, um Opfer zu finden und sie »zur Strecke zu bringen«. Das bedeutete, die Körper zu salzen und zu verbrennen, damit sie aufhörten, herumzulaufen.

Ganze Familien wurden an einem einzigen Abend ausgelöscht, und die Gerüchte begannen sich über die Gestaltwandler-Gemeinschaft hinaus in der breiteren Fae-Bevölkerung zu verbreiten.

Neela glaubte es immer noch nicht, also hatte ich Wachschichten eingeteilt, die jede Nacht über sie wachten. Sie hatten den strikten Befehl, sie in Sicherheit zu halten, aber aus der Ferne zu folgen und ihr nicht in die Quere zu kommen. Nachdem mir ein Wachmann erzählte, dass er ihr gefolgt war, während sie im Sinnesviertel im Kreis lief, wies ich sie sogar an, nicht zu berichten, was sie tat, um ihre Privatsphäre zu wahren.

Das war der schwierigste Befehl, den ich erteilen musste.

Mit einer einfachen Frage hätte ich herausfinden können, wo genau sie war und was sie tat, aber ich widerstand der Versuchung.

Ich übernahm von der frühen Morgenschicht und klopfte an die Vordertür des Rosenpalasts.

Liz begrüßte mich mit einem finsteren Blick, der sagte, dass ich sie geweckt hatte, und einer Tasse Tee, die besagte, dass sie mir verzieh. Nachdem ich gestern mit Neela in meinen Armen aufgetaucht war, ihr Mund tropfend vor Blut, hatte ich wohl ein paar Pluspunkte bei der temperamentvollen grünhaarigen Fae gesammelt.

Ich nippte an dem Tee in der Küche. »Hast du kein anderes Personal? Ein königliches Haus braucht mehr als eine... Moment, was bist du eigentlich?«

»Eine königliche Gefährtin«, sagte sie und machte einen sarkastischen Knicks.

Neela sprach hinter mir, und ich zuckte zusammen. Es war ihr irgendwie gelungen, sich an mich heranzuschleichen; vielleicht kehrten ihre Fae-Fähigkeiten zurück. Sie war seit einer Woche von der menschlichen Technologie weg, also würden die Auswirkungen bald nachlassen.

»Wir haben nicht alle Eimer voller Gold, um sie über das gemeine Volk auszuschütten, damit sie Dienste für uns verrichten«, sagte sie spöttisch und nahm dann mit sehr königlicher Miene eine Tasse Tee von Liz entgegen.

Ich tauschte einen Blick mit Liz, die sich wand. »Äh... eigentlich hast du das.«

Neela prustete heißen Tee über den schwarz-weiß karierten Boden. »Was?«

»Natürlich hast du das«, spottete ich. »Du bist die Erbin des Hauses Flora. Die einzige überlebende Erbin. Du kontrollierst das gesamte Vermögen.«

Ich könnte den Mangel an Fassung der Streunerin den ganzen Tag beobachten. Ihr Gesicht zuckte und wand sich mit all den Emotionen, und ihr ganzer Körper strahlte Freude aus. Ich hatte noch nie jemanden gesehen, der so aufgeregt war zu erfahren, dass er Geld hatte, aber ich nahm an, das lag an meiner Erziehung.

Wie nannte mich die Streunerin? Ein verwöhntes Gör. Das klang etwa richtig.

Nachdem ich geduldig gewartet hatte, bis sie gefrühstückt hatte - ein einzelnes Stück Toast und einen starken Kaffee, um ihren Tee hinunterzuspülen - konnte ich meine Aufregung nicht länger zurückhalten und platzte mit meinem Plan heraus. »Ich habe dir etwas zu zeigen. Bitte, kommst du mit mir? Wir haben heute frei vom Unterricht, und ich verspreche, es wird sich für dich lohnen.«

Ich hatte eine Überraschung für sie geplant und wollte ursprünglich warten, bis sie fertig war, um sie ihr zu zeigen, aber ich konnte nicht. Nachdem Dion sie gestern fast verdammt noch mal getötet hatte - was ich zurückzahlte, indem ich ihn beinahe umbrachte - brauchte Neela einen guten Tag.

Sie willigte widerwillig ein, mich zu begleiten. »Aber nur, wenn du versprichst, irgendwann während des Tages irgendeinen zufälligen Fae zu komplimentieren.«

»Einen niederen Fae?«

Sie knurrte. »Sie sind nicht niederer, nur weil sie keine reichen Arschlöcher sind.«

Sie konnte mich den ganzen Tag beleidigen, es war mir egal. Ich hatte viel wiedergutzumachen für meine Sünden, und ich wollte sofort damit anfangen. Ich hatte nicht erwartet, dass sie zustimmen würde mitzukommen, aber ich nahm an, ich hatte mir gestern einige Pluspunkte verdient, indem ich ihr Leben gerettet hatte.

Ich zerrte sie die Piccolo-Straße hinunter, Ungeduld brodelte in meinem Bauch.

Sie blieb zurück und beobachtete die Fae, die uns beobachteten. »Wie hältst du das aus?«

»Was aushalten?«

»Das ständige Starren. Überall, wo du hingehst, starren die Leute und starren.«

Ich grinste. »Nun, ich bin der sexieste Fae, der lebt. So hast du mich doch genannt, oder?«

Sie runzelte die Stirn und tat so, als erinnere sie sich nicht daran, das gesagt zu haben, als sie stockbesoffen war, aber wie sie rot wurde und zusammenzuckte, vermutete ich, dass sie sich an jedes Wort erinnerte.

»Du bist bei weitem nicht der sexieste Fae, den ich je gesehen habe. Du bist nicht einmal sexy für einen Menschen. Du bist bestenfalls durchschnittlich.«

Ich griff mir ans Herz. »Ich bin verletzt.«

Ein kleines Lächeln zupfte an ihren Lippen und drohte, ihr fest installiertes Stirnrunzeln zu entgleisen. »Aber ernsthaft, wird es nicht alt? Dieses ständige Anglotzen der Leute würde mich wahnsinnig machen.«

Ich warf einen Blick auf die Menge, die neugieriger als sonst war, ihre starrenden Blicke auf uns gerichtet. »Dich macht alles wahnsinnig«, kommentierte ich.

Sie schlug mir spielerisch gegen die Brust, und mein Herz leuchtete auf. Unsere Beziehung wurde endlich weniger antagonistisch, und ich hoffte, sie fühlte sich sicherer.

Ich zog sie in einen Mondweg, der im schwachen Tageslicht kaum sichtbar war, und sie sprang buchstäblich auf, als die Welt um uns herum zu verschwimmen begann. Ich würde ihrer emotionalen Offenheit nie überdrüssig werden, auch wenn sie versuchte, sich so abgeschottet zu geben.

»Wo gehen wir hin?«

»Ich habe dir gesagt, es ist eine Überraschung.« Ich legte den Kopf schief. »Magst du Überraschungen?«

Sie dachte eine Weile darüber nach, während sie neben mir herging und ihr blonder Kopf auf meiner Schulterhöhe wippte. »Ich weiß nicht. Ich hatte noch nie eine.«

Wir blieben stehen und die Welt hörte auf zu verschwimmen. Sie zog an meinem Arm. Wieder wurde mir bewusst, wie hart ihr Leben gewesen war und wie anders als meines. Keine Überraschungspartys, keine unerwarteten Geschenke. Vermutlich überhaupt keine Geschenke.

Sie zog an meiner Hand. »Komm schon, Prinzchen, zeig mir dein Ding.«

Ich blickte auf meinen Schwanz hinab, der sich mit einem unanständigen Gedanken regte. »Vielleicht später, Baby.«

Sie lachte fast, ein seltsames, glucksendes Geräusch, und mein Herz flog erneut hoch. Meine gute Laune breitete sich um uns herum aus und ließ die verschwommenen Wildblumen aufblühen, als wir vorbeigingen.

Der Mondweg spuckte uns mitten in ein Wildblumenfeld, ein Farbenrausch und Blütenduft. Angst furchte Neelas Stirn. »Es ist keine schlimme Überraschung, oder? Du wirst mir nicht die Finger brechen oder so?«

Die Wildblumen ließen die Köpfe hängen, als ihre Frage ins Schwarze traf. Es war auch eine berechtigte Frage, nicht aus Bosheit gestellt, sondern aus echter Sorge. Sie hatte allen Grund, besorgt zu sein. Ich hatte ihr verdammt nochmal den Knöchel gebrochen, oder?

Mein Berg von Hass aus der vergangenen Woche hatte sich umgekehrt und in einen Berg von etwas ganz anderem verwandelt. Ein starkes, überwältigendes Gefühl, für das ich keine Worte hatte. Ich wusste nur, dass ich wollte, dass sie sich sicher fühlte, damit ich mir selbst verzeihen konnte, was ich Sebs Schwester angetan hatte.

Ich ergriff eifrig ihre Hand, um sie zu beruhigen. »Ich möchte, dass du weißt, dass ich dir nie wieder wehtun werde, Streunerin. Wirklich. Ich werde eher sterben, als zuzulassen, dass dir etwas zustößt. Du hast mein Wort ... für das, was es wert ist.«

Seltsam, dass ich erklärte, ich würde lieber sterben, als ihr wehzutun. Noch seltsamer, dass es vielleicht stimmte. Der Gedanke wirbelte in meinem Kopf herum, während ich es aussprach, drehte sich und ließ mich ihn von allen Seiten betrachten.

Es stimmte. Es stimmte verdammt nochmal. Ich wollte Sebs Schwester sogar mehr beschützen als mich selbst.

Sie kaute auf ihrer Lippe, und ich stellte mir vor, sie zu küssen, ihre Sorgen und Ängste wegzuküssen und sie in meine Arme zu schließen. Ich verschränkte die Arme vor der Brust, um eine Barriere zwischen uns zu halten. Das Letzte, was ich wollte, war, sie anzuspringen, wenn sie nicht offen und willig war.

Ihre blauen Augen glitzerten und Verletzlichkeit breitete sich in ihr aus. »Was ist mit dem Blutpakt? Du hast gesagt, Blutmagie halte ewig, und du hast Sebarah dieses Versprechen gegeben.«

Es stimmte. Kein Zauber oder keine innere Kraft konnte einen Blutpakt auflösen, sobald er geschlossen war, also gab es keine Möglichkeit, das Versprechen rückgängig zu machen. Aber es war mir egal. Es war mir scheißegal.

»Ich will immer noch, dass das Haus Flora verschwindet«, begann ich vorsichtig und stellte sicher, dass ich ihr die ganze Wahrheit sagte, weil sie nichts Geringeres verdiente. »Aber ich will dich mehr. Gaia kann mich verfluchen, mich in Stücke reißen, mir die Magie aus dem Körper reißen, und ich werde trotzdem zu dir stehen. Du bist mein ... du bist mein Ein und Alles, und ich werde dich mit meinem letzten Atemzug beschützen.«

Meine Stimme klang rau vor Aufrichtigkeit. War es das, was Menschen die ganze Zeit fühlten? Ausgesetzt, verletzlich, schwach. Als könnten sie jeden Moment sterben, als wäre ihre jahrhundertelange Lebensspanne auf wenige Jahre zusammengeschrumpft. Als hätten sie gerade erkannt, dass sie verdammt nochmal verliebt sind.

Eine Träne quoll aus ihrem strahlend blauen Auge, lief über ihre sommersprossige Wange und landete im Mundwinkel ihrer vollen Lippen. »Ich muss dir etwas sagen. Ich ... ich bin nicht wirklich eine ... « Was auch immer sie gestehen wollte, blieb ungesagt, und stattdessen schüttelte sie energisch den Kopf und trat von mir weg. »Wo geht's jetzt hin?«

Wir waren nicht weit von der großen Überraschung entfernt. Mann, ich hoffte, sie würde es mögen. Am Rande des Menschendorfes baute ich für Neela ihr eigenes Haus. Der Bau war noch im Gange und würde erst in einigen Wochen fertig sein, und ich dachte mir, sobald sie aufgestiegen wäre, könnte sie ihre eigenen Bäume und Blumen wachsen lassen, um die Landschaftsgestaltung abzuschließen.

Ich erklärte ihr alles und wartete auf ihr Traktorstrahl-Lächeln, aber es kam nie.

»Ich dachte nur, weil du Menschen so magst und immer wieder hierher kommst, könntest du hier ein Haus haben. Du musst nicht immer hier wohnen, wenn du nicht willst. Vielleicht könntest du einfach gelegentlich zu Besuch kommen.«

Ihr Gesicht verzog sich, fiel in sich zusammen, und ich konnte nicht verstehen, warum. Etwas stimmte nicht, und ich musste wissen, was.

»Was ist los? Hasst du es? Du hasst es. Mach dir keine Sorgen, tu so, als wäre das nie passiert, ich werde es abreißen.«

Sie brach völlig zusammen und weinte. Es war, als würde man eine Festung weinen sehen, so unerwartet und falsch. Neela war eine Streunerin, die sich wand und fauchte und immer bereit war, der Welt die Stirn zu bieten, und ich sollte sie beschützen und aufheitern, aber ich hatte sie zum Weinen gebracht.

»Ich hasse es nicht«, sagte sie und wand sich aus meiner Umarmung, als ich versuchte, sie zu trösten. »Es ruiniert einfach alles.«

»Warum?«

Sie schüttelte den Kopf und wich zurück. »Ich wollte hierherkommen und in der Menschenstadt leben, um mich zu verstecken, aber das wird nicht funktionieren, wenn du weißt, dass ich hier bin.«

Ich wollte einen Schritt nach vorn machen, die Hand ausstrecken und ihre Wangen umfassen, aber sie wich immer weiter zurück. »Vor wem verstecken?«

Sie fixierte mich mit ihrem intensiven blauen Blick. »Vor dir. Ich bin ... ich bin keine Fae. Ich weiß, du denkst, ich wäre eine, aber das bin ich nicht. Ich bin ein Mensch. Dieses Armband gehört mir nicht. Ich bin eine miese Diebin und bin gerade in dieses Herrenhaus eingebrochen und habe dieses Armband von seinem wahren Besitzer gestohlen. Also bin ich nicht Sebs Schwester, ich bin nicht die vermisste Prinzessin, ich bin nicht einmal eine Fae.«

Ich betrachtete ihr Gesicht für einen langen Moment, mein Herz pochte in meinen Ohren.

Sie war so verstört über dieses Geständnis, und ich konnte sehen, dass sie jedes Wort, das sie sagte, glaubte. Aber anstatt sie zu trösten, trat ich zurück und öffnete eine Kluft zwischen uns.

Neela

Ein Laut blubberte aus Ronans Innerem hervor und brach wie ein Vulkan aus, seine verblüffte Emotion ergoss sich überall. »Einer von uns wird gleich verdammt überrascht sein.«

»Was?« Ich hatte Wut erwartet, nicht was auch immer das war. Er war einen Schritt zurückgetreten und sah mich mit einem intensiven, unlesbaren Ausdruck an.

»Du bist die floranische Erbin, Neela. Hör auf, mich anzulügen. Hör auf, dich selbst anzulügen.« Ah, da war die Wut, die ich erwartet hatte, und die seine Worte in Stahl hüllte.

»Du verstehst das nicht.« Ich rang meine Hände und begann dann, den Hügel hinunter in Richtung des Menschendorfes zu gehen, weg von dem riesigen Haus im Bau, das niemand wollte. Weg von Ronan.

Ich weiß nicht, warum ich ihm gerade die verdammte Wahrheit gesagt habe. Mein einziger Schutz vor ihm und seinen bösen Freunden war meine Täuschung, und ich hatte alles vermasselt. Ich war am Ende doch ein verdammter Narr. Ein Tag der Freundlichkeit vom dunklen Prinzen, und ich plapperte alles aus.

Ich musste weg. Und dieses Mal noch weiter verschwinden. Ich konnte nicht zum Rosenpalast zurückkehren, niemals. Aber zuerst musste ich dem mächtigen fae Prinzen entkommen, dem ich gerade gestanden hatte, ihn getäuscht zu haben.

Sicher, er hatte versprochen, mir nicht wehzutun, als er dachte, ich sei eine floranische Prinzessin. Aber jetzt, da er wusste, dass ich nicht einmal eine Fae war, würde er nicht zögern, mich zu töten. Ich musste weg, bevor er darüber nachdachte.

Er kam mir nach und lachte, als hätte er den Verstand verloren. »Ich verstehe perfekt. Das floranische Armband verschmilzt nur mit seinem wahren Besitzer, dem floranischen Erben.«

Ich wirbelte herum, um ihn anzusehen. Den Hügel hinauf war er noch größer, und ich musste meinen Hals recken, damit ich nicht in seinen schwarz gekleideten Bauchnabel sprach. »Genau das ist es. Ich bin nicht sein wahrer Besitzer, ich bin eine Diebin. Ich habe das verdammte Ding gestohlen.«

Ich sollte die Klappe halten, aber nicht geglaubt zu werden, war noch schlimmer, als ein blutiger Idiot zu sein, der Wahrheitsbohnen wie miesen Kaffee verschüttete.

Seine schwarzen Augen tanzten vor Heiterkeit. »Ich kann nicht glauben, dass du die ganze Zeit dachtest, du wärst ein Mensch.«

Seine sprudelnde gute Laune war ansteckend, und meine Stimmung hob sich leicht, nur indem ich sein glückliches Gesicht ansah. Ich biss mir auf die Wange, um meine wachsende Freude in Schach zu halten.

»Sei nicht so begriffsstutzig«, schnappte ich. »Das Armband gehört seinem wahren Besitzer, richtig?«

»Jep.«

»Und ich bin nicht der wahre Besitzer. Ich habe es gestohlen. Daher gehört es mir nicht, Herr Blödmann.«

Er grinste. »Für dich immer noch Prinz Blödmann.«

Ich konnte nicht verstehen, warum er das so leicht nahm. Ich hatte gerade gestanden, ihn die ganze Zeit getäuscht zu haben, und es war ihm scheißegal. Ich hatte ein unbezahlbares Artefakt von der Familie seines besten Freundes geklaut, und er kicherte.

Vielleicht würde er mich doch nicht töten. »Also... du lässt mich in diesem Haus leben und belästigst mich nicht? Lässt mich hier ein normales Leben führen, aus dem Weg?«

Er grinste. »Keine Chance, Prinzessin.«

Ich knurrte und öffnete meinen Mund, um zu widersprechen, aber er unterbrach mich.

»Erzähl mir genau, was an dem Tag passiert ist, als du das Armband genommen hast.«

Ich dachte an diesen Tag zurück. »Ich war in den Docklands, als ein paar von den Jungs des Bullen mich entdeckten, also bin ich in den reichen Teil der Stadt abgehauen. Hab mir ein paar Buden angesehen, während ich da war.«

»Ich hab buchstäblich nur etwa die Hälfte dieser Worte verstanden.«

Ich sah ihn an, als wäre er ein Idiot. Was er auch war. »Die Docklands sind der beschissenste Teil der Stadt, der Bulle ist ein gefährlicher Typ, dem ich Geld schulde, eine Menge Geld, und-«

»Der Bulle?«, fragte er drohend.

Ich winkte ab. »Das ist egal. Also, ich lief ein bisschen rum, auf der Suche nach etwas zu essen. Oder zu stehlen. Dann bin ich in ein Haus gewandert.«

»Warum dieses Haus?«, unterbrach er. »Warum genau dieses Haus? Hattest du es vorher schon mal gesehen?«

Ich legte den Kopf schief. »Ich weiß nicht. Irgendetwas daran zog mich an. Es war seltsam, ich ging einfach direkt durch die Vordertür hinein. Ich hab nicht mal zuerst die Fenster überprüft. Wahrscheinlich immer noch in Panik wegen der Verfolgung.«

»Nein«, korrigierte er. »Du wurdest vom Armband angezogen. Mach weiter. Wie hast du es gefunden?«

Ich seufzte. Alles, was ich sagte, nahm er als Beweis für seine wilde Theorie, anstatt es als das zu sehen, was es war - simples dummes Glück. »Ich bin einfach darauf zugegangen. Es war in einer Schmuckschatulle auf dem Kaminsims, und ich ging rüber, um die Ware zu checken, dann legte ich es an, und es befestigte sich an meinem Handgelenk.«

Ronan nahm meine Hände in seine. »Siehst du nicht? Es hat dich gerufen. Es hat dich gelockt, weil du sein wahrer Besitzer warst.«

Goldenes Glück pulsierte durch seine Hände in meine, und ich konnte den Funken Aufregung, der sich in mir entzündete, nicht unterdrücken. Könnte es wahr sein? Könnte das Armband mich gerufen haben, die wahre Erbin des Hauses Flora? Könnte ich eine echte Fae sein?

Ich ließ seine Hände los. »Glaubst du das wirklich?«

Er nickte enthusiastisch. »Natürlich.«

»Aber –«

»Nichts aber. Du bist eine Fae.« Erkenntnis dämmerte auf seinem Gesicht. »Du Hexe«, beschuldigte er mich, aber sein Ton blieb leicht. »Du hast die ganze Zeit mit uns gespielt? Ich dachte, ich wäre derjenige, der mit dir spielt.«

Er klang so glücklich, dass ich nicht wusste, wie ich darauf reagieren sollte. Ja, ich hatte ihn getäuscht ... oder zumindest dachte ich das. Vielleicht hatte ich mich selbst getäuscht.

Ich bemerkte seine spitzen Ohren und fühlte meine eigenen runden. Ich sah immer noch völlig menschlich aus und fühlte mich auch so, obwohl ich schon über eine Woche vom Sterblichen Reich weg war. Das ergab keinen Sinn. Ich würde es wissen, wenn ich eine Fae wäre. Tief in meinen Knochen irgendwo würde ich es wissen.

Erschöpfung durchströmte mich, plötzlich und lähmend. Genug von diesem Schwachsinn. Ich fing wieder an wegzugehen, zurück zum Mondweg. Es hatte keinen Sinn, dieses Gespräch noch länger hinauszuzögern. Ich würde einfach ein oder zwei Wochen warten, und wenn meine fae Kräfte nie auftauchten, müsste Ronan akzeptieren, dass ich ein Mensch war.

Obwohl ich dann schon lange weg sein würde. Nicht zurück nach Hebes, sondern in irgendeinen Teil von Arathay, wo ich mich verstecken konnte. Wahrscheinlich wäre es am besten, das Reich von Verda ganz zu verlassen und ein anderes Land zu finden, um meine Tage zu verbringen.

Er hob ein Blatt vom Boden auf und rief mir zu: »Siehst du das?«

Ich stemmte die Hände in die Hüften und blickte finster drein. »Menschen können Blätter sehen. Sogar aus sechs Metern Entfernung.«

Das Blatt war gelb und sah winzig in seiner ausgestreckten Hand aus. »Kannst du es riechen?«

Ich schnüffelte und nahm einen erdigen Geruch wahr. »Ja«, sagte ich langsam. Es schien nicht richtig, dass ich ein einzelnes Blatt aus so weiter Entfernung riechen konnte, aber vielleicht konnten das alle Menschen. Das war wie eine dieser Meditationsübungen, bei denen Konzentration dich mehr Details wahrnehmen lässt.

Der Schalk verschwand aus Ronans Augen. Er nahm das ernst. »Kannst du riechen, wie lange es schon vom Baum gefallen ist?«

»Natürlich nicht.« Ich drehte mich zum Gehen.

»Versuch es einfach. Tu mir diesen einen Gefallen.«

Ich schnaubte dramatisch, um ihm zu zeigen, wie genervt ich war, schnüffelte aber trotzdem. Nur ein Blatt. Ein erdiger Geruch wie eine Handvoll Dreck, durchzogen von wochealtem Kompost. Ich schnüffelte noch einmal. Ein schwacher Verwesungsgeruch versüßte den unterliegenden schlammigen Duft.

Dieses Blatt lag seit einer Woche auf dem Boden. Als ich zu ihm aufblickte, sah ich das Staunen, das ich fühlte, in seinem wunderschönen Gesicht gespiegelt. »Heilige Scheiße.« Ich schaute zum Himmel, wo Gott sein würde, dann hinunter in die Erde, wo ich mir vorstellte, dass Gaia lebte, dann zurück zu Ronan. »Bin ich eine Fae?«

Sein Gesicht wurde überheblich, und ich wollte es sofort schlagen, aber seine Freude war so ansteckend, dass ich stattdessen lachte.

Wir begannen, meine Fähigkeiten zu testen. Ich hob einen umgefallenen Baumstamm auf, der viel zu schwer für mich aussah, und stellte fest, dass ich ihn über meinen Kopf heben konnte. Ich sprintete um die Baustelle meines neuen Hauses herum – hätte nie gedacht, dass ich diese Worte mal sagen würde – und fühlte mich, als würde ich fliegen. Und Ronan versicherte mir, dass ich noch schneller werden würde. Viel schneller.

Ich stimmte mein Gehör auf die Geräusche um mich herum ein und nahm das Rascheln winziger Insekten im Unterholz zu meinen Füßen wahr. Das änderte alles. Ich war kein Müllsack-Waisenkind aus den Docklands, ich war eine verdammte fae Prinzessin.

Ich stürzte zu Ronan, der im Gras saß und mich mit einem zufriedenen Lächeln beobachtete. »Du darfst mich Mylady nennen«, sagte ich großartig. »Oder Eure Königliche Hoheit. Oder Eure Großartigkeit. Du solltest besser das Verbeugen üben.«

Er packte mein Handgelenk und zog mich auf seinen Schoß. »Ich verbeuge mich vor niemandem«, knurrte er. Ich trat um mich, um freizukommen, aber er hielt mich fest an Ort und Stelle. »Vor niemandem.«

Ich hörte auf zu kämpfen und legte einen Arm um seinen Nacken. Seine Brust war warm, sein schwarzes T-Shirt weich, und er roch nach Gras und Erdbeeren. Es fühlte sich an wie ein schöner Ort, um ein paar Minuten zu verbringen. Wann hatte ich aufgehört, ihn zu hassen? Irgendwann zwischen dem Moment, als er mich fertig machte, und dem, als er mich wieder aufbaute, vermutete ich.

Aber er irrte sich, wenn er dachte, er würde sich nie vor mir verbeugen. Ich presste die Lippen zusammen. »Oh, das wirst du. Du weißt es nur noch nicht. Wenn ich meine vollen Kräfte erreiche, werde ich unaufhaltsam sein. Du hast es selbst gesagt.«

Er blickte wieder finster, aber ich konnte erkennen, dass er nicht wirklich sauer war, weil ich spürte, wie er unter meinem Bein hart wurde, sich verdickte und wuchs, schnell. Fae-Jeans waren robust, aber weich, und sie taten nichts, um ihn zurückzuhalten.

Jetzt war ich an der Reihe, selbstgefällig zu grinsen. »Oh, du magst es, wenn ich dich dominiere, oder?« Er knurrte. »Gut. Denn ich werde dich für den Rest deines Lebens dominieren.«

Wow, das klang viel erotischer, als ich beabsichtigt hatte. Ich hatte es als Seitenhieb gemeint, dass ich ihn als Königin übertrumpfen würde, aber sobald ich es sagte, zuckte sein Schwanz, und Feuchtigkeit pulsierte zwischen meinen Beinen. Ich konnte meinen eigenen Moschus riechen, der sich zwischen meinen Schenkeln sammelte. Dummer, verräterischer Körper.

Das wurde alles viel zu kompliziert, viel zu schnell.

Ich stieß mich von seiner breiten Brust ab und hüpfte von ihm weg. »Nimm dich nicht zu wichtig, Prinzlein. Du bist immer noch der Arsch, der meinen Knöchel gebrochen hat. Und das wirst du immer sein.«

Wenn ich so darüber nachdachte, war es überhaupt nicht kompliziert. Ich war eine Prinzessin mit verdammt coolen fae Fähigkeiten, und ich würde eine verdammte Königin sein. Ich brauchte nichts mit ihm zu tun zu haben.

Er saß noch ein paar Minuten da, und wir wussten beide, dass er darauf wartete, dass seine Erektion nachließ, aber ich war gnädig genug, es nicht zu erwähnen.

»Du musst immer noch zuerst aufsteigen.«

Das Grinsen auf meinem Gesicht gefror. Verdammt. Nur weil ich eine Fae war, bedeutete das nicht automatisch, dass ich Königin werden würde. Zuerst musste ich zu meiner vollen Macht aufsteigen, was beim ersten Aufstiegsritus nach meinem fünfundzwanzigsten Geburtstag geschehen musste, oder es würde nie passieren. Wenn ich dieses Datum verpasste, würde ich meine Kräfte für immer verwirken.

Ich wurde nächste Woche fünfundzwanzig, und die Zeremonie war zehn Tage später.

Die Freudenblasen in meiner Brust wurden spröde und zerbarsten, und bildeten einen panischen Schlamm in meiner Magengrube. »Was soll ich tun? Ich weiß nicht, wie man aufsteigt. Ich weiß nicht einmal, was meine innere Kraft ist. Ich habe keine innere Kraft.«

Er stand auf, sein sanftes Lächeln beruhigend. »Beruhige dich, wir werden es herausfinden.«

Ich packte sein T-Shirt, ballte es fest in der Faust und schrie in seine Brust. »Was ist meine innere Kraft?«

Er legte seine Hände auf meine Hüften. »Das ist eine Sache zwischen dir und Gaia.«

»Gaia redet nicht. Sag du es mir.«

Er lachte leise. »Wir werden es herausfinden.«

Seine Hände auf meinen Hüften waren irgendwie tröstlich, und mein Griff um sein T-Shirt lockerte sich, während ich ein paar tiefe Atemzüge nahm. Ich hatte seit meiner Kindheit auf der Straße überlebt, ich konnte verdammt nochmal auch als fae Prinzessin überleben.

Er nahm mich bei der Hand und führte mich einen Pfad entlang. »Nachkommen des Hauses Flora steigen normalerweise zu Grower auf. Deine Mutter war eine Grower, Seb war ein Grower, also wirst du es wahrscheinlich auch sein.«

»Was war mein Vater?«

Ronan ging voran, auf einem Pfad zwischen locker gruppierten Bäumen. Er drehte seinen Kopf im Profil, und sein gemeißelter Kiefer mahlte leicht. »Dein Vater beherrschte den War.«

Trotz der warmen Sonne auf meinem Gesicht lief mir ein kalter Schauer über den Rücken. Mein Vater war ein Kriegstreiber. Ein Experte für Strategie, ein Gott des Todes. Ich wollte sein Erbe nicht. Ich mochte die Blumen, Bäume und Pflanzen, aber ich verabscheute Gewalt und hasste es, dass sein Blut durch meine Adern floss.

»Hass ihn nicht«, murmelte Ronan. »Ihm verdankst du dein Überleben auf der Straße. Die Instinkte, die jemanden den War beherrschen lassen, sind die gleichen Instinkte, die dich am Leben gehalten haben. Also hass ihn nicht, versuche nur... ihn zu verstehen.«

Das ergab viel Sinn. Das war ein Gedanke, den ich mit nach Hause nehmen und in Ruhe untersuchen konnte, während ich versuchte, mich damit abzufinden, wer ich war. Worte des Dankes sammelten sich auf meiner Zunge, aber ich sprach sie nicht aus. Ich konnte es nicht.

Meine Gedanken rasten, während ich Ronans straffen Hintern den bewaldeten Pfad entlang folgte und alle paar Schritte rennen musste, um mit seinen langen Schritten mitzuhalten. Mein neu gewonnenes Wissen war schwer. Das war alles zu viel zum Verarbeiten. Ich war kein Abschaum, ich war eine Prinzessin. Ich war keine Waise, ich hatte Eltern gehabt und konnte, wenn die Zeit kam, so viel über sie herausfinden, wie ich wollte. Mein Kopf schwamm vor Informationen, also klammerte ich mich an das eine, was jetzt wichtig war.

Die Zeit verrann, und ich hatte weniger als drei Wochen, um herauszufinden, wie ich aufsteigen konnte.

Ich blinzelte zurück in die Realität, mein Verstand summte vor Dringlichkeit. Wir standen in einem lebendigen Meer aus Farben, einem Feld voller Wildblumen. Die nächsten Blüten neigten sich zu uns wie Katzen, die gestreichelt werden wollten. »Es ist hübsch«, sagte ich und versuchte, meine Verwirrung beiseite zu schieben, »aber warum sind wir hier? Was soll ich tun?«

Ronan trat ein paar Schritte zurück und ließ mir Platz zwischen den Blumen. »Wenn du eine Grower bist, fühlst du vielleicht eine Verbindung zu diesen kleinen Kerlen. Entspann dich einfach, öffne deine Wahrnehmung und sieh, ob du ihre Lebenskraft spüren kannst.«

Ich konnte nicht glauben, dass ich das tat. In einem magischen Feld stehen und versuchen, mich mit meiner inneren Kraft zu verbinden. Aber Ronan hatte bisher mit allem Recht gehabt, also versuchte ich es. Ich schloss meine Augen, und das Sonnenlicht färbte die Welt durch meine Augenlider tiefrot, die Sonne wärmte mein Gesicht. Ich dachte an die Blumen zu meinen Füßen, dann an die weiter entfernten und dann noch weiter, versuchte, sie in mir selbst zu spüren, und setzte jede Unze meiner Konzentration daran, einen Lebensfunken da draußen zu finden.

»Es klappt nicht. Ich kann es nicht.«

Ronan spürte meine Ungeduld und wurde ganz besänftigend, was tatsächlich funktionierte. »Schon gut. Wir versuchen es an einem anderen Tag.«

Ich wirbelte wieder zu ihm herum, Frustration machte mich erneut wütend auf ihn. »Warum hilfst du mir?«

Er sah mich an, helles Sonnenlicht setzte goldene Funken in sein rabenschwarzes Haar. »Weil ich muss, Streunerin. Meine Seele lässt mich keine andere Wahl treffen. Sie wählt dich.«

Null Worte. Ich hatte nichts darauf zu erwidern, besonders weil ich spürte, wie aufrichtig er war. Ich respektierte seine Ehrlichkeit, das tat ich wirklich, aber was zum Teufel sollte ich darauf sagen? Ein frecher Kommentar wie »Danke, dass du nicht mehr versuchst, mich umzubringen« schwebte auf meiner Zunge, aber es fühlte sich nicht angemessen an, also schluckte ich ihn herunter.

Ich sah mich um, orientierte mich und vergewisserte mich, dass ich den schnellsten Weg zum Mondweg nach Hause kannte – das Tal hinunter, um das Wäldchen mit den violetten Bäumen herum und hinter diesem riesigen orangefarbenen Felsen.

»Wettrennen nach Hause?«

Er stand still, seine Füße fest auf dem Boden, sein Ausdruck noch ernst, aber er wurde weicher bei meinen Worten. »Wie wäre es stattdessen mit einem gemütlichen Spaziergang n–«

»Der Letzte zu Hause ist die Schlampe des Bullen«, brüllte ich, dann stürmte ich den Hügel hinunter, pumpte meine Beine, spürte, wie meine neuen Muskeln sich anspannten und entspannten, und war begeistert von meiner Geschwindigkeit.

Ein Lächeln breitete sich auf meinem Gesicht aus. Mit jedem Schritt, mit jedem Atemzug, der meine Lungen füllte, wurde meine Entschlossenheit stärker. Ich mochte noch nicht schneller sein als er, aber bald würde ich es sein.

Neela

Der Rosenpalast sah bei Sonnenuntergang wunderschön aus, mit den rosa und orangefarbenen Tönen, die sich auf dem gewaltigen, blütenblattartigen Dach widerspiegelten.

Der Lauf nach Hause hatte mich erschöpft und ich brauchte etwas Zeit für mich. Aber als ich Ronan wegschickte, tat ich es mit einem Lächeln, also war das schon mal etwas.

Liz wartete drinnen auf mich mit einem Glas Nicht-Dionysus-Rotwein, den ich dankbar entgegennahm.

Wir gingen in mein Lieblingswohnzimmer, das gemütlicher war als die großen Empfangshallen. Die Wände und Decken waren mit Tausenden verzauberter Rosenblätter ausgekleidet, sodass es immer nach einem späten Sommernachmittag duftete.

Ich ließ mich auf ein cremefarbenes Sofa sinken und zog ein übergroßes Kissen auf meinen Schoß. Liz wedelte mit der Hand und murmelte einen Zauberspruch, und ein behagliches Feuer entfachte im Backsteinkamin.

»Wie machst du das?«, fragte ich und staunte über ihre Fähigkeit. Plötzlich erschien mir die Fähigkeit, ein Feuer mit nichts weiter als einem Gedanken und einer Geste zu entfachen, noch beeindruckender, jetzt, da ich wusste, dass ich es eigentlich auch können sollte.

Liz nahm einen Schluck Wein. »Magie«, sagte sie mit einem Grinsen.

»Apropos ... «

»Ja?«

»Ich habe Neuigkeiten.«

»Ja?«

»So richtig große Neuigkeiten.«

»Okay.«

»Bist du bereit?«

Liz warf mir einen genervten Blick zu. »Wirst du diese erstaunlichen Neuigkeiten jetzt teilen oder sie einfach weiter aufbauschen?«

Ich nahm einen großen Schluck Wein und baute den Mut auf, die lächerlichen Worte laut auszusprechen. »Ich bin eine Fae.«

Liz verschränkte ihre Beine unter ihrem Hintern wie ein Schulkind. »Ja, ich weiß. Du bist eine fae Prinzessin«, sagte sie mit einem theatralischen Augenzwinkern. »Und ich bin der gefürchtete König von Brume.«

Meine Lippen zuckten, aber ich hielt den Blick meiner Freundin fest. »Ich bin eine Fae.«

Sie neigte den Kopf. »Lügnerin.«

»Ich bin keine Lügnerin. Ich bin eine Wahrheitssagerin.«

»Nö.« Sie nippte an ihrem Wein. »So etwas gibt es nicht.«

»Jetzt schon.« Ich zog meine Schuhe aus und schlug meine Beine unter.

»Wahrheitssagerin? Das ist nicht einmal ein Wort.«

»Schätzchen, du konzentrierst dich auf die falsche Sache. Ich bin eine Fae.«

»Warte, du meinst das ernst«, sagte sie, und ihre Stimme wurde leiser.

Ich nickte, und Liz' Kinnlade klappte herunter.

»Aber ... wie? Ich meine, heute Morgen warst du noch ein Mensch ... «

Ich zuckte mit den Schultern und nahm noch einen Schluck. »Ich *dachte*, ich wäre ein Mensch. Ich lag falsch.« Ich hielt mein tätowiertes Handgelenk hoch. »Dieses Ding heftet sich nur an die wahre Erbin. Das bin ich, Baby.«

»Woher weißt du das?«

Ich drückte das Kissen fest. »Ronan hat es mir gesagt.«

Liz warf mir einen Blick zu, der mir genau zeigte, wie sehr sie ihm vertraute. »Woher weißt du, dass es nicht die neueste Falle ist? Er ist nicht gerade ein Wahrheitssprecher von Fen.«

Ich drückte das Kissen so fest, dass es riss. »Ich kann es in mir spüren, Liz. Es ist verdammt surreal. Heute habe ich mich einfach angefangen ... ich weiß nicht, stärker zu fühlen. Lebendiger. Ich kann kaum glauben, dass es real ist, aber das ist es.«

Liz' Augen leuchteten auf. »Also kannst du Magie benutzen!«, rief sie aus und zeigte mit dem Finger auf mich, als wolle sie ihren Punkt beweisen.

Ich zögerte einen Moment, bevor ich antwortete. Es war seltsam zu denken, dass ich mein Leben lang unwissend über diese geheime Kraft in mir gelebt hatte. Jetzt fühlte es sich so offensichtlich an. Das sanfte Summen der Energie kribbelte durch meinen Körper und schien jeder meiner Bewegungen zu folgen; es war, als wäre ich mit einer unendlichen Quelle von Kraft und Möglichkeiten verbunden.

Gestern dachte ich noch, ich wäre ein normales menschliches Mädchen ... heute erfuhr ich, dass ich von fae Volk abstamme. Es war ehrlich gesagt ein echter Mindfuck.

Auch nicht nur Freude und Rosen. Eine Menge dunklerer Emotionen mischten sich ebenfalls darunter, wie Traurigkeit, Verwirrung und Wut. Meine richtige Familie musste gewusst haben, dass ich eine Fae war, aber aus irgendeinem Grund entschieden sie sich dafür, mich im Dunkeln zu lassen und mich aus dem Reich der Fae zu verbannen. Die Ablehnung schmerzte; es schien so unfair, dass sie mich nicht akzeptieren würden, obwohl ich nichts falsch gemacht hatte.

Ich seufzte schwer und nahm noch einen Schluck Wein, um die Gefühle der Ablehnung zu verdrängen.

»Hör auf zu schmollen, du Schmollmaus. Du bist eine verdammte fae Prinzessin! Du kannst alles tun.«

Liz hatte recht. Wer wusste schon, wie mächtig ich war? Wie viel Potenzial in mir steckte? Es gab vielleicht keine Grenzen oder Einschränkungen für das, was ich tun konnte.

Ich verzog den Mund zu einem schiefen Lächeln und ließ die Aufregung in mir wachsen. »Ich kann nicht fliegen.«

Liz sprang auf die Füße und zog mich ebenfalls hoch. »Verdammt nochmal, doch, wenn du willst! Steig einfach auf in den Schwebezustand oder was auch immer du willst. Du kannst alles tun!« Sie stieß einen Jubelschrei aus und tanzte um mich herum, und ich ließ mich von ihrer Freude anstecken.

Ich war eine Fae, und damit kam die Macht der Magie. Eine Welt voller Möglichkeiten öffnete sich vor mir; ich konnte die von meinen Vorfahren vorgezeichneten Wege erkunden und mehr über meine wahre Identität herausfinden. Und ein paar Rockstar-Zaubersprüche lernen.

»Was willst du als Erstes lernen?« Liz ergriff meine Hände. »Ich bring's dir bei. Mann, dein Kopf muss ja rotieren!«

Die Tatsache, dass dieses Geheimnis so lange verborgen geblieben war, war unglaublich, und doch saßen wir hier und diskutierten es auf die denkbar sachlichste Art und Weise.

»Ach, Mist.« Ich ließ mich auf mein Sofa zurückfallen und verkroch mich unter meinem Schoßkissen. »Ich bin fast fünfundzwanzig. Ich muss in ein paar Wochen aufsteigen. Ich werde wahrscheinlich während des Aufstiegsritus sterben. Ich habe nicht genug Kraft, um es durchzustehen, und ich habe nicht einmal eine innere Kraft.«

Angst brodelte in meinem Magen und ließ ihn Purzelbäume schlagen. So schnell wie meine Aufregung gekommen war, verwandelte sie sich in bittere Furcht, als mir die Größe dessen bewusst wurde, was ich tun musste. Und die Konsequenzen, wenn ich scheitern würde.

»Natürlich hast du eine«, erwiderte Liz mit beruhigender Stimme. »Du musst sie nur finden. Du bist die floranische Erbin. Oh Mist!« Ihre Hand flog zu ihrem Mund. »Das bedeutet, ich bin wirklich eine königliche Begleiterin.«

Ich tippte an einen imaginären Hut und genoss den verspielten Moment. »Herzlichen Glückwunsch.«

»Danke«, sie machte einen kleinen Knicks, »Prinzessin.«

Ich lachte. »Hör auf damit. Ich reagiere nur auf Schlampe oder gar nicht.«

Liz warf den Kopf zurück und lachte. Es hellte meine Stimmung auf. Meine Eltern hatten mich vielleicht verlassen, aber ich war nicht mehr allein.

»Du wirst das Ritual mit Bravour meistern, Schätzchen. Konzentrier dich einfach. Kopf runter, Hintern hoch.«

Ich sah sie an. Sie hatte Recht; ich war so darauf fixiert gewesen, Angst davor zu haben, während des Aufstiegsritus zu sterben, dass ich nicht darüber nachgedacht hatte, wie viel ich noch über meine innere Kraft lernen und verstehen musste. Und wie erstaunlich das sein würde. Es gab Gerüchte über uralte Zaubersprüche und Rituale, Geschichten von Fae, die fliegen und Regenbögen am Himmel erschaffen und Glamours benutzen konnten, um sich völlig unsichtbar zu machen; all diese Dinge waren auch für mich möglich, wenn ich meine innere Kraft anzapfen und aufsteigen würde. Der Gedanke war aufregend... und verdammt überwältigend.

Liz' Grinsen wurde breiter, als sie fortfuhr, mir die verschiedenen möglichen Aufstiegsarten und die damit verbundenen Kräfte zu erklären. Ihre Begeisterung war ansteckend, und als sie fertig war, konnte ich es kaum erwarten, loszulegen. Ich konnte bereits die Kraft in mir summen spüren, die darauf wartete, entfesselt zu werden.

»Okay«, sagte ich, stand auf und klopfte mein Schoßkissen ab. »Ich bin bereit zu lernen.«

Liz klatschte in die Hände. »Zuallererst. Lass uns mit etwas Einfachem anfangen. Levitation.«

Ich prustete los. »Was zum Teu-?«

»War nur ein Scherz! Selbst ich kann das noch nicht. Lass uns das hier versuchen.«

Sie deutete auf den Kamin und murmelte etwas vor sich hin. Ich sah staunend zu, wie die Flammen flackerten und stärker wurden, anscheinend auf ihren Befehl hin.

»Ich dachte, nur Flammen könnten Feuer kontrollieren. Wie machst du das? Du bist noch nicht einmal aufgestiegen.«

Liz wandte sich mir zu, ihr Gesichtsausdruck ernst. »Ich kann ein Feuer nur entzünden oder löschen. Flammen können es perfekt kontrollieren, es überall beschwören, es wie winzige geflügelte Fae tanzen lassen oder in jedes beliebige Bild formen. Aber die meisten Fae können grundlegende Feuerzauber wirken.«

»Okay. Wie lautet der Zauberspruch?«

»Ignis ardeat, flamma surgat! Es bedeutet Feuer entfache dich, und Flammen erhebt euch. Das ist der Grundzauber, sie werden natürlich komplizierter.«

Ich sackte zusammen. »Das ist der Grundzauber? Wirklich? Ich dachte, es wäre so etwas wie *lumos*. Ich kann mir das alles nicht merken.«

Sie ging die Worte mit mir durch, Silbe für Silbe, und korrigierte meine grauenhafte Aussprache, bis ich schließlich den ganzen Spruch aufsagen konnte.

»Gut. Jetzt lass es uns in echt versuchen. Konzentriere dich auf die Flamme«, wies sie mich an. »Bündele deine ganze Energie darauf. Stell dir vor, wie sie größer und heller wird, und sprich die Beschwörungsformel.«

Ich straffte die Schultern, versuchte, das Summen in meinem Körper anzuzapfen, starrte in die Flammen und konzentrierte meine ganze Aufmerksamkeit auf das Feuer.

»Das Feuer ist schon da, es ist super einfach, es größer zu machen«, versicherte mir Liz. »Konzentriere dich einfach und sprich die Worte.«

»Ignis ardeat, flamma surgat!«

Nichts geschah.

»Wiederhole es weiter, bleib konzentriert, es wird kommen«, sagte Liz.

Sie nahm mir mein Weinglas ab, damit ich mich vollständig konzentrieren konnte, in den Kamin starrend, den Zauberspruch murmelnd. Für ein paar Momente geschah nichts. Dann, nach ein paar Minuten, geschah weiterhin nichts. Und schließlich, nach einer halben Stunde intensiver Konzentration, geschah absolut rein gar nichts.

»Das ist Mist. Ich bin Mist«, murmelte ich und blickte Liz finster an.

»Ja«, grinste sie verschmitzt, »das bist du.«

Ich verdrehte die Augen. »Du bist auch Mist. Im Unterrichten.«

Sie grinste und reichte mir mein Weinglas zurück. Ich hatte Glück, sie an meiner Seite zu haben.

»Du kannst später Zaubersprüche lernen. Du solltest dich jetzt wahrscheinlich auf deine innere Magie konzentrieren.«

Ich stöhnte. »Habe ich das nicht vorhin schon gesagt?«

Liz brummte nur unverbindlich. »Du bist wahrscheinlich eine Wachstumsmagierin. Lass uns nach draußen gehen und mit ein paar Pflanzen spielen.«

Erschöpft von der misslungenen Übung ließ ich mich auf das Sofa fallen. Ich war ausgelaugt. Mein ganzes Adrenalin hatte sich in Schlafhormone verwandelt, und ich fühlte mich plötzlich, als könnte ich im Stehen einschlafen.

»Nur noch ein Glas Rotwein. Dann ein langer Schlaf. Dann morgen... «, murmelte ich, meine Worte vor Erschöpfung und Vorfreude verwaschen. Ich umklammerte das Weinglas in meiner Hand und genoss die letzten Reste seines reichen, köstlichen Geschmacks.

Glücklicherweise widersprach Liz mir nicht, sondern ließ mich auf dem Sofa zusammensacken, während sie wie eine gute königliche Begleiterin mein Weinglas nachfüllte.

Morgen würde mein Leben als echte fae Prinzessin beginnen.

Neela

Ich war wie ein Stück rohes Hühnchen, das einer Gruppe hungriger Straßenkatzen vorgeworfen wurde. Ich würde nicht lange durchhalten.

Der nächste Morgen brach an, und ich wollte das Bett nicht verlassen. Ronan hatte mich in sein böses Versteck eingeladen, wo er mit seinen Kumpels abhängte, und aus irgendeinem Grund hatte ich zugestimmt mitzukommen.

Irgendwie schaffte ich es, in Shorts und T-Shirt zu schlüpfen und wartete vorne auf ihn.

»Deine verzogenen Freunde hassen mich«, beschwerte ich mich zur Begrüßung. »Die werden nicht wollen, dass ich ihnen in eurem geheimen Clubhaus den Rücken einseife und die Haare flechte.«

Ronan drückte meine Schulter, seine onyxfarbenen Augen waren sanft und seine vollen Lippen zu einem Lächeln gebogen. »Deine Haare sind zu kurz und stachelig zum Flechten.«

»Das ist nicht der Punkt«, murrte ich, als er mich in das Lavendellabyrinth in meinem Hinterhof zog.

»Der Mondweg beginnt im Herzen des Labyrinths«, sagte er und nahm links und rechts Abzweigungen durch den süß duftenden Lavendel. »Du musst dir den Weg für das nächste Mal merken.« Er zog mich im Laufschritt mit. »Und sie hassen dich nicht. Sie wollen nur, dass du Arathay verlässt oder stirbst.«

Ich runzelte die Stirn, aber er bemerkte es nicht. »Das wäre lustig, wenn du scherzen würdest.«

Er drehte sich um und grinste mich an, sein Gesicht viel freier und leichter als bei unserer ersten Begegnung. »Keine Sorge, Prinzessin. Ich werde dich beschützen.«

Ich riss meine Hand aus seinem Griff und schlug ihm auf das Handgelenk. »Ich brauche deinen Schutz nicht«, zischte ich.

»Glaub mir, ich weiß.«

Der Mondweg begann in meinem lila Labyrinth und endete in einem großen Bogen, der von einem lebenden Baum gebildet wurde, der majestätisch über uns aufragte. Ich trat hinaus in den Sonnenschein und starrte zu dem beeindruckenden Baum hinauf. Er musste schon tausend Jahre hier stehen, ein Zeuge meiner Vorfahren, die diesen Mondweg vor mir benutzt hatten.

»Wie lange gibt es euer geheimes Clubhaus schon?«

Er runzelte die Stirn. Ich wurde besser darin, seine Emotionen zu lesen, während meine fae Sinne sich verbesserten, und ich sah das winzige Zucken seiner Stirn, das sein Missfallen anzeigte. »Ich sage dir immer wieder, dass es kein geheimes Clubhaus ist. Es ist das Seehaus. Jede Generation von Erben nutzt es, um sich fernab der Blicke der gewöhnlichen Fae zu entspannen, es -«

»Ich liebe, wie du ›gewöhnliche Fae‹ sagst und dabei klar machst, dass du so viel besser bist als sie«, sagte ich tonlos.

Er warf mir einen Blick zu. »So werden sie nun mal genannt.«

Ich winkte ab. »Nur noch etwas, das ich ändern werde, wenn ich die ranghöchste Königin bin.«

Ein Knurren kam aus seiner Brust. »Willst du das jetzt hören oder nicht? Das Seehaus wird von jeder Generation von Erben genutzt.«

»Um euch von den schmutzigen Pfoten des gemeinen Volkes fernzuhalten.«

»Um uns Zeit und Raum zu geben, damit wir uns verbinden können, sodass unsere Herrschaft friedlich sein wird, wenn unsere Zeit zu regieren kommt«, knurrte er.

»Also ist es irgendein uraltes Steinschloss?«

Er führte mich um den Fuß des prächtigen Baumes herum. »Sieh selbst.«

Dies war kein geheimes Clubhaus – es war großartig. Ein modernes architektonisches Wunderwerk, das am Rande eines kristallblauen Sees balancierte. Jede Linie und Kurve des Gebäudes war perfekt mit der Umgebung abgestimmt.

»Es verändert und verwandelt sich, während es uns kennenlernt, und passt sich an die Persönlichkeiten und Bedürfnisse der aktuellen Gruppe von Anwärtern an.«

»Wächst es ... ?« Die hölzerne Terrasse mit Blick aufs Wasser war so glatt wie polierter Stein, wuchs aber direkt aus der Erde.

Ronan lächelte stolz. »Ja. Nachdem Sebarah aufgestiegen war, wurden die Holzelemente des Hauses stärker und schöner. Er war ein sehr talentierter Grower.«

Ich hatte noch sechs Tage bis zu meinem fünfundzwanzigsten Geburtstag und nur zehn Tage danach, um herauszufinden, ob ich ein Grower war. Oh, und um zu lernen, wie man seine innere Kraft einsetzt. Andernfalls würde ich bis zu meinem Tod eine schwache Fae bleiben.

Wir näherten uns, und die komplizierten Details des Gebäudes wurden deutlicher. Ich fuhr mit den Fingern über die Vordertür, die mit weichem Fell bedeckt war. »Du sagtest, dieser Ort spiegelt jedes der fünf Häuser wider?« Er nickte. »Ich vermute, die Wölfe haben einen krassen Sex-Raum eingerichtet.«

Ronan lachte, und seine ansteckende Freude nahm mir etwas von der Angst, das Versteck meiner Feinde zu betreten.

Drinnen lümmelte Leif auf einem großen silbernen Sofa, aber er sprang auf die Füße und kam auf uns zugesprungen, während er den Knoten am Bund seiner grauen Jogginghose zuzog. »Hat jemand Sex-Raum gesagt?«

»Das hättest du wohl gerne«, murmelte ich und stolzierte an ihm vorbei.

Keiner der anderen war da, nur wir drei. Ich versuchte, die Stimmung im Raum zu lesen und herauszufinden, wie unangenehm meine Anwesenheit hier genau war. Leif musste begriffen haben, dass Ronan nicht mehr gegen mich war, nachdem er Dion zu Boden geworfen hatte, weil er mich mit seinem Essen verzaubert hatte, und der Wolf schien auch nicht allzu sauer auf mich zu sein.

Tatsächlich schlich er sich hinter mich und leckte meinen Hals, was mir eine Gänsehaut bescherte. Ich stieß ihn hart weg.

Er grinste wolfsartig. »Ich hab dir doch gesagt, dass wir Freunde sind.«

Ich ging langsam durch den Raum und nahm alles in mich auf, die schlanken Linien, die hochwertige Verarbeitung. Auf den ersten Blick konnte ich erkennen, welcher Sessel zu welchem Erben gehörte. Eine Chaiselongue aus Glas, die mit Sicherheit bequemer war, als sie aussah, musste Gabrelle gehören.

Das lange silberne Sofa war eindeutig Leifs, und ich hätte mein Leben darauf verwettet, dass der formell aussehende schwarze Ledersessel Ronans war.

Das ließ den Sitzsack, der nach frischer Minze duftete, für Dion übrig.

Ich stand unbeholfen da, weil ich keinen fremden Platz beanspruchen wollte. »Du hast nie gesagt, dass wir Freunde sind«, korrigierte ich den Wolf. »Du hast mir gesagt, ich soll mich verpissen und sterben. Da gibt es einen kleinen Unterschied.«

Er rückte näher und versuchte, an meinem Hals zu schnuppern. »Aber ich wusste, dass wir am Ende Kumpel werden würden.«

Ich schob ihn weg, aber eine Saite in meinem Herzen spannte sich. Ich hatte nie einen Kumpel gehabt, nie einen gewollt. Aber vielleicht waren Freunde doch nicht so schlecht. Es musste eine Verbesserung gegenüber Todfeinden sein.

Ronan wanderte irgendwohin, wahrscheinlich um mir und dem Wolf Zeit zum Bonden zu geben. Aber sobald der Prinzling den Raum verließ, sank meine Stimmung.

Es war schwer, mich daran zu erinnern, warum ich zugestimmt hatte, hierher zu kommen. Ich hatte Rache an diesen Arschlöchern geschworen, und jetzt fühlte es sich an, als würde ich um ihre Aufmerksamkeit betteln, indem ich vor ihrer Haustür auftauchte und lächelte.

»Wo ist Sebarahs Stuhl?«

Leif antwortete nicht, er lümmelte sich einfach auf seiner langen weißen Couch und deutete im Raum umher. »Du kannst dich überall hinsetzen.« Er klopfte neben sich auf das Sofa. »Komm, kuschel hier mit mir.«

Unwahrscheinlich. Ich wählte den Sitzsack und fand ihn genauso stützend wie die Büsche im Waldklassenzimmer.

Meine Stimmung sank noch tiefer, als ich an Sebarah dachte. Gestern war ein Mindfuck gewesen, aber auf eine gute Art. Ich hatte entdeckt, dass ich Fae war und spürte, wie meine Fae-Sinne erwachten. Ronan hatte den ganzen Tag gegrinst wie ein Idiot, und ich hatte den Tag mit Freudentaumel beendet, dann verwirrt und schließlich einfach nur erschöpft.

Die fröhliche Stimmung hatte den ganzen Abend angehalten, aber sie konnte nicht ewig dauern.

Die Realität sickerte ein. Nicht nur wegen meines Aufstiegs, sondern auch wegen meines Exils im Sterblichen Reich.

Ich hatte Eltern gehabt. Einen Bruder. Eine vollständige, lächelnde, heile Familie, und sie hatten mich abgelehnt. Mich aus ihrem Leben geworfen, aus ihrem Zuhause, aus ihrem ganzen Reich.

Was war so falsch an mir? Warum behielten sie Sebarah und warfen seine jüngere Schwester weg?

Hatten sie eine Unwürdigkeit in mir gespürt? Hatten sie in meine Augen geschaut und meine Menschlichkeit gesehen, mein knurrendes Müllsack-Ich?

Ich sank tiefer in den Sitzsack und umarmte meine Knie. Das war schlimmer, als eine Waise zu sein – zumindest hatte ich gewusst, warum ich allein war. Eltern zu haben, die mich verachteten, war schlimmer als tote zu haben, und ich konnte sie nie fragen, warum.

Leif winselte, sein flehender Ton durchbrach meine Gedanken. »Darf ich kommen und dich umarmen?«

Ich legte mein Kinn auf meine Knie und antwortete, ohne aufzublicken. »Nein.« Das Letzte, was ich brauchte, war ein Köter, der nichts über mich wusste, das wahre Ich, den Müllsack von der Straße, und nur mit der Fae-Prinzessin befreundet sein wollte.

Diese Fae-Prinzessin gehörte nicht hierher. Ich hatte die ganze Zeit recht gehabt – ich war ein Fake.

Er winselte wieder. »Warum bist du so traurig?«

Ich drückte meine Waden. Ich hasste es, traurig zu sein. Wut war viel besser. »Weil meine Eltern mich nicht wollten. Sie haben mich im Sterblichen Reich abgeladen, um mich loszuwerden. Was für Eltern tun so etwas?«

Ich verletzte mein Bein, also ballte ich stattdessen die Faust in den Sitzsack und riss versehentlich ein Loch hinein.

Leif entspannte sich. »Oh, das. Das ist nur wegen Gaias Fluch.«

Der Sitzsack reparierte sich selbst, nähte sich wieder zusammen und löschte die Spuren des Traumas. »Was ist Gaias Fluch?«

»Wir nennen es den Ersatzfluch. Fae-Paare haben normalerweise nur ein Kind. Oder zumindest nicht mehr als eines alle paar hundert Jahre. So sollte es sein.«

»Okay ... «

»Wenn eine königliche Familie zwei Kinder hat, stirbt das jüngere immer auf mysteriöse Weise. Man sagt, es sei, um das Reich stabil zu halten, weil zwei Erben um die Macht kämpfen und einen Krieg beginnen können. Aber ich sage, es liegt daran, dass Gaia eine eifersüchtige Schlampe ohne Brüder oder Schwestern ist, also will sie nicht, dass jemand anders welche hat.« Er zog einen Tennisball aus seiner Tasche und begann, ihn zu werfen und zu fangen. »Also müssen Eltern das zweite Kind verstecken, bevor es stirbt. Normalerweise schicken sie es ins Sterbliche Reich.«

Ich beobachtete, wie er den Ball so präzise warf, dass er gerade die hohe Decke berührte, bevor er in seine wartenden Hände fiel. Er hatte offensichtlich viel zu viel Zeit damit verbracht. »Also haben meine Eltern mich nicht gehasst?«

Leif schnappte den Ball aus der Luft. »Ich kannte sie nicht gut, aber ich schätze, sie hätten sich nicht die Mühe gemacht, dich zu beschützen, wenn sie dich gehasst hätten.«

Ronan kehrte in den Raum zurück, gekleidet in schwarze Hosen und ein grau meliertes T-Shirt, das seine Muskeln betonte. Meine Stimmung hob sich bei seinem Anblick – oder vielleicht, weil ich erfahren hatte, dass meine Familie mich doch geliebt hatte.

Nun, meine Eltern hatten es. Sebarah hatte einen Blutpakt geschlossen, um sicherzustellen, dass ich nie auftauchen würde.

Dion und Gabrelle kamen hinter Ronan herein, mit großen Bögen über den Schultern und in Lederoutfits, die bei einer Jagdgesellschaft nicht fehl am Platz gewesen wären.

Leif sprang auf, um sie zu begrüßen. »Habt ihr Jungs wieder mit spitzen Stöcken auf Dinge geschossen?«

Gabrelle schlug ihm auf die Nase wie einem ungezogenen Hund. »Ja, wir haben unsere ohnehin schon ausgezeichneten Fähigkeiten mit Pfeil und Bogen verfeinert.«

Ihr Blick blieb an mir hängen und sie zuckte leicht zusammen, ein Ausdruck, den ich vor ein paar Tagen nie bemerkt hätte.

Dion war weniger subtil. Er funkelte mich an. »Verschwinde aus meinem Sessel. Warum versuchst du immer, dich auf jemand anderes Platz zu setzen?« Ein nicht allzu subtiler Seitenhieb darauf, dass ich den Thron meines Bruders wollte.

Mein Bruder. Ich hatte einen Bruder. Mein Thron – ich könnte möglicherweise auch so etwas haben. Aber zuerst musste ich mich durch diese Arschlöcher kämpfen.

»Riecht sowieso nach Scheiße.« Ich kletterte so elegant wie möglich aus dem mintfarbenen Sitzsack und ging zu Ronan hinüber.

Er legte einen Arm um meine Schultern, was warm und tröstlich war. Aber Spannung zog sich durch seinen Bizeps und ließ ihn steif werden. »Sprich nicht so mit ihr, D. Ich habe dir schon gesagt, der Deal ist geplatzt. Wir werden das Haus Flora nicht loswerden.«

Dion ignorierte seinen Sitzsack völlig und stürmte näher, dann stieß er Ronan gegen die Brust.

Der rabenschwarzhaarige Prinz trat vor und schubste seinen Freund, wodurch Dion mit seiner überlegenen Kraft mehrere Schritte stolperte. »Ich stehe über dir, D«, knurrte er. »Und das wird immer so bleiben. Also gilt mein Wort.«

Dion wich nicht zurück, sondern kam Brust an Brust mit dem größeren Fae. »Die Rangordnung steht noch nicht fest, Stimmungsschwanker. Dein Wort bedeutet einen Scheiß.«

Ich wich zurück. Zwei riesige Fae, vor Muskeln strotzend, die sich gegenseitig an die Gurgel gingen. Das war der Teil eines Konflikts, bei dem ich normalerweise ein Versteck suchte, aber das war nicht der Eindruck, den ich bei diesen Arschlöchern erwecken wollte, also begnügte ich mich damit, ihnen mehr Platz zu geben.

Gabrelle hatte sich bereits auf ihr Glassofa gesetzt und sah königlich und elegant aus, obwohl sie Trainingskleidung aus Leder trug. Sie schlug die Beine übereinander, ihre Stimme befehlend und sanft. »Genug, Jungs. Euer Machogehabe ist völlig langweilig.« Die beiden Männer starrten sich an, aber die Spannung ließ nach, als Gabrelle weiter ihre Fingernägel inspizierte. »Das Haus Flora ist mir egal, aber du liegst mir am Herzen, Ronan.«

Sie richtete die volle Intensität ihres staubig-rosa Blicks auf den dunklen Prinzen, und ihre Schönheit war schrecklich anzusehen. »Du hast Blutmagie benutzt, Ro, das kann man nicht auf die leichte Schulter nehmen. Wie genau lauteten die Bedingungen des Pakts?«

Ronan legte wieder die Arme um mich, diesmal entspannter. Verunsichert von der plötzlichen Nähe, schüttelte ich seinen Arm von meinen Schultern und trat einen Schritt zurück.

Er warf mir einen seltsamen Blick zu, fuhr aber ohne zu zögern fort. »Sebarah und ich standen direkt dort draußen auf dem Deck, als wir beschlossen, es zu tun. Wir riefen Gaia als unsere Zeugin an und beschworen Blutmagie. Das war's.«

»Welche Worte habt ihr benutzt?«, fragte Gabrelle.

Ronan verschränkte die Arme vor der Brust. »Ich, Ronan, der Erbe des Hauses Mentium, werde sterben, bevor ich zulasse, dass Neela Flora auf dem floranischen Thron sitzt.« Er blickte zu mir. »Tut mir leid.«

Heilige Scheiße. Das ließ keinen Spielraum. Mir war nicht klar gewesen, wie bindend – und tödlich – sein Schwur war. Ich rückte weiter von ihm weg. »Du musst dich davon befreien.«

Gabrelles Stimme war ruhig, aber ich bemerkte das leichteste Zittern, das mir vor einer Woche nie aufgefallen wäre. »Es ist Blutmagie, Neela. Sie kann nicht rückgängig gemacht werden. Er hat sein Leben versprochen. Wenn du auf diesem Thron sitzt, stirbt er.«

Jetzt ergab es Sinn. Ich verstand, warum diese Typen mich so verzweifelt loswerden wollten. Sie versuchten, das Leben ihres Freundes zu retten.

Ich hatte die letzten vierundzwanzig Stunden damit verbracht, mir vorzustellen, wie ich als echte Fae, die wirklich dazugehörte, auf dem Thron saß, mit Liz im Rosenpalast abhing und vielleicht einen Healer fest anstellte. Ein Leben voller Vergnügen und Freunde ... ein einfaches Leben.

Ich seufzte. »Wie gewonnen, so zerronnen. Ich brauche den Thron nicht. Ich kann mein Leben als normale Fae leben, ich brauche all die schicken Häuser und den Kram nicht.«

Enttäuschung zog sich durch mein Haar und breitete ihre knochigen Finger über meine Kopfhaut aus, aber ich schob sie beiseite. Ein kleiner Teil von mir fragte, warum ich meine Zukunft für den Fae opfern sollte, der meinen Knöchel gebrochen und mich allein gelassen hatte, um gegen einen Dämon zu kämpfen, aber ich ignorierte ihn.

Ich verstand seine Gründe, auch wenn ich kein großer Fan seiner Methoden war.

Wenn ich einen Ausbruch von Applaus und Dank erwartet hatte, wurde ich enttäuscht. Alle sahen mich schweigend an, und mir wurde klar, dass ich wieder einmal die Einzige im Raum war, die keine Ahnung hatte, was zum Teufel los war.

»Was?«, forderte ich.

Ronan ergriff meine Hand. »Du kannst nicht in Verda bleiben, wenn du Gaias ultimativen Test nicht bestehst. Sie nimmt Versagen nicht auf die leichte Schulter.«

Ich musste nicht fragen, was das bedeutete. Noch einer der Flüche dieser Miststück-Göttin, vermutete ich.

Ich zuckte mit den Schultern. »Dann gehe ich eben in ein anderes Reich. Ich habe gehört, Caprice ist um diese Jahreszeit schön.«

»Nein. Du kannst nicht in Arathay bleiben.«

Ich trat von Ronan weg. Damit er leben konnte, musste ich das Fae-Reich verlassen, meine Fae-Kräfte aufgeben und nach Hebes zurückkehren? Ich wusste nicht, ob ich das konnte. Zurück auf die Straße, wieder ein Müllsack-Waisenkind zu sein, das von jeder verdammten Crew in den Docklands gejagt wurde.

Ich stolperte rückwärts, das Gewicht der Entscheidung stürzte auf mich ein und ich schüttelte heftig den Kopf. Nein, ich konnte nicht gehen; das wäre ein Todesurteil.

Ich straffte meine Wirbelsäule.

Die Wahl war klar. Ronan oder ich.

Gabrelle

Zuhause ist da, wo das Herz ist, nicht wahr? Nun, nicht für mich.

Ich lebte im Spiegelpalast, wo jede Wand, innen und außen, reflektierend war, ein Ort von solch kalter Schönheit, dass kein Herz überleben konnte.

Ich näherte mich bei Sonnenuntergang, und die Palastfassade reflektierte das Zinnoberrot, Orange und Rosa der untergehenden Sonne.

Mutter erwartete mich im Pfauenzimmer, wo lebhafte grüne und goldene Tiere zwischen plüschigen Samtmöbeln stolzierten. Dies war Mutters Lieblingszimmer – es erinnerte sie wahrscheinlich an sich selbst.

»Du siehst wunderschön aus, Gabrelle.«

Nie in meinem Leben hatte Mutter mich mit etwas anderem als einem Kommentar zu meinem Aussehen begrüßt. Ich ging zur Cocktailbar und goss mir ein beträchtliches Maß Gin mit einem Tropfen Nektar ein. Ich würde es brauchen.

»Setz dich, Gabrelle. Es gibt etwas, das ich besprechen möchte.«

Ich schluckte meinen Drink und unterdrückte meine genervte Antwort. Wenn es etwas gab, das meine Mutter mir gut beigebracht hatte, dann war es, meine Gefühle zu verbergen. Die Leute nannten mich eine Eiskönigin, und ich war stolz darauf – der Name war hart erarbeitet.

Ich lehnte mich auf einer Chaiselongue zurück und warf einen Blick auf mich selbst in der Wand. Die Spiegel im Pfauenzimmer reflektierten die schönste Version der Fae, die eintraten. Einige Besucher waren von ihren Spiegelbildern so fasziniert, dass sie physisch aus dem Raum gezerrt werden mussten. Ich sah nie etwas anderes als mich selbst: mein zartrosa Haar, braune Haut und meine Sanduhrfigur. Alles, was meine Mutter stolz machte.

Ich seufzte und wartete darauf, dass sie begann.

Nie eine für Smalltalk, stieg sie direkt ein. »Was denkst du und die anderen Erben über die Bedrohung durch die Schattenwandler?«

Schattenwandler nahmen jede Nacht mehr Gestaltwandler mit, und niemand wusste warum. Warum die Gemeinschaften der Gestaltwandler ins Visier nehmen? Warum in die Hauptstadt von Verda eindringen, wenn es in den ländlichen Gebieten leichte Beute gab? Warum jetzt?

»Nicht viel.«

»Du und deine Kollegen müssen lernen, als Team zu arbeiten. Deshalb werdet ihr zusammen ausgebildet und bekommt so viel Freiraum im Seehaus.«

Mutter muss viele Stunden damit verbracht haben, mit ihren Kumpels im Seehaus abzuhängen. Ich hatte sie nie als etwas anderes als eine beherrschte und anmutige Königin gekannt, aber sie muss einmal jung gewesen sein.

Vermisste sie jemals das Seehaus? Ich fürchtete den Tag, an dem ich es für die nächste Generation von Erben räumen müsste; vielleicht hatte sie das auch. Vielleicht war ihre emotionslose Maske so perfektioniert, dass sie einen Aufruhr von Sehnsucht und Verlust verbarg.

»Leif denkt an nichts anderes als Sex und Bälle«, sagte ich abweisend. »Dion und ich haben darüber gesprochen, aber es gibt wenig, was wir tun können.«

»Und Ronan?«

Mutter wusste so gut wie ich, dass der Mentium-Anwärter der Vernünftigste von allen war. Er war der logische und besonnene Erbe, mit dem ich ein produktives Gespräch führen konnte.

Er und ich würden die beiden obersten Ränge gewinnen, wenn unsere Zeit zum Herrschen kam – wir mussten nur um die Reihenfolge kämpfen. Wir würden die schweren Entscheidungen teilen und Dion die Zeit zum Kochen und Leif die Freiheit zum Herumalbern geben.

Aber im Moment dachte Ronan an kaum etwas anderes als sein floranisches Haustier. Er hatte die Schattenwandler mir gegenüber sicherlich nicht erwähnt oder das geringste Interesse gezeigt, als ich sie zur Sprache brachte, außer zu fragen, ob ich dachte, dass Neela sicher sein würde.

Wenn er diesen Weg weiter beschritt, würde er nicht unter den höchsten Rängen sein. Solange er bei der Sache blieb und bei den Prüfungen weiterhin gute Leistungen erbrachte, nahm ich an, dass es keine Rolle spielte.

Offen gesagt war es seltsam, dass er Neela überhaupt half. Sie war wild entschlossen und schien auf dem besten Weg, eine kompetente Fae zu werden und würde wahrscheinlich eine ausgezeichnete

Königin abgeben. Aber zu welchem Preis? Ich würde Ronans Leben niemals gegen ihres eintauschen, und ich hoffte, seine Dickköpfigkeit würde vorübergehen, bevor unsere Zeit kam, diese Wahl zu treffen.

Aber Mutter musste davon nichts wissen. »Ich werde es mit ihnen besprechen. Ich habe alles unter Kontrolle.«

Ohne die Hilfe meiner Gefährten ersann ich einen Plan, den ich noch in dieser Nacht umsetzen wollte. Ich kippte den Rest meines Gins hinunter und entschuldigte mich, während Mutter mich beim Gehen beobachtete, wahrscheinlich meinen Gang beurteilend.

Den Rest des Nachmittags verbrachte ich in meinem Zimmer, ging meinen Plan immer wieder durch und zog mich dann in schwarze Hosen und ein Shirt mit schwarzer Kapuze um.

Als die Nacht am dunkelsten war, schlich ich mich aus dem Palast, um meinen Plan in die Tat umzusetzen, und zog die schwarze Kapuze über mein Haar. Ich folgte Mondwegen zu einer Löwenwandler-Gemeinschaft am Stadtrand und wartete in einem Dickicht von Bäumen.

Heute Nacht übte ich meine Stealth. Alle nahmen an, ich würde in Lure aufsteigen, wie Mama, besonders da ich in dieser Magie schon recht versiert war, aber ich war mir nicht so sicher.

Mein Vater hatte Stealth, und diese Kraft faszinierte mich. Er konnte sich an einen verwandelten Wolfswandler heranschleichen, und sie hörten ihn nie kommen. Mein kleiner Trick im Wald, den Baumstamm so zu verbergen, dass Neela ihn nicht sehen konnte, war nichts im Vergleich zu den Tarnzaubern, die er wirken konnte. Er konnte sie sogar über sich selbst werfen und unsichtbar werden.

Ich war fasziniert von der Grenze zwischen Wahrheit und Lüge. Schönheit war eine Art Lüge, ein Versprechen von Güte und Tugend, das nicht unbedingt existierte. In Märchenbüchern war die böse Hexe immer hässlich und die Heldin schön, und diese Vorstellungen von Schönheit und Güte waren in der Psyche der Fae untrennbar miteinander verbunden.

Aber es war eine Lüge. Schönheit war nichts als eine Falle—niemand wusste das besser als eine Lure.

Stealth spielte auch zwischen den Grenzen von Falschheit und Wahrheit, näherte sich ihr aber von der anderen Seite, der dunklen Seite. Der, die mich anzog.

In letzter Zeit hatte ich begonnen, gesprochene Lügen zu testen, um mein Handwerk zu verfeinern, sicherzustellen, dass ich Unwahrheiten ohne eine Spur von Emotion aussprechen konnte. Es schien der perfekte Pfeil für meinen Köcher, der so voll von Täuschungstricks war.

Ich würde nicht die Schönheitskönigin werden. Ich würde die verdunkelnde Königin sein.

Der Gedanke ließ mich lächeln. Hier allein in der Dunkelheit, zwischen Bäumen und Gebüsch kauernd, war niemand da, um meine Emotion zu sehen.

Heute Nacht würde ich Stealth üben. Ich beabsichtigte nicht, meine Kräfte für Böses zu nutzen. Es war eine weitere Märchenlüge, dass die Wahrheit gut und Lügner böse waren. Es waren nichts als Fähigkeiten, und das Gute oder Böse lag in der Absicht der Fae.

Meine Absicht war gut. Ich war hier, um die Schattenwandler zu beobachten und nach Schwächen zu suchen. Bisher war der einzige Zug gegen sie gewesen, ihre Opfer zu *erledigen*, aber was für eine Verteidigung war das? Wandelnde Leichen zu salzen und zu verbrennen, machte für die Schattenwandler selbst keinen Unterschied.

Wir brauchten mehr Informationen. Gerüchten zufolge huschten die Kreaturen zwischen Schatten umher und konnten im Licht nicht überleben, aber stimmte das überhaupt?

Ich plante nicht zu kämpfen. Ich wollte nur beobachten, sehen, wie sie sich bewegten, angriffen und wie viele es waren.

Selbst mein kaltes, totes Herz schlug schneller, als eine kühle Brise meine nackten Arme kitzelte. Furcht hielt mich zurück, und ich spürte eine Bedrohung in der Nähe. Es mussten die Schattenwandler sein.

Warum hatte ich mich ausgerechnet im dunkelsten Schatten versteckt? Ich war eine verdammte Närrin, aber alles, was ich jetzt tun konnte, war, so still wie der Tod zu bleiben und zu hoffen, unbemerkt zu bleiben.

Ein einzelner Schatten, dunkler als Schwarz, der das Licht um sich herum zu verschlingen schien, huschte zum Höhleneingang der Löwen und dann hinein.

Ich hörte nichts. Keine Schreie, kein Kreischen, nicht einmal ein Gerangel, und die Nacht war plötzlich so kalt, dass sich die Haare auf meinen Armen aufrichteten.

Nach zehn Minuten kam der Schatten aus der Höhle heraus. Nein, zwei Schatten. Hatte sich dieses Ding gerade vermehrt?

Die Kreaturen wehten wie Rauch durch die Nacht, dann waren sie verschwunden.

Ich versteckte mich hinter meiner dünnen Deckung aus Bäumen, bis die Kälte aus meinen Knochen gewichen war, dann legte ich einen Pfeil auf meine Bogensehne und schlich zur Höhle.

»Hallo?« Ich hoffte, ein antwortendes Knurren von einem wütenden Löwen zu hören.

Nichts.

Ich rief noch einmal, aber es hatte keinen Sinn zu warten, also ging ich in den Höhleneingang und sah mich um. Vier blutige Körper lagen auf dem Steinboden, eine weibliche Fae, zwei junge Faelinge und ein riesiger Löwe in Tiergestalt. Alle tot. Sie rochen wie frisches Fleisch, wie ein Besuch beim Metzger, statt des grausigen Verwesungsgeruchs, den ich befürchtet hatte. Aber das war auch abstoßend.

Diese Körper waren still, nicht die leeren wandelnden Hüllen, von denen ich gehört hatte. Vielleicht war es kein Schattenwandler gewesen, sondern ein gewöhnliches Biest.

Aber während ich zuschaute, öffneten sich die Augen des toten Löwen und fixierten mich mit ihrem goldenen Blick.

Ronan

Der Tag der dritten Prüfung war gekommen.

Ich hatte die letzten Tage damit verbracht, Neela beizubringen, wie sie ihre innere Kraft erreichen konnte. Ehrlich gesagt war meine Kontrolle über meine eigene innere Kraft schon schlimm genug, aber ihre war praktisch nicht vorhanden.

Ich war vielleicht der schlechteste Lehrer überhaupt, aber ich war der einzige, den sie hatte. Keiner der anderen würde ihr helfen, wegen meines Todesurteils durch Blutmagie.

Die Frage schwebte ständig hinter Neelas blauen Augen. Warum hilfst du mir? Warum tauschst du dein eigenes Leben gegen meines? Sie sprach es nicht aus. Nicht nachdem ich sie beim ersten Mal angefahren und ihr ins Gesicht geschrien hatte: »Weil ich keine Wahl habe, verdammt, ich liebe dich.«

Nicht gerade die romantischste Art, meine Liebe zum ersten Mal zu gestehen, aber es brachte sie zum Schweigen.

Und es war die Wahrheit. Sie hatte eine Entschlossenheit und Stärke, die ich nie erreichen würde, geschmiedet im Treibhaus des Traumas. Sie hatte nicht zugelassen, dass ihre harte Kindheit sie besiegte, sondern sich bei jeder Gelegenheit den Weg zum Überleben erkämpft.

Sie war die heißeste, atemberaubendste Frau, die ich kannte, mit ihrer ständigen Bewegung und ihren flackernden Mikroausdrücken. Sie war ständig in meinen Gedanken und das schon seit dem Moment, als ich sie kennengelernt hatte.

Ich hatte kein Recht, ihren sexy, sich windenden Hintern vom Thron der floranische Fernzuhalten. Ich hätte diesen dummen Pakt nie eingehen sollen. Ich hatte solche Angst um Sebarahs Zukunft gehabt, dass ich ihn aus Furcht geschlossen hatte.

Aber trotzdem schwebte diese Frage hinter ihren Augen – warum hilfst du mir?

Die Wahrheit war, dass ich meine Gründe nicht allzu genau untersucht hatte. Ich hatte mich so heftig in diese Frau verliebt, dass jeglicher Verstand mich verlassen hatte.

Die harte Grenze würde erst in Hunderten von Jahren gezogen werden. Bevor sie ihren Hintern auf den Thron setzen würde – oder auch nicht –, mussten so viele Dinge zusammenkommen. Die Mehrheit der derzeitigen Monarchen musste sterben, wir alle mussten Gaias ultimativen Führungstest bestehen, Neela und ich mussten beide erfolgreich aufsteigen, und wir mussten die endlosen jährlichen Prüfungen überleben.

Jede war eine Gelegenheit für Neela zu scheitern und die Frage aus unseren Händen zu nehmen. Aber bis dahin entschied ich mich für Neela. Immer und immer wieder und für immer würde ich mich immer für Neela entscheiden.

Ich würde verkümmern, wenn sie Arathay verließe, also war mein Tod so oder so vorprogrammiert.

Es hatte keinen Sinn, darüber nachzugrübeln, also konzentrierte ich mich auf das, was ich kontrollieren konnte. Wir hatten Tage damit verbracht, Neelas innere Kraft zu finden, was auch immer es sein mochte. Aber bisher hatten wir kein Glück gehabt.

Mit schwerem Herzen stapfte ich in den Wald. Die Prüfungen der inneren Kraft waren immer die gefährlichsten, und Neela hatte jede Chance, schwer verletzt zu werden.

Mein Schwert hing als letzte Rettung an meiner Hüfte, falls meine inneren Kräfte versagen sollten.

Neela war bereits auf der Waldlichtung, und sie warf mir ein freches Lächeln zu, um ihre Nervosität zu verbergen. Es ließ auch meinen Schwanz zucken, aber das musste warten. Sie hatte mich nicht mehr geküsst, seit Gabrelle sie verführt hatte, und das Letzte, was ich tun wollte, war sie zu drängen.

Nun, nein, was ich am meisten tun wollte, war sie zu bedrängen und in sie einzudringen, aber ich hielt mich zurück. Vorerst.

Die anderen waren auch hier, zurückhaltender als sonst. Leif spielte nicht einmal mit einem Ball.

Dion roch wie eine Gaia-verdammte Jauchegrube und sah aus, als wäre er durch den Ozean geschleift worden. »Wirklich? Kipper zum Frühstück am Tag der Prüfung? Versuchst du, uns aus dem Konzept zu bringen?«

Dion grinste. »Es bringt dich nur aus dem Konzept, wenn du es zulässt, Ro.«

Er und ich hatten einen unsicheren Frieden gefunden. Er verstand meine Handlungen nicht, warum zum Teufel ich das Leben einer

Fremden über mein eigenes stellen würde, aber er akzeptierte sie. Oder so sagte er zumindest.

Ich ging über den efeubedeckten Boden und küsste Neela auf die Wange, genau am Mundwinkel, gerade genug, um mein Bedürfnis nach Intimität zu befriedigen, ohne ihre Privatsphäre zu verletzen. »Gib ihnen die Hölle«, flüsterte ich.

Sie biss sich auf die Lippe und nickte, vor Entschlossenheit strotzend. »Ich werde dir den Hintern versohlen, Prinzlein.«

Ihr Selbstvertrauen war völlig unbegründet, aber es brachte mich zum Grinsen.

Dion las die Schriftrolle vor. »Heute ist die dritte Prüfung. Jedem Anwärter auf den Thron wird ein Abschnitt des Waldes zugeteilt. Eure Aufgabe ist es, eine Stunde lang in eurem Abschnitt zu bleiben. Punkte werden basierend auf eurem Verhalten vergeben. Das Verlassen des Abschnitts vor Ende der Prüfung führt zur Disqualifikation.«

Erleichterung zeigte sich auf Neelas Gesicht, und das gesprenkelte Licht ließ ihr Traktorstrahl-Lächeln noch heller erstrahlen. »Das ist alles? Ich muss nur eine Stunde lang an einer Stelle stehen? Ich bin exzellent darin, stillzustehen. Das werde ich mit Bravour meistern.«

»Du bist erbärmlich im Stillstehen«, korrigierte Gabrelle gelassen, während sie sich gegen eine Steinsäule lehnte und aussah, als wäre sie bereit für einen Abend in einem edlen lila Hosenanzug. Poliert, ohne Neelas rohe Sexualität. »Und glaub mir, es wird nicht so einfach sein, wie es klingt. Wir alle werden uns unserer inneren Kraft stellen müssen.«

Ein leichter Kratzer über dem rechten Auge der Schönheitskönigin erregte meine Aufmerksamkeit, und ich warf ihr einen fragenden Blick zu. Das war eine frische Verletzung, und sie musste tief gewesen sein, wenn sie noch nicht geheilt war.

»Ich erzähle es dir später«, formte sie lautlos mit den Lippen und legte eine Hand an ihre vernarbte Stirn.

Hausinsignien erschienen, schwebend über verschiedenen Abschnitten des Waldes. Weiße Fangzähne auf einem grauen Schild für Haus Caro, gekreuzte silberne Messer auf einem roten Schild für Haus Dionysus, eine untergehende Sonne über einem rosa-orangefarbenen Ozean für Haus Allura und ein Totenkopf über einem Schachbrettmuster aus Gelb und Blau für mich. Zuletzt eine rosa Blume auf einem goldenen Schild für Haus Flora.

»Eine hübsche rosa Rose für die hübsche rosa Prinzessin«, scherzte Neela. Sie war das genaue Gegenteil.

Ich drückte ihre Schulter, als sie sich zum Gehen wandte. »Geh einfach aus dem Abschnitt raus, wenn es zu viel wird. Das ist keine Schande. Du musst es nur durchstehen.«

Sie schüttelte den Kopf. »Wenn ich hier meine innere Kraft nicht kanalisieren kann, habe ich keine Hoffnung, meine Aufstiegszeremonie zu überleben. Ich muss bleiben und es herausfinden.«

Sie hatte Recht. Verdammt, sie hatte Recht, und ich wusste, dass sie in ihrem Waldabschnitt bleiben würde, egal wie gefährlich es wäre.

Ich griff nach meinem schweren Schwert und bahnte mir einen Weg durch das Unterholz zu meinem zugewiesenen Waldabschnitt. Das Familienemblem war auf dem Boden überlagert, ein Schachbrettmuster aus gelbem und blauem Gras, das deutlich die Grenze meines Territoriums markierte.

Sobald ich einen Fuß hineinsetzte, verstärkte sich meine Sorge. Die Stunde hatte bereits begonnen, und jeder von uns kämpfte seinen eigenen Kampf. Dion und Leif würden schon klarkommen. Sie hatten bereits ihre volle Kraft erlangt. Dion meisterte diese Prüfungen immer mit Bravour, und jetzt, wo Leif ein vollwertiger Werwolf war, hatte er wahrscheinlich seinen Spaß dabei, Kaninchen zu jagen, Löcher zu graben oder sich einfach in einem Graben zu wälzen.

Auch Gabrelle würde es schaffen. Sie war bereits eine kompetente Lure, obwohl sie noch ein paar Jahre von fünfundzwanzig entfernt war, und sie hatte diese Prüfungen oft genug durchgestanden, um zu wissen, was sie erwartete.

Aber Neela war eine andere Geschichte. Seb hatte mir erzählt, was für Dinge er durchstehen musste, und er hatte trotz jahrelangen Trainings kaum ein paar seiner Prüfungen überlebt.

Neela hatte keine Chance.

Ich wanderte tiefer in meinen Abschnitt hinein und suchte nach der Bedrohung, die ich besiegen sollte. Aber selbst während ich suchte, kreisten meine Gedanken um Neela und ob sie zurechtkam.

Ein Bild von ihr in den Kiefern eines Schattenwandlers tauchte in meinem Kopf auf, so perfekt geformt, als würde ich es mit eigenen Augen sehen. Die schwarze Kreatur versenkte ihre riesigen Fangzähne in ihren Hals und saugte ihre Seele aus, während sie trat und schrie und verzweifelt versuchte zu entkommen.

Meine Füße rannten los, bevor mein Gehirn aufholte. Ich sprang über Baumstämme und wich Brombeersträuchern aus.

Ich raste über die Grenze meines Abschnitts hinaus, brach durch Zweige und Äste und sprintete so schnell, dass meine Lungen brannten.

Ich kämpfte mich durch, stieß mich ab und stürzte in Richtung der Rose, die über den Bäumen schwebte, und endlich färbte sich der Waldboden unter meinen fliegenden Füßen rosa.

»Neela!«

Keine Antwort. Das lebensechte Bild, wie sie von einem Schattenwandler angegriffen wurde, war verblasst, aber die Erinnerung daran blieb, und ich suchte hektisch.

»Kätzchen!«

»Hier drüben.« Ich drehte mich um und sprintete los, ihrer gedämpften Stimme folgend.

»Wo bist du?«

»Hier.« Ihre Stimme war lauter und schien aus einer Masse von verdrehten Ranken zu kommen, die sich wie eine Würgeschlange um etwas gewickelt hatten.

Kein Schattenwandler also. Das war eine Erleichterung ... obwohl dieses Ding sie genauso tot machen konnte. Ich hob mein Schwert und hieb auf die Ranken ein, wobei ich jedes Quäntchen Adrenalin aus meinen angespannten Muskeln in jeden Schlag legte.

Ich hackte und schlug zu, und schließlich schenkte mir die Ranke Aufmerksamkeit. Ein Tentakel löste sich von der zentralen Masse und wand sich um meine Klinge, riss sie mir aus den Händen und schleuderte sie durch die Bäume.

Ich rannte hinterher, aber das Gras zu meinen Füßen wickelte sich um meine Knöchel und brachte mich zu Fall, sodass ich mit einem dumpfen Schlag auf dem rosa Waldboden landete.

»Mir geht's gut«, sagte sie mit gedämpfter, leiser Stimme. »Geh einfach und mach dein Ding.«

Einen Teufel würde ich tun. Ich trat aus und befreite mich von dem sich windenden Gras, dann stürzte ich durch den Wald, um mein Schwert zu holen. Damit nahm ich das Zerschneiden der massiven Ranke mit langen Hieben meiner scharfen Klinge wieder auf.

Neela tauchte an meiner Schulter auf. »Verletze es nicht«, schalt sie mich. »Es führt nur Gaias Willen aus.«

Ich starrte sie einen Moment lang an und versuchte zu begreifen, was passiert war, bevor ich sie in eine Umarmung zog. »Ich dachte, du wärst in diesem Ding drin.«

Sie grinste. »War ich auch.«

»Wie bist du rausgekommen?«

Ihr Lächeln war so intensiv, dass es mich fast in zwei Hälften spaltete. »Ich habe mich rausgezaubert. Ich saß einfach da und erstickte leise vor mich hin, du weißt schon, wie das ist, als ich die Augen schloss, wie du es mir beigebracht hast. Ich stellte mir eine Lichtkugel vor, aber anstatt zu versuchen, die Lebenskraft um mich herum zu spüren, zwang ich Aufmerksamkeitsspeere in die Ranke, als würde ich sie mit meinem Geist angreifen. Und es hat funktioniert! Ich habe ihr fest befohlen, mich auf den Boden zu lassen, und hier bin ich. Ich bin eine Zauberin!«

Sie warf sich in meine Arme und drückte den süßesten, sanftesten Kuss auf meine Lippen, ganz anders als die leidenschaftlichen, die wir in der Bar und während sie unter Gabrelles Einfluss stand, geteilt hatten, sondern sanft und gebend.

Mein Herz pochte, und ich wollte sie voll und ganz, tief küssen, aber bevor ich mich aus meiner Überraschung lösen und eine Reaktion zustande bringen konnte, glitt sie an meinem Körper hinunter und tanzte davon.

Sie hatte mich geküsst. Neela Flora hatte mich geküsst. Meine Knie wurden weich, und ein Grinsen teilte mein Gesicht in zwei Hälften.

Die Blätter unter meinen Füßen verwandelten sich von Rosa zu Grün und signalisierten das Ende der Prüfung. Die kluge Fae hatte ihre innere Kraft gefunden und diese Prüfung ohne meine Hilfe bestanden.

Wie sie gesagt hatte, brauchte sie niemandes Hilfe. Sie lernte diesen fae Kram viel schneller als ich erwartet hatte, und ich war verdammt stolz auf sie.

Ich folgte Neela und kehrte zur Lichtung zurück, gerade als unsere Punkte vergeben wurden. Eine schimmernde silberne Fünf schwebte über Dions stinkenden Fischhaar und eine Vier über Leifs.

Leif stieß Dion spielerisch an. »Nächstes Jahr, Big D. Dann krieg ich dich.«

Eine glänzende Drei schimmerte über Gabrelles Kopf, worauf sie ziemlich stolz zu sein schien. Zu Recht – sie war die Beste der noch nicht Aufgestiegenen.

Neela blickte zu ihrer eigenen schimmernden Zwei auf. »Schluckt das, ihr verwöhnten Mistkerle. Zwei Punkte für den Menschen.«

»Kein Mensch«, bemerkte ich.

Ich zog die meiste Aufmerksamkeit auf mich. Alle starrten auf die dicke Null über meinem Kopf und sahen mich dann an, als hätte ich die Prüfung absichtlich vermasselt. Gabrelles perfekte Pflaumenlippen waren geöffnet, und ich las die intensive Enttäuschung in ihrem schönen braunen Gesicht. Sie verschränkte die Arme vor der Brust und stemmte eine wohlgeformte Hüfte heraus, starrte mich an, als hätte ich ihren letzten überlebenden Verwandten getötet.

Sie und ich sollten zusammen herrschen. Das war schon immer ein unausgesprochener Pakt zwischen uns gewesen. Ich würde als Erster abschließen, Gabrelle würde den zweiten Rang belegen, und wir würden das Reich gemeinsam führen. Ich wandte mich ihr zu, wissend, dass ich ihr eine Erklärung schuldete. »Ich ... habe meinen Abschnitt verlassen. Nicht absichtlich, ich war nur besorgt um ... «

Neela würde es nicht zu schätzen wissen, wenn ich sagte, dass ich es ihretwegen getan hatte, und ich wollte ihr keine Schuld geben, also verstummte ich kläglich.

Ich hatte die dritte Prüfung nicht bestanden. Ich hatte noch nie eine nicht bestanden. Meine Gesamtpunktzahl für das ganze Jahr betrug mickrige neun Punkte ... Ich verlor wirklich den Verstand.

Das bedeutete nicht, dass ich aufgab. Ich würde alles tun, um meinem Kätzchen zu helfen, alles zu erreichen, was sie vom Leben wollte, einschließlich des Throns von Flora, aber meine innere Fae würde sich nicht geschlagen geben. Ich hatte immer noch vor, die Rangliste anzuführen, auch wenn ich nie König werden würde.

Aber die Freude auf Neelas Gesicht machte mein Versagen wett – auch wenn sie meine Hilfe gar nicht gebraucht hatte. Verdammt, ich würde es alles noch einmal machen, nur für einen weiteren Kuss auf die Lippen.

Ich hätte nie gedacht, dass ich einer dieser Trottel sein würde, die den Erfolg eines anderen mehr genießen als ihren eigenen ... aber Neelas Traktorstrahl-Lächeln war etwas Besonderes, und ich würde alles tun, um es auf ihrem Gesicht leuchten zu sehen. Sogar mich darüber freuen, dass sie mich in einer Prüfung geschlagen hatte ... nur dieses eine Mal.

Neela

Nach der Prüfung wandte sich Ronan ab, um die Waldlichtung zu verlassen, aber ich packte sein Handgelenk, als gehörte er mir.

Mir gefiel, wie sich das anhörte. »Meiner«, flüsterte ich und verstärkte den Griff um sein kräftiges Handgelenk.

Er drehte seine überraschten schwarzen Augen zu mir, während das gefleckte Sonnenlicht des späten Nachmittags über sein gebräuntes Gesicht fiel.

Er starrte mich an, leckte mich förmlich mit seinem Blick, während die anderen sich entfernten und uns allein zwischen den Bäumen zurückließen.

Er bewegte keinen Muskel, starrte mich nur mit rauchigen Augen an. »Was hast du gerade zu mir gesagt?«

Die letzten Tage hatte ich damit verbracht, mir Sorgen darüber zu machen, seine Hilfe anzunehmen, und versucht, die Gleichung seines Lebens versus meines zu lösen, aber ich war fertig mit dem Analysieren.

Die Intensität in seinem Blick ließ Wärme durch mich strömen, und sein Handgelenk verbrannte meine Handfläche beinahe. »Ich sagte, du gehörst mir.«

Dieser Mann hatte meine Träume heimgesucht, seit ich ihn zum ersten Mal im Slippery Silkworm gesehen hatte. Er hatte mit meinem Verstand gespielt, meinen Körper durcheinandergebracht und jeden wachen Gedanken infiltriert. hatte keinen Sinn mehr, ihm länger zu widerstehen. Es spielte keine Rolle, ob er sein Leben für mich opfern musste oder ob ich meine Zukunft für ihn anbieten musste; alles, was zählte, war seine muskulöse Brust, die einen Fuß von meiner entfernt wogte, und sein hungriger Blick.

Ich zog ihn mit wachsendem Verlangen näher, Dringlichkeit machte meine Bewegungen abgehackt und unkoordiniert. Ich sprang, und er fing mich auf, sodass ich meine Beine um seine Taille schlang und meine Knöchel ineinander hakte.

Ich lehnte mich vor, um ihn zu küssen. Ich musste ihn schmecken, seine Lippen spüren, näher sein. Ich wollte mit ihm verschmelzen, wie ich mit dem verdammten Armband verschmolzen war.

Aber er zog sich zurück und neckte mich. »Sag es noch einmal«, knurrte er.

»Du gehörst mir.« Dieses Mal lauter, beharrlich, fordernd, dass er nachgab und mich küsste.

Seine perfekten Lippen verzogen sich. »Braves Mädchen.« Dann nahm er mich in Besitz, sein Mund drückte, bewegte sich und verschlang mich, und ich beanspruchte ihn zurück, dringend und bedürftig.

Verlangen durchströmte meinen Körper und ließ jeden Zentimeter von mir schmerzen. Ich presste mich an ihn, Brust an Brust, aber es war nicht genug.

»Zieh dein Shirt aus«, brachte ich zwischen Küssen hervor, und er zog sein T-Shirt in einer fließenden Bewegung über den Kopf, dann streifte er auch meins ab und ließ mich nur in einem schwarzen BH zurück. Er knurrte, und ich drängte mich nach vorne, beseitigte den Abstand zwischen uns und presste meine Brüste gegen seine harte, breite Brust.

Er fühlte sich noch besser an, als ich mich erinnerte, und ich ließ meine Hände über die Konturen seines Körpers wandern, umfasste die glatte Haut seines Rückens, presste meine Lippen auf seine, überwältigt von den Empfindungen, aber immer noch mehr brauchend.

Meine Pussy schmerzte, und ich bockte gegen ihn, konnte aber nicht die Reibung bekommen, die ich brauchte.

Er packte meinen Hintern und drückte zu, was mein Innerstes mit Verlangen und Bedürfnis durchnässte, aber es war immer noch nicht genug.

Hektisch griff ich nach unten, um seinen Gürtel zu öffnen, und ließ dabei meine Knöchel über meine Pussy streichen.

Mit einer Hand an meinem Hintern, die mich hochhielt, brachte er die andere nach vorne und hielt meine fummeligen Finger auf. »Ich wollte, dass unser erstes Mal langsam und besonders ist.«

Ich führte seine Hand, damit er gegen meinen feuchten Slip drückte, und sein atemloses Stöhnen war so verführerisch, dass ich allein davon hätte kommen können. »Wir hatten unser erstes Mal schon, erinnerst du dich? Es war nicht langsam. Es war fantastisch. Lass uns das einfach wiederholen.«

Er widerstand noch eine halbe Sekunde länger, bevor er wieder auf meinen Mund zustürzte und den Schritt meines Slips mit einem Finger beiseite schob und mich liebkoste.

»Härter.«

Er grinste. »Jawohl, gnädige Frau.« Er ging vorwärts und knallte meinen Rücken gegen einen rauen Baumstamm, dann hielt er genug Druck aufrecht, um mich hochzuhalten, während er seinen Gürtel öffnete und seine Jeans herunterzog.

Ich musste zusehen. Sein Schwanz reckte sich, begierig, lang und dick und vor Verlangen pochend. Perfekt. Ich musste ihn in mir haben, ich brauchte jeden Zentimeter von ihm in mir vergraben, damit ich ihn reiten konnte. Meinen Prinzen.

»Jetzt«, verlangte ich, und er führte seine Spitze in mich ein und richtete sich zu seiner vollen Größe auf, wobei er jeden Zentimeter von sich in mich hineinschob.

Er war quälend langsam dabei, aber ich war so verloren in den Wogen der Empfindungen, dass ich mich nicht beschweren konnte. Jede Nervenendung war lebendig, tanzte vor verdammter Freude, als er langsam in mich eindrang.

Als unsere Körper sich trafen, fest aneinandergepresst, biss ich zur Strafe für seine Neckerei auf seine Lippe, dann begann ich mich zu bewegen.

Einen Moment lang warf er den Kopf zurück mit einem gequälten Ausdruck auf seinem perfekten Gesicht und entblößte die muskulöse Säule seines Halses, die ich leckte. Er stöhnte und stieß zu, und ich kreiste mit meinen Hüften. Die raue Rinde kratzte meinen Rücken, und seine Hand drückte meinen Hintern, und ich kreiste und ritt und bewegte mich weiter, während sein Schwanz alle magischen Stellen in mir fand.

Das fühlte sich besser an als alles andere, genauso gut wie als meine innere Kraft während der Prüfung aus mir herausbrach.

Das fühlte sich wie zu Hause an. »Du gehörst in mich hinein«, sagte ich und äußerte meine wilden Gedanken, ohne mich darum zu kümmern, da ich mich ihm nahe genug fühlte, dass er nicht lachen würde.

»Ja«, knurrte er und biss zur Vergeltung auf meine Lippe. »Und du gehörst auf meinen Schwanz.«

Das brachte mich über die Kante. Ich erreichte den Höhepunkt. Jede Zelle in meinem Körper hatte sich zu einem einzigen Punkt verdichtet, und er zerbrach. Ich zerfiel in langen, pulsierenden Wellen.

Meine Erlösung gab Ronan die Erlaubnis, und er folgte mir zum Höhepunkt, hielt mich fest an seine Brust gedrückt, schlang seine Arme um meinen Rücken und drückte so fest, dass es wehtat.

Er blieb in mir, während ich meinen Orgasmus bis zum Ende in langen, pulsierenden Wellen ausritt, und er hielt mich die ganze Zeit fest. Dann hob er mich sanft von sich herunter und setzte mich auf den Boden.

»Ich liebe dich, Streunerin.«

Ich stand auf dem Efeu, immer noch in Rock und BH, und sah zu ihm auf, wartete darauf, dass er es zurücknahm, beschämt wirkte oder wegschaute. Er hatte es mir schon einmal zugerufen, aber dies wurde wie eine einfache Tatsache hingeworfen.

Er starrte mich einfach an, blinzelte ruhig und erwartete nichts als Gegenleistung.

Normalerweise würde ich an diesem Punkt weglaufen und mich verstecken – meine übliche Lösung. Ich würde irgendeinen frechen Kommentar abgeben, dann schnell verschwinden und ihn gekonnt ignorieren.

Aber ich wollte nicht. Ich wollte nicht einmal gehen. Ich wollte an seiner Seite bleiben und mit ihm gemeinsam der Welt entgegentreten.

Ich sprang in seine Arme, und er fing mich wieder auf, diesmal seitlich wie eine Braut. »Gut.« Ich drückte einen sanften Kuss auf seine Lippen. »Dann macht es dir sicher nichts aus, mich nach Hause zu tragen.«

Er lachte, und Freude durchflutete den ganzen Wald und erhob meinen Geist. Er bückte sich, um unsere Shirts aufzuheben, die er in seine Jeanstaschen stopfte, dann sprintete er durch den Wald und hielt mich dabei fest.

Neela

Meine Augen flogen am frühen Morgen auf, noch bevor die Sonne aufgegangen war. Hellgelbe Blüten waren zwischen den verschlungenen Ranken erblüht, die den Baldachin meines Himmelbettes bildeten. Gestern waren sie definitiv noch nicht da gewesen.

»Blüht ihr etwa, weil ich mit Ronan geschlafen habe?«

Ich sprach nicht oft direkt mit meinen Möbeln, aber ich machte gerne eine Ausnahme. Schließlich hatte sich in meiner Welt in letzter Zeit viel verändert. Ich starrte weiter auf mein Bett und wartete darauf, dass sich die Ranken zu einem ›JA‹ formen würden, aber ich wurde enttäuscht.

»Vielleicht beim nächsten Mal«, sagte ich zu meinem Bett und tätschelte freundlich die Matratze.

Ich konnte mich nicht an meine Träume erinnern, außer an das allgemeine Gefühl, dass sie alles andere als süß gewesen waren. Sündhaft traf es besser. Es war alles nackter Ronan, harte Muskeln und seine

Hand, die sich über meinen unteren Rücken ausbreitete. Mmm, das würde ich definitiv wieder tun.

Ich schloss die Augen und ließ meine Gedanken zum gestrigen Tag wandern. Wie sich Ronans Hände auf meinem Körper angefühlt hatten, der Geschmack seiner Lippen auf meinen, wie seine Muskeln unter meiner Berührung gezuckt hatten. Mein Körper summte vor Vergnügen bei den Erinnerungen an unsere Leidenschaft.

Ich streckte meine Arme über den Kopf und setzte mich auf, wobei ich spürte, wie die warmen Laken an meinem nackten Körper herunterrutschten. Mein Blick wurde von den großen Fenstern angezogen, die einen atemberaubenden Ausblick auf die Gärten des Rosenpalastes boten, wobei das Heckenlabyrinth in einem blassen Grün leuchtete. Der Himmel war noch dunkel, aber die ersten Sonnenstrahlen begannen gerade, am Horizont durchzusickern.

Es war bemerkenswert zu denken, dass dies wirklich mein Stammhaus war. Der Palast gehörte mir, ganz allein mir. Ich musste die Räume nicht mehr nach Gold durchsuchen, um es auf der Straße zu verkaufen, oder Silberbesteck in meine übergroßen Taschen stopfen.

Ich musste mir nicht einmal mehr Sorgen um den Aufstiegsritus machen. Ich ging zum Fenster und schaute hinaus, und Wärme durchströmte meine Adern, ähnlich dem Gefühl, als ich gestern meine innere Magie entfesselt hatte. Die Luft hatte vor Elektrizität geknistert, als ich meine Kraft freigesetzt hatte. Es war berauschend, und der Gedanke, es wieder zu tun, ließ mich vor Vorfreude kribbeln.

Ich stieg aus dem Bett und fühlte mich energiegeladen und bereit, den Tag in Angriff zu nehmen. Als ich durch den Rosenpalast ging, bemerkte ich, dass alles in einer sanften Aura zu leuchten schien. Es war, als würde ich die Welt mit neuen Augen sehen, und ich konnte nicht anders, als über die Schönheit von allem zu lächeln.

Ich beschloss, einen Spaziergang durch die Gärten zu machen. Die Morgenluft war frisch, und die Tautropfen auf den Blumen funkelten wie Diamanten im Sonnenlicht. Ich atmete den Duft der Blüten ein und lächelte zufrieden vor mich hin. Zum ersten Mal seit langer Zeit war alles perfekt. Ich hatte ein wunderschönes Zuhause, einen Liebhaber, der mir den Atem raubte, und eine wachsende Kraft in mir.

Einige der Blumen welkten. Ich runzelte die Stirn und streckte die Hand aus, um eine Chrysantheme zu berühren, und ein Schub Magie durchströmte mich. Die Blütenblätter waren weich auf meiner Haut, und der Duft war überwältigend. Ich konnte die inneren Abläufe der Blume spüren, wie die Energie durch sie floss.

Und dann, so plötzlich wie es begonnen hatte, war das Erlebnis vorbei. Aber etwas hatte sich verändert. Ich fühlte eine Verbindung zwischen mir und den Pflanzen auf eine Weise, wie ich sie noch nie zuvor gespürt hatte, nicht einmal gestern, als ich die fleischfressende Pflanze dominiert hatte, die versuchte, mich zu fressen. Ich konnte die Blume fast flüstern hören, wie sie mir ihre Geheimnisse erzählte.

Meine Gedanken wanderten zur Bibliothek der Flüsternden, die ich seit der Nacht meiner Ankunft in Verda nicht mehr betreten hatte, als Liz mich beim Herumschnüffeln erwischte und mich vor den Gefahren warnte.

Aber an diesem Morgen fühlte ich mich unbesiegbar. Außerdem war es meine Bibliothek, und sie könnte Antworten über meine Eltern haben. Zum Beispiel, warum sie nicht gegen Gaias Fluch gekämpft, sondern sich entschieden hatten, mich wegzugeben.

Als ich die Bibliothek der Flüsternden betrat, die in einem der großen Blütenblätter des Palastes eingebettet war, leitete mich eine magnetische Anziehungskraft. Inmitten der riesigen Sammlung fiel mir ein besonderes Buch auf – ein ätherischer Band mit einem goldenen Rücken und einem Titel, der wie ein Flüstern tanzte.

Ohne nachzudenken streckte ich die Hand aus und berührte es, wobei ich ein tiefes Gefühl der Verbindung spürte, als ob etwas in mir gewusst hätte, dass dies genau der Ort war, an dem ich sein sollte. In dem Moment, als meine Finger den Bucheinband berührten, durchströmte mich eine Welle der Wärme, und ich wurde in einen anderen Raum, in eine andere Zeit transportiert – einen unbekannten Raum, der die Essenz einer vergessenen Erinnerung in sich trug.

Meine Mutter stand aufrecht da, ihre schlanke Gestalt in ein grünes Samtkleid gehüllt und ein Kranz aus Wildblumen ruhte auf ihrem glänzenden dunklen Haar. In ihren Armen hielt sie ein winziges Bündel, in weißen Musselin gewickelt und in eine Decke aus weichen Blütenblättern gehüllt. Ihr Gesicht war von einem sanften Lächeln erhellt, die Augen funkelten vor Liebe, als sie ihr Baby betrachtete. Mich.

Das Kinderzimmer war von einem Regenbogen an Farben erfüllt, von den sanften Pastelltönen der Vorhänge und der Bettdecke bis zu den leuchtenden Farben der im Raum verstreuten Spielsachen. Die Möbel waren aus hellem Holz gefertigt und die Wände in einem fröhlichen Sonnengelb mit weißen Akzenten gestrichen.

Vogelgesang drang durch die offenen Fenster. Die Stimme meiner Mutter war leise und melodisch, als sie sprach, ihre Worte sanft und voller Hoffnung für die Zukunft.

Ein kleines Kind mit einem Schopf dunkler Locken und einer laufenden Nase saß in der Ecke und spielte mit Miniaturpferden. Seine Augen waren weit und neugierig, als es zu mir aufblickte. Mit einem Ruck wurde mir klar – das war Sebarah, der Bruder, den ich nie kennengelernt hatte, der Fae, den ich grundlos gehasst hatte, nur weil er akzeptiert wurde und ich nicht. Aber Seb war nur ein Kleinkind, als ich geboren wurde, ein winziges Faeling, und meine Verbannung aus dem Reich der Fae war nicht seine Schuld.

Meine Mutter blickte bei einem Geräusch auf, und mein Vater betrat das Kinderzimmer. Er war groß und breitschultrig, genau so, wie ich mir einen Kriegsmagier vorstellte, nur dass seine Augen sanft waren und wie Sterne funkelten, als er uns beide anlächelte. Sein Haar war blau und wellig, leicht zerzaust, als wäre er gerade von einem Spaziergang im Wald zurückgekommen. Er trug Jagdkleidung mit einem blauen Gürtel, der die tiefen Blautöne seiner Augen betonte. Sie hatten genau den gleichen Farbton wie meine.

»Wir können sie nicht behalten«, sagte er traurig.

Die Augen meiner Mutter füllten sich mit salzigen Tränen, und sie drückte mich fest an ihre Brust, als könnte sie mich vor der Erdgöttin selbst beschützen. »Gaia kann sie nicht haben«, schluchzte sie. »Das werde ich nicht zulassen.«

Mein Vater legte eine Hand auf die Schulter meiner Mutter und spendete Trost. »Wir müssen sie zu ihrer eigenen Sicherheit wegschicken. Es ist der einzige Weg.«

Mama schüttelte den Kopf und hielt mich noch fester. »Ich werde sie nicht hergeben. Ich werde nicht.« Ihre Knöchel waren weiß über meinem winzigen Rücken.

Ein Schatten zog am Kinderzimmerfenster vorbei, dunkel und bedrohlich, dann stürzte ein Adler in den Raum und stürzte sich auf meine Mutter, versuchte nach mir zu picken, seine Federn streiften die Wände und warfen ein buntes Mobile um.

Mein Vater griff nach einem kindgroßen Holzstuhl und schwang ihn gegen den angreifenden Vogel, schrie und brüllte, während Sebarah sich in der Ecke zusammenkauerte. Schließlich flog der Adler nach draußen, und Vater schloss die Fenster, lehnte sich mit dem Rücken dagegen und keuchte.

Der Raum versank für lange Momente in schwerer Stille. Sogar der kleine Sebarah war still.

»Das war Gaias dritter Versuch auf ihr Leben, und sie ist erst drei Wochen alt«, sagte mein Vater mit leiser Stimme. »Wenn du sie liebst, Celeste, musst du sie wegschicken.«

Mein Herz schmerzte, als ich die Szene beobachtete. Ich hatte meine Eltern nie gekannt, nie akzeptiert, warum sie mich weggegeben hatten. Aber als ich sie jetzt beobachtete, verstand ich.

Meine Mutter nickte, Tränen liefen über ihr Gesicht. »Aber wohin soll sie gehen? Wer wird sie beschützen?«

»Wir werden eine sterbliche Familie finden, die sie aufnimmt«, sagte mein Vater. »Jemanden, der sie liebt und sie in Sicherheit hält. Und wir werden dafür sorgen, dass immer über sie gewacht wird.«

Meine Mutter nickte leicht, aber ihre Augen waren noch immer voller Tränen. »Versprich mir, dass du ein gutes Zuhause für sie findest. Versprich mir, dass du dafür sorgst, dass sie sicher und glücklich ist.«

»Ich verspreche es«, sagte mein Vater, seine Stimme schwer vor Emotion.

Als die Erinnerung verblasste, war ich wieder in der Bibliothek, Tränen liefen über mein Gesicht. Endlich verstand ich, wie sie die Entscheidung getroffen hatten, mich wegzuschicken. Das Salz meiner Mutter und das müde Gesicht meines Vaters stärkten mich, selbst aus so vielen Jahren in der Vergangenheit.

Aber ich spürte immer noch ein Gefühl des Verlusts, der Sehnsucht nach den Eltern, die ich nie gekannt hatte. Und nach der sicheren Kindheit, die sie für mich in der sterblichen Welt geplant hatten und die nie zustande kam. Meine menschlichen Eltern starben jung, und meine Fae-Eltern auch.

Ich wischte meine Tränen weg und atmete tief durch, erinnerte mich daran, dass ich jetzt eine neue Familie hatte. Der Rosenpalast war mein Zuhause; Liz und die anderen Erben waren meine Freunde. Und vielleicht, nur vielleicht, würde Ronan mein Geliebter werden.

Ich schloss meine Augen und konzentrierte mich auf meine Verbindung zu den Pflanzen außerhalb des Fensters, ließ ihre Energie durch mich fließen und spürte, wie sich mein emotionaler Brunnen wieder füllte.

Frieden und Vergebung ließen sich in meinem Herzen nieder. Ich schloss das Buch und erkannte, dass es dasjenige war, das ich bei meinem ersten Besuch in der Bibliothek der Flüsternden unterschrieben hatte. Ich fuhr mit dem Finger über die Tinte. Vielleicht war das schon immer so bestimmt gewesen.

Neela

>> Warum habe ich das Gefühl, dass du mich schon wieder den Wölfen zum Fraß vorwirfst?«, fragte ich, während Ronan mich den perlmuttfarbenen Weg zum Anwesen seiner Eltern hinaufführte. Er trug schwarze Jeans und ein schwarzes T-Shirt, was seinen Auftritt als dunkler Prinz perfekt machte. Das gefiel mir.

»Schon wieder? Wann habe ich das je getan?«

»Du bestreitest also nicht, dass du mich in die Höhle des Löwen führst?«

Der Prinz schnaubte. »Drachen gibt es nicht.«

»Das ist völlig und komplett nicht der Punkt.« Ich blieb stehen und zwang ihn dadurch auch zum Anhalten. »Bist du sicher, dass ich hier sein sollte?«

Ronans Familienanwesen war ein Palast wie aus einem Märchenbuch. Hohe, schlanke Türme ragten in den Himmel, ihre Spitzen gekrönt von komplizierten Skulpturen, die im funkelnden Sonnenlicht lebendig wirkten. Die Palastmauern, geschmückt mit zartem Efeu und Ranken, schimmerten in einem perlmuttartigen Glanz. Es roch sogar wunderbar.

»Natürlich. Ich bin sicher, meine Eltern würden dich gerne kennenlernen.«

»Du bist sicher?«, meine Stimme stieg zu einem Quieken an. »Du meinst, du hast sie nicht gefragt? Ich dachte, sie wüssten, dass ich komme.«

»Entspann dich, Prinzessin«, sagte er, kam näher und legte sanft eine Hand auf meine jeansbedeckte Muschi. »Sie werden dich lieben.«

»Du bist ein verdammter Lügner, Prinzlein.« Ich trat zurück. »Ich gehe da nicht rein. Bring mich einfach direkt zu dieser Verzauberungszeremonie. Haus Mentium führt sie durch, oder? Deine Eltern werden also da sein. Ich werde ihnen über den Weg laufen und Hallo sagen.«

Er verlagerte unbehaglich sein Gewicht, als hätte ich etwas Falsches gesagt.

»Was?«, verlangte ich zu wissen.

»Es wäre besser, wenn du dich unterwürfig zeigst, als ihnen nur ein Hallo zuzuwerfen.«

Meine Brust zog sich mit dem vertrauten Gefühl zusammen, nicht gut genug zu sein. »Warum zum Teufel kann ich nicht Hallo sagen wie ein normaler verdammter Mensch? Ich bin eine Prinzessin, oder? Ich bin genauso gut wie sie.«

Ronan grinste schief. »Erinnerst du dich, wie du mich früher arrogant genannt hast?«

»Früher?«, stotterte ich. »Du, Prinzlein, bist das arroganteste Wesen, dem ich je begegnet bin. Und dabei schließe ich alle Fae und alle Menschen ein.«

»Nun, woher, glaubst du, habe ich das?«, fragte er mit einem leichten Grinsen.

Ein Teil meiner Anspannung verschwand allein durch das Plaudern mit ihm, aber ich wollte jetzt definitiv nicht seine Eltern treffen. Ich zog ihn weg von dem lächerlich opulenten Schloss mit seinen weitläufigen Gärten und funkelnden Teichen. »Lass uns direkt zur Zeremonie gehen.«

Er ließ sich von mir hinter die schmiedeeisernen Tore ziehen, aber nicht ohne sich darüber zu beschweren. »Die Zeremonie beginnt erst in einer Stunde. Was sollen wir bis dahin machen?«

Unzüchtige Bilder füllten meinen Kopf, solche, bei denen Ronan völlig stillhalten musste, während ich mit seinem Körper machte, was ich wollte. »Oh, mir fallen da ein paar Dinge ein.«

Er drückte meine Hand so fest, dass es meine Finger fast zerbrach, und seine Stimme war heiser. »Ja, bitte.«

Hitze sammelte sich in mir, und ich suchte die Umgebung nach einem Versteck ab. »Vielleicht sollten wir schwimmen gehen?« Möglicherweise könnten wir unter Wasser ein bisschen fummeln, und niemand würde etwas sehen.

Ronan sah nachdenklich aus, als würde er eine Leben-oder-Tod-Entscheidung treffen. »Nicht hier. Aber ich kenne einen Ort… «

Er führte mich entlang einer Reihe von Mondwegen, und es fühlte sich an, als würden wir das ganze Reich durchqueren. »Wohin bringst du mich?«

»Ich habe dir gesagt, ich kenne einen Ort.«

Ich brummte. »Ja, nun, ich kenne auch eine Menge Orte, wie die Docklands, Sewer City, die Unterführung, aber die meisten davon wären schreckliche Orte für ein Date.«

»Ein Date?« Er sah mich an, dann stürzte er sich auf mich, hob mich hoch und wirbelte mich herum. »Ich war mir nicht sicher, ob es das war.«

»Nun, ich meine, es gibt Händchenhalten und Reden und Küssen, ich würde sagen, das ist ein Date. Oh, plus irgendeine Art von Objektverzauberungszeremonie -«

»Nein, da gehen wir nicht mehr hin.«

»Tun wir nicht?«

»Der Ort, den ich im Sinn habe, ist viel besser.«

»Oh.«

Ronan muss meine Enttäuschung gespürt haben. »Vertrau mir, die Einprägungszeremonie ist langweilig. Es ist nur ein Haufen gelangweilter Fae, die zusehen, wie Experten Objekte mit Emotionen aufladen.«

Ich packte seinen Arm und spürte die dicken Muskeln unter seinem feinen Hemd. »Sie lassen Objekte Gefühle empfinden?!«

»Nein, nein«, lachte er. »Die Objekte haben keine Gefühle. Aber wer auch immer sie berührt, bekommt die Emotion, die in sie eingeprägt wurde. Meistens Glück, aber manchmal auch Traurigkeit oder Schuld oder was auch immer.« Er schüttelte den Kopf. »Einige Fae haben einen verdammt verrückten Geschmack. Jedenfalls verkaufen sie am Ende der Zeremonie die Artefakte an die Höchstbietenden.«

Ich runzelte die Stirn. »Klingt, als würden reiche Fae noch mehr Scheiße bekommen.«

»Genau. Du würdest es hassen.«

Wir verließen einen Mondweg auf halber Höhe eines riesigen Berges, der aus purem Honig zu bestehen schien. Er hatte eine dunkelgoldene Farbe, klebte bei jedem Schritt an meinen Schuhsohlen und roch nach Akazie. Ich bückte mich und tauchte meinen Finger in den Bodenhonig, dann roch ich daran. »Ist das Honig?«

»So eine Art.«

Ich wollte ihn von meinem Finger ablecken, aber Ronan packte mein Handgelenk, bevor er meinen Mund erreichte. »Besser nicht.«

Ich verzog die Lippen. »Will ich wissen, warum?«

Er zuckte mit den Schultern. »Angeblich gibt es einen Wahnsinnsrausch, aber du kommst einen Monat lang nicht runter. Aber wenn du willst, bin ich dabei. Wir machen es zusammen. Aber wir sollten uns erst mit Lebensmitteln eindecken. Das größte Problem ist, dass sich dein einmonatiger Rausch zurücksetzt, wenn du hungrig wirst und mehr Honig isst. Viele Leute verbringen hier Jahre.«

Ich wischte meinen klebrigen Finger an meiner Fae-Jeans ab. »Wenn ich einen Monat lang weggetreten wäre, würde ich meine Aufstiegsfeier verpassen. Netter Versuch, Arschloch.« Ich dachte nicht wirklich, dass er versuchte, mich zu sabotieren, nicht mehr. Tatsächlich versuchte ich, nicht zu viel darüber nachzudenken, was er tat und wie wir das unlösbare Problem von ihm gegen mich, Leben gegen Leben, dem Prinzen gegen die Streunerin, lösen würden.

Er lachte nur. Er ging nicht mehr auf meine Neckereien ein, er kicherte nur und machte mit. Wirklich die perfekte Gesellschaft. Und ein perfekter Schwanz noch dazu. »Wie weit ist es noch bis zu diesem Ort, den du kennst?«, beschwerte ich mich. Mein Höschen war feucht vom Nachdenken über seinen Körper, und so weit damit zu laufen, war in ihrem jetzigen Zustand unbequem.

Ronan tauchte in einen weiteren Mondweg ein, der uns durch das Innere des Honigberges führte und direkt darin mündete. Er trat heraus, und seine Stimme hallte in dem kleinen Raum wider. »Wir sind da. Ta-da!«

Ich sah mich um, völlig unbeeindruckt. »Es ist stockfinster.«

»Ja, ist das nicht großartig!«

Ich versuchte zu erkennen, ob er Witze machte, aber ich konnte seine Gesichtszüge in der Dunkelheit nicht ausmachen. »Ähm... «

Er beschwor eine Lichtkugel in seiner Handfläche herauf, die felsige Wände und einen schimmernden dunklen Pool enthüllte. »Das ist meine Höhle.«

»Ja, deine Männerhöhle. Wortwörtlich.«

»Es ist mein Lieblingsort auf der Welt.« Er machte definitiv keine Witze. Die Lichtkugel flackerte über seinen kantigen Kiefer und zeigte seine vollen Lippen, die einen wehmütigen Ausdruck annahmen, und die Intensität in seinen kohlschwarzen Augen. »Ich bin zufällig auf diesen Ort gestoßen, als ich Mondwege erforschte, kurz nachdem ich elf geworden war. Es fühlte sich immer so beruhigend an. Und danach, wann immer ich meine Gefühle entschärfen musste, kam ich hierher.«

Ein Witz darüber, dass sein Lieblingsort auf der Welt eine konturlose schwarze Höhle war, wollte unbedingt aus meinem Mund kommen, aber ich rang ihn nieder und hielt mich zurück. Die Wahrheit war, dass dieser Prinz so viel mehr zu bieten hatte, als ich je gedacht hatte. Er war freundlich und süß. Er hatte sich so sehr um meinen Bruder gekümmert und half mir sogar, wenn es ihm selbst wehtat. Er stand an der Spitze der Rangliste unter den Erben, so verdammt geschickt in allem, was er versuchte. Auch gutaussehend und sexy, der Mann, den fast jede Fae im Reich begehrte, aber selbst unter all diesen erstaunlichen Eigenschaften zählte sein Herz am meisten. Und das war verdammt gut.

Ich ergriff seine Hand und küsste seine Knöchel. »Danke, dass du mich hierher gebracht hast.«

Er blinzelte in die Gegenwart zurück, und seine kohlschwarzen Augen verengten sich zu einem Grinsen. »Sollen wir?« Er nickte zu dem tintenartigen Pool, dann zog er sein Hemd aus und entblößte seine skulpturierte Brust und dieses köstliche V, das den Blick nach unten lockte.

Meine Brustwarzen verhärteten sich, als ich mit meinem Blick die Konturen seiner Muskeln nachzeichnete. »Du bist wunderschön«, hauchte ich.

Sein Grinsen war vielleicht das Sexieste an ihm. »Du kannst reden.«

Er zog mich näher und schälte mein Shirt ab. Als er es beiseite warf, wackelten meine kleinen Brüste, und ich spürte seinen Blick darauf. Er stieß ein tiefes Knurren aus und zog mich an sich, presste seine nackte Brust gegen meine, meine Jeans drückte sich gegen seine. Die Wärme seiner Haut jagte Schauer über meinen Rücken, und ich fuhr mit meinen Händen über seinen Rücken, bewunderte die Erhebungen seiner Muskeln.

Er senkte den Kopf und knabberte an meinem Ohr, dann flüsterte er: »Du weißt nicht, wie lange ich das schon tun wollte.«

Ich lachte. »Ungefähr einen Tag. Ziemlich sicher, dass wir gestern gevögelt haben, obwohl du nicht allzu einprägsam bist, also habe ich das vielleicht falsch in Erinnerung«, neckte ich.

Seine Stimmung war intensiv, seine schwarzen Augen unergründlich. »Ich meine davor. Ich wollte dich so lange, Neela. Schon seit du dich zum ersten Mal auf meinem Schoß gewunden hast. Ich habe jeden verdammten Moment an dich gedacht.«

Diese Worte ließen Verlangen durch mich schreien, die Vorstellung, dass er von mir geträumt, an mich gedacht hatte, selbst als er mich hasste. All die Male, als er mich gequält hatte, hatte er mich wirklich berühren wollen. Jedes Mal, wenn er eine Beleidigung herausgebellt hatte, hatte er mich wirklich mit Lob überschütten wollen.

»Jeden Moment?«, fragte ich.

»Jeden verdammten Moment.« Sein Atem war heiß auf meiner Haut, und ich spürte, wie ich noch feuchter wurde. »Du wurdest geboren, um über mich zu herrschen, Neela. Und wenn ich dich ansehe, will ich zu Boden fallen und dich anbeten. Deinen Körper«, er pflanzte einen Kuss auf meinen Hals. »Deinen Verstand«, er leckte über meine Schulter hinunter, dann murmelte er in das Y an der Vorderseite meiner Achselhöhle. »Deine Seele.«

Ich stieß ein leises Stöhnen aus, als er Küsse meinen Arm hinunter verteilte, seine Hände mit einem Hunger über mich wanderten, der mich schwindelig machte.

Er senkte seinen Kopf tiefer, knabberte an meinem Bauch, bevor er seine Zunge in meinen Bauchnabel gleiten ließ. Ich bog meinen Rücken durch, verloren in den Empfindungen, die durch mich strömten.

Der Prinz blickte durch dicke Wimpern zu mir auf, seine Augen vor Verlangen glühend. »Ich will dich«, knurrte er, seine Stimme sandte Schockwellen durch mich. »Und das schon immer.«

Seine Finger wanderten tiefer, knöpften meine Fae-Jeans auf und glitten in meine Unterhose, um meine Klitoris zu finden. Ich keuchte auf, als er sie umkreiste, und mein Rücken bog sich vor Vergnügen. Er löste sich von meinem Bauch, um mich zu beobachten, sein Verlangen deutlich in seinen Augen erkennbar. »Du bist so wunderschön«, flüsterte er.

Ich wollte ihm sagen, dass ich ihn liebte, diese magischen Worte aussprechen, die mein Untergang sein würden, aber meine Worte gingen in einem Stöhnen unter, als er zwei Finger in mich schob.

Er ertastete meine Tiefen nur für einen Moment, bevor er seine Finger herauszog und seine Hände auf meine Hüften legte. Vorsichtig zog er meine Jeans herunter, während ich mich wand, um frei zu sein, und wieder zu dem Teil zurückkehren wollte, in dem sein Körper mit meinem verschlungen war.

Als ich völlig nackt vor ihm stand, erhob er sich und starrte mich an.

»Du bist dran«, sagte ich und blickte auf das V, das unter dem Bund seiner Jeans verschwand. Die Kälte der Höhlenluft jagte Schauer über meine Haut, und als er mein Zittern sah, zog er mich eng an sich. »Zieh deine Hose aus, Prinzlein«, verlangte ich, machte es ihm aber schwer, indem ich hochsprang und meine Beine um seine Taille schlang, und er trug mich zum Becken. Als wir am Rand ankamen, setzte er mich sanft ab und trat zurück.

Er sah mich kurz an, seine Augen vor Hitze glühend, dann tauchte er ins Wasser. Sein Körper durchschnitt die Schwärze wie ein Messer, und er verschwand unter der Oberfläche.

Ich hielt den Atem an, während ich darauf wartete, dass er wieder auftauchte, zitternd in der kühlen Luft und dem Fehlen seiner Körperwärme. Er blieb zehn Sekunden unter der tintenartigen Schwärze, dann zwanzig. »Sehr witzig«, rief ich, als er dreißig Sekunden, dann vierzig unter Wasser blieb.

Wie lange konnten Fae die Luft anhalten? Ich suchte nach Anzeichen von Bewegung im schwarzen Wasser, kleinen Luftblasen, jeglicher Strömung oder Kräuselung. Nichts.

Sicher war er schon zu lange unten. Angst kroch durch mich, riss mein noch verbliebenes Verlangen weg und ließ meine Haut zu Eis erstarren. Ich sprang ins Becken und stieß mit dem Bein gegen etwas Warmes und Hartes.

Ronan tauchte auf, und ich schlug ihn. »Was zum Teufel denkst du, was du da machst?«

Er sah aufrichtig verwirrt aus. »Schwimmen.«

»Warum bist du so lange unten geblieben? Wolltest du mir Angst einjagen?«

Ich zitterte, obwohl das Wasser überraschend warm an meiner eiskalten Haut war. Ronans Lichtkugel schwebte über dem Becken und warf flackerndes Licht in den kleinen Raum.

Ronan sah mich zittern und zog mich an sich. »Es ist okay, mir geht es gut. Fae können minutenlang die Luft anhalten. Ich wollte dir keine Angst machen.«

Mann, ich zitterte wirklich sehr. Viel zu sehr. In einem Ich-sorge-mich-um-dich-Ausmaß, und Ronan bemerkte es. Er grinste. »Hast du dir etwa Sorgen um mich gemacht, Kätzchen?«

Ich stieß ihn weg. Das Becken war flach genug, um bequem zu stehen, mit meinen Brüsten gerade bedeckt. »Natürlich nicht. Ich wusste nur nicht, was ich mit der Leiche machen sollte. Du bist ein verdammt großer Kerl, weißt du. Schwer wie die Hölle.«

Er grinste und zog mich an sich, wodurch sich hinter mir eine Wasserwelle bildete. »Du willst nicht, dass ich sterbe. Erwischt«, neckte er und murmelte in mein Haar.

Ich lehnte an seiner Brust, während ich mich von meinem Schock erholte. Natürlich konnten Fae minutenlang die Luft anhalten, es war dumm, etwas anderes zu denken. Was konnten sie nicht? Äh, wir. Was konnten wir nicht? Ich hatte noch viel über diesen Ort zu lernen.

Die dunkle Höhle und das warme Wasser waren beruhigend; ich konnte verstehen, warum Ronan es hier mochte. Er sagte, er kam hierher, wenn er sich als Teenager emotional überfordert fühlte, und das ergab vollkommen Sinn. Das plätschernde warme Wasser, der Mangel an Sinneseindrücken und die völlige Ruhe waren alles äußerst entspannend.

Nachdem ich aufgehört hatte zu zittern und mein Adrenalin abgeklungen war, kam ich wieder in meinen Körper zurück und erinnerte mich, dass ich nackt und eng an den Prinzen gepresst war. Ronans großer Schwanz drückte sich gegen mich, noch immer in Stoff gehüllt. Ich sprang hoch, und er fing mich auf, dann rieb er mich dagegen. Fae-Jeansstoff mag weicher sein als das menschliche Äquivalent, aber er war nicht so glatt wie Haut.

»Können wir die Jeans loswerden?«, fragte ich.

Er grinste. »Ich dachte schon, du würdest nie fragen.«

Ich trieb weg und bewunderte seine sich anspannenden Schultern und seinen kantigen Oberkörper, als er sich aus seiner nassen Jeans wand. »Ich habe gefragt. Wiederholt. Du bist einfach nicht sehr gut darin, Befehlen zu folgen.«

Er hielt die Jeans und schwang sie über seinem Kopf, sodass Wasser überall hinspritzte. »Das war ich noch nie.«

»Daran müssen wir arbeiten.«

Er lachte und trat auf mich zu, Wasser rann an seinem Körper herab. »Ja, Prinzessin.« Meine Augen wurden schwer, als ich seine langen, kräftigen Gliedmaßen, die gemeißelten Bauchmuskeln und die breiten Schultern betrachtete.

»Komm her«, sagte er und zog mich in seine Arme. Seine Haut war heiß an meiner, und meine Temperatur stieg, als ich mich an ihn presste. Er beugte den Kopf und küsste mich, und alle Gedanken an Fae-Frechheit und Ungehorsam flogen davon. Wir waren nur zwei Menschen in einer dunklen Höhle, verloren in der Umarmung des anderen.

Wir küssten und erforschten einander, bis unsere Finger vom Wasser schrumpelig waren. Er hob mich aus dem Becken und legte mich an den Rand, bedeckte mich mit seinem Körper.

»Das ist perfekt«, murmelte er und streifte mit seinen Lippen über meine.

Wir blieben stundenlang dort, redeten und liebkosten uns. Er schenkte mir drei Orgasmen und forderte nur zwei für sich selbst, und schließlich fielen wir nebeneinander auf den flachen Steinboden und blickten zur felsigen Decke hinauf.

»Warst du hier mit Seb?« Ich wollte mehr über meinen Bruder und sein Leben wissen. Es war mir noch nicht gelungen, echte Trauer über seinen Tod zu empfinden, aber die Traurigkeit eines zu früh beendeten Lebens wirbelte um mich herum.

Ronan lehnte seinen Kopf auf seine Hand, stützte sich auf eine Schulter und drückte einen sanften Kuss auf meine Wange. »Ich habe nie jemanden hierher gebracht«, sagte er leise. »Ich habe es immer getrennt gehalten, den einen Ort, an den ich kommen kann, wenn ich allein sein muss. Ein Ort nur für mich und meine tiefsten Gedanken.«

Ich ließ meine Hand in trägen Kreisen über seine Brust gleiten. »Aber jetzt hast du mich hierher gebracht.«

»Ja.« Er küsste meine Schläfe. »Jetzt habe ich dich hergebracht.«

Neela

» Ich hab dir doch gesagt, das rüschenbesetzte blaue Kleid wäre perfekt gewesen«, zischte Liz, während wir unseren Wein nippten und die Fae beobachteten, die auf der anderen Straßenseite zur Party kamen. »Schade, dass du es in Fetzen gerissen hast, weil du für deine erste Prüfung hübsch aussehen wolltest.«

Ich stieß sie spielerisch an. »Ich liebe es, wie du die Geschichte neu erfindest. So war das nicht.«

Sie grinste.

Ich war froh, dass ich diesmal auf ihren Rat gehört hatte, auch wenn ich gezögert hatte, als sie das trägerloses rosa Kleid vorschlug. Es floss an meinem Körper herab wie eine übergroße Rose, schleifte hinter mir auf dem Boden, während seine asymmetrischen Blütenblätter sich an meine Taille und Hüften schmiegten.

»Vielleicht wird Ronan dieses heute Abend in Fetzen reißen«, sagte ich und stellte mir vor, wie er es mir vom Leib riss.

Fast zwei Wochen waren vergangen, seit meine innere Magie während der dritten Prüfung zum Vorschein gekommen war, und Ronan und ich verbrachten fast jede Minute zusammen. Er hatte sein Versprechen gehalten, langsam und zärtlich mit mir zu schlafen, und ich hatte auf meinem Wunsch nach wilden und stürmischen Nummern bestanden. Außerdem hatten wir viel geredet, was fast genauso viel Spaß machte.

»Wisch dir dieses dumme Grinsen aus dem Gesicht«, sagte Liz und verdrehte die Augen. »Konzentrier dich auf die Mission.«

Ich hatte darauf bestanden, dass Liz mich in eine Bar bringt, wo wir die ankommenden Fae beobachten konnten, bevor wir selbst zur Party gehen mussten. Dies war die Vor-Aufstiegsfeier. Mein fünfundzwanzigster Geburtstag war gekommen und gegangen, und mein Aufstiegsritus würde in der folgenden Woche stattfinden. Jedes Reich in Arathay schickte Vertreter, um Zeuge zu sein und dem neu Aufgestiegenen zu gratulieren, und dies war ihre Willkommensfeier.

Ich betrachtete es gerne auch als eine schicke Geburtstagsparty für mich.

Ich nippte an meinem Wein. Heute Abend verzichtete ich auf den Fae Fizz. »Wer ist das?«

Eine große, schlanke Frau mit einer so geraden Haltung, dass man sie im Mathematikunterricht hätte verwenden können, schritt über den roten Teppich in das Festzelt, in dem die Veranstaltung stattfand. Ihr silbergraues Haar war in einem straffen Dutt zurückgekämmt, was ihr ein strenges Aussehen verlieh.

»Das ist Arrow aus dem Reich Fen. Das ist das Reich der Wahrheitssager.«

Ein Funke Schalk brodelte in mir auf. »Also kann diese Arrow-Tussi nicht lügen? Stell dir die Möglichkeiten vor. Stell dir vor, welche Informationen ich aus ihr herausbekommen könnte. Ich muss sie kennenlernen!«

»Niemand kann innerhalb der Grenzen von Fen lügen, aber hier draußen kann sie genauso leicht lügen wie du und ich.«

»Mist.«

»Es ist nicht alles schlecht. Fen-Fae haben die Angewohnheit, die Wahrheit zu sagen, woran sie sich meist halten. Arrow ist allerdings eine direkte Zicke, also würde ich an deiner Stelle einen Bogen um sie machen.«

»Ist sie die Königin von Fen?« Die Frau wirkte elegant und königlich, also nahm ich an, dass sie es wahrscheinlich war.

Liz stellte ihr Getränk ab. Ihr grünes Haar war in einer unglaublich hohen Frisur gestylt, die der Schwerkraft trotzte, und ihr Körper war in ein enges rotes Etuikleid gezwängt, das wie ein Rockstar aussah. »Nein. Die meisten Reiche schicken Erben zu den Aufstiegsfeiern, nicht die regierenden Monarchen. Jedes Reich hat jährlich einen Aufstieg, also ist es eine Menge Arbeit.«

»Du meinst, eine Menge Feiern. Machen diese Leute jemals echte Arbeit?«

Liz schnaubte lachend. »Soweit ich das beurteilen kann, nicht.«

Als Nächstes kam ein Paar mit verschränkten Armen und einer natürlichen Leichtigkeit an, die von Jahrzehnten liebevoller Gemeinschaft zeugte. Der Mann war groß, mit dunklem Haar, das ihm bis zu den Schultern reichte und auf einer Seite rasiert war, um ein blitzförmiges Tattoo zu zeigen, das hellsilbern leuchtete. Sie sah viel älter aus, wie ein gealterter Filmstar, immer noch wunderschön, mit glattem schwarzem Haar.

Bemerkenswerterweise passten ihre Haare und Augen nicht zusammen. Das dunkle Haar des Mannes stand im Kontrast zu seinen auffälligen silbernen Augen; die Augen der Frau waren leuchtend grün.

Ich beugte mich näher, um zu fragen, und wäre fast vom Hocker gefallen. Dieser Wein war starkes Zeug. »Sind die beiden Menschen? Wer-«

»Das sind der König und die Königin von Caprice. Bastian und Bree aus dem Haus Athar. Sie ist menschlich, er ist ein Fae.«

»Der König und die Königin? Ich dachte, die schicken nur ihre Kinder.«

»Bastian und Bree haben keine Erben«, sagte Liz nachdenklich und weckte meine Neugier über den König und die Königin von Caprice. Was war ihre Geschichte und die Dynamik ihres Königreichs?

Ich genoss die Show, und der Anblick von Haut war auch nicht schlecht. Als Nächstes kam ein gutaussehender Mann in einem fließenden Hemd und einer Hose mit so vielen Ausschnitten, dass mehr Muskeln zu sehen waren als Stoff. Ich konnte nicht aufhören, auf seine porzellanweiße Haut und das lavendelfarbene Haar zu starren.

Ich sah meine Informantin mit großen Augen an. »Und wen haben wir hier?«

Liz war ebenfalls von seiner faszinierenden Präsenz gefangen. »Das ist Prinz Jayke aus dem Haus Sansett aus dem Reich Caprice.«

»Er ist heiß.«

Sie nickte enthusiastisch und starrte ihn immer noch an. »Ja. Ich frage mich, wie beweglich er ist... « Sie neigte den Kopf, als würde sie versuchen, ihn in eine bestimmte Position zu bringen.

»Aber nicht so heiß wie Ronan.« Ich wünschte, mein Mann würde sich von hinten an mich heranschleichen, einen muskulösen Arm um meine Taille legen und mich für einen Quickie in den Hinterraum tragen. Aber ich war auch froh, hier mit Liz zu sein, an deren Freundschaft ich nicht länger zweifeln konnte. Wer hätte das gedacht? Ich hatte eine Freundin - das war seltsamer als zu entdecken, dass ich eine Fae-Prinzessin war.

Liz und ich spähten so angestrengt durch die Glasscheibe, dass wir beide zusammenzuckten, als ein Kopf zwischen uns auftauchte. »Buh«, flüsterte er, und ich drehte mich um - aber es war nicht Ronan.

Das Haar zwischen uns war leuchtend blau, und der Mann, dem es gehörte, hatte gebräunte Haut und ein kantiges Kinn. »Was schauen wir uns an?«, flüsterte er verschwörerisch.

»Wer zum Teufel bist du?«, fragte ich.

Liz grinste. »Prinz Colzan aus dem Haus Blunt im Reich Ourea, darf ich vorstellen: Prinzessin Neela aus dem Haus Flora im Reich Verda.«

»So viele verdammte Häuser«, murmelte ich. »Wie merkst du dir die alle, Liz?«

Sie machte einen kleinen Knicks von ihrem Hocker aus. »Ich bin eine königliche Begleiterin, schon vergessen? Es ist mein Job, solche Dinge zu wissen.«

»Darauf trinke ich«, sagte Colzan mit einem frechen Grinsen, griff zwischen uns hindurch und schnappte sich Liz' Getränk, bevor sie ihn aufhalten konnte.

Ich verengte meine Augen zu Schlitzen. »Schleichst du dich immer so an Leute heran und belauschst private Gespräche?« Ich dachte mir, dass ich ihn als Prinzessin duzen könnte, anstatt Sie zu sagen.

Er kippte den Drink hinunter und knallte das Glas auf den Tresen. »Natürlich nicht! Nur wenn die Gespräche interessant aussehen.«

Ich grinste. Dieser Typ schien nicht zu verkrampft zu sein, also würde der Abend vielleicht doch kein Reinfall werden.

Liz löste sich von ihrem Hocker und stolperte gegen Colzan, der sie auffing und dabei ihr enges Kleid bewunderte. »Zeit, sich in die Höhle des Löwen zu begeben«, sagte sie.

Wir überquerten die Straße und gingen über den roten Teppich. Im Inneren des Festzelts war es wie eine Quinceanera eines reichen Mädchens auf Steroiden. Es wurde vom Haus Dionysus veranstaltet, also gab es überall verführerisches Essen und Wein, aber ich hatte schon gegessen – ich würde nichts anrühren, was Dions Haus zubereitet hatte.

Das war keine steife Party. Die meisten Leute sahen schon halb betrunken aus, und überall rieben und schrubbten sich schweißnasse Körper aneinander.

Ronan stach trotz all der schicken Kleider und des fabelhaften fae Fleisches heraus. Groß, dunkel, gutaussehend, mit Fick-mich-Augen, von denen ich nicht genug bekommen konnte. Er lehnte an einem Torbogen, der zu einer Terrasse führte, und ich steuerte direkt auf ihn zu und presste meinen Körper gegen seinen, ohne mich darum zu kümmern, ob es weh tat. Er trug eine Jacke und eine Hose, und ich fuhr mit meiner Hand in seinen Mantel und über sein weiches Seidenhemd, fühlte die Konturen seines harten Körpers darunter. »Lecker«, murmelte ich.

Er musterte mich von oben bis unten, sein Blick verweilte auf meinen Brüsten, bevor er sich meinem Mund zuwandte. »Du bist selbst lecker.«

Er hatte auf mich gewartet und zog mich beiseite in einen kleinen Innenhof, der ein gewisses Maß an Privatsphäre bot. Colzan und Liz folgten uns, also war ein Quickie wohl ausgeschlossen, aber ich setzte mich auf Ronans Schoß, und er legte lässig eine Hand auf meine Hüfte. Mann, ich mochte diesen Kerl. Ich mochte ihn wirklich, wirklich sehr.

Dion und Leif gesellten sich zu uns und brachten den lavendelhaarigen Hottie Jayke aus Caprice mit. Jayke runzelte die Stirn, als er Colzan sah, und setzte sich so weit wie möglich von ihm entfernt, was mich vermuten ließ, dass Caprice und Ourea Feinde waren. Ich hatte noch so viel zu lernen.

Erstaunlicherweise hatte sich Leif für einen Anzug statt grauer Jogginghose entschieden. Er trug sogar ein Hemd. »Siehst gut aus, Wolf«, sagte ich, und er warf sein langes silbernes Haar zurück und zwinkerte.

Dion hatte sich auch herausgeputzt und trug eine schimmernde schwarze Lederhose und ein Hemd mit Knöpfen, er sah aus wie ein Frauenheld.

Ich sah mich nach der fehlenden Erbin um. »Wo ist Gabrelle?«

Ronan deutete mit dem Daumen über seine Schulter. »Beschäftigt.«

Sie war auf der anderen Seite des Festzelts in einem exquisiten weißen, schwebenden Kleid, das ihren unteren Rücken und ihre Hüften entblößte, während es irgendwie ihre wichtigen Teile bedeckte. Sie unterhielt sich mit einem schlanken, muskulösen, goldhaarigen Mann mit Onyxhaut, der ganz in Schwarz gekleidet am Rande der Menge stand und Verpiss-dich-Schwingungen ausstrahlte.

»Sie steht auf böse Jungs«, erklärte Leif. »Deshalb will sie mich nicht blasen.«

Colzan warf den Kopf zurück und lachte. »Sie kommt dir nicht in die Nähe, weil sie meilenweit aus deiner Liga ist, Alter.«

Leif beugte sich vor und klaute dem Prinzen von Ourea sein prickelndes Getränk, das er in einem Zug leerte.

Die Party verlief so reibungslos wie Ronan seinen Anzug trug. Nichts Langweiliges daran. Es stellte sich heraus, dass ich keine Menge langweiliger Diplomaten treffen musste, sondern nur diese Handvoll

Erben, die nicht über langweilige Politik reden wollten; sie wollten einfach nur trinken.

Eine kleine geflügelte Fae flog aus dem Torbogen zur Hauptparty heraus, machte einen Purzelbaum durch die Luft und prallte direkt gegen Jaykes Hinterkopf.

Sie entschuldigte sich überschwänglich, surrte dann wieder davon und kicherte fröhlich, und Jayke sah ihr mit einem finsteren Blick nach. »Wer hat *sie* reingelassen?«

Sein finsterer Blick verwandelte sich in ein Grinsen, was mich denken ließ, er mache einen Witz. Entweder das, oder er war ein eingetragenes Mitglied im Arschloch-Club.

»Du machst nur Spaß, oder?«, fragte ich.

Er lehnte sich zurück und verströmte Charme. »Natürlich.« Ich war mir nicht sicher, ob ich ihm glaubte.

Ich beobachtete, wie Jayke sehnsüchtig zu Gabrelle starrte, die immer noch mit dem furchteinflößenden goldhaarigen Fae in der Ecke flirtete. Ich konnte es dem Typen nicht verübeln – ich stand zwar nicht auf Titten und Muschis, aber für sie würde ich vielleicht eine Ausnahme machen. Dieses schwebende weiße Anti-Schwerkraft-Kleid raubte mir buchstäblich den Atem.

Leif hatte natürlich einen Tennisball mitgebracht, den er lässig in die Luft warf, während die Erben Klatsch und Tratsch über die verschiedenen Reiche austauschten. Wer zu welcher Macht aufgestiegen war, wer mit wem schlief und ob die Unseelie-Fae je mit ihrem Todvater-Kram lockerlassen und mit uns feiern würden.

Colzan schnappte den Tennisball aus der Luft und flitzte davon, stürmte ins Festzelt und schlängelte sich durch die Menge. »Komm und hol ihn dir, Wolfsjunge«, spottete er.

Leif leckte sich die Lippen und sprintete dann dem Prinzen von Ourea hinterher, stürzte sich mit einem hungrigen Ausdruck in die Menge.

Liz begann, mit Jayke zu plaudern, und ich wünschte ihr viel Glück – er war einfach heiß. Sie schlenderten davon, um ihre Drinks aufzufüllen, und Double D, der sich allein mit Ronan und mir wiederfand, erfand auch eine Ausrede, um zu verschwinden.

Ich rutschte von Ronans Schoß und landete mit einem Plumps neben ihm auf der Bank. Ich war betrunkener, als ich gedacht hatte. Ich hatte mich zwar vom Fae Fizz ferngehalten, aber anscheinend war der Wein aus dem Hause Dionysus genauso potent.

»Hey, Streunerin. Verlass mich nicht.«

»Tu ich nicht! Ich musste nur von deinem Schoß runter, weil ich dir etwas Wichtiges sagen muss.«

Er beugte sich vor, und ich bekam einen Hauch seines sexy Erdbeer-Duftes. »Ist es ein weiteres Geheimnis? Ich weiß, wie gerne du redest, wenn du betrunken bist. Diese perfekten vollen Lippen von dir können einfach nicht aufhören zu reden. Ich liebe es.«

Ich kniete mich auf die Bank, sodass unsere Gesichter auf gleicher Höhe waren. »Ja, es ist ein Geheimnisss.« Das letzte Wort kam lallend heraus, also versuchte ich es noch einmal. »Ein Geheimniss.« Nicht viel besser, aber es musste reichen.

Er legte eine Hand auf meinen Oberschenkel. »Perfekt. Ich liebe deine Geheimnisse. Lass mich raten... Du bist eine fae Prinzessin?«

»Pssst. Es ist mein Geheimnis, nicht deins.« Ich beugte mich vor und leckte seinen Kieferknochen vom Kinn bis zur Schläfe. »Ich will Sex mit dir haben«, flüsterte ich in sein Ohr.

»Ich auch. Das ist kein Geheimnis.«

»Ich komme gleich dazu«, protestierte ich. »Ich mag dich.«

Er lachte, ein kehliges Grollen, das durch meine Hüfte vibrierte. »Das freut mich zu hören.«

»Nein, ich mag dich wirklich, wirklich sehr. Ich könnte dich sogar lieben.« Das hätte ich nicht sagen sollen, aber es stimmte wahrscheinlich. Trotzdem musste ich mich zurückhalten, also legte ich einen Finger auf seine Lippen und sagte: »Schh.«

Er zog mich an sich. »Solange du mich nicht hasst, Streunerin. Denn ich weiß, dass ich dich liebe, und ich werde dich nie daran zweifeln lassen. Du gehörst mir. Ich würde alles für dich tun, von jetzt bis in alle Ewigkeit.«

Er drückte mich an sich, zog mich auf seinen Schoß und presste seine Lippen in einem Akt der Anbetung auf meine.

Neela

*F*ae Versagen und -erfolg am Hof der Gier und des Überflusses. Das Buch lag aufgeschlagen auf meinem Schoß, eine Geschichte der Adelshäuser im Reich von Verda. Liz hatte es mir geliehen, als ich mich beschwerte, nicht genug über meine neue Welt zu wissen.

Es stammte aus der Bibliothek der Flüsternden, und ich hatte Angst gehabt, es mitzunehmen – immerhin waren diese Bücher gefährlich. Aber Liz versicherte mir, sie hätte den richtigen Zauberspruch geflüstert, um das Buch für einen Tag harmlos zu machen, und einen weiteren Zauber, um die Wörter am Tanzen zu hindern, damit ich es tatsächlich lesen konnte. »Aber du musst es innerhalb von vierundzwanzig Stunden zurückbringen«, sagte sie. »Versprochen?«

Ich versprach es und versuchte zu lesen, aber ich konnte mich nicht konzentrieren.

Stattdessen starrte ich über den riesigen See hinweg, während ich auf der Terrasse des Seehauses saß, fasziniert vom Wasser.

Mit meiner neuen fae Sicht konnte ich bis zum fernen Ufer sehen. Was ich zuvor für so groß wie ein Ozean gehalten hatte, war eindeutig nur ein gewaltiger See.

In den letzten Wochen hatte das Seehaus mir einen Stuhl wachsen lassen. Nicht drinnen bei den anderen, sondern draußen auf der Terrasse, was mir perfekt passte. Ich war im Herzen eine Straßenratte und würde es immer bleiben, daher war es nicht meine Vorstellung von einem guten Zeitvertreib, drinnen eingesperrt zu sein.

Der Stuhl wuchs direkt aus dem Holz, ein verflochtenes Muster aus holzigen Stängeln, das mit üppigem Laub gepolstert war, und es war das Bequemste, worauf ich je gesessen hatte.

Gabrelle war in der Nähe und übte mit Pfeil und Bogen, versuchte ein winziges Ziel am fernen Ufer des Sees zu treffen und hatte gelegentlich Erfolg. Ihr rosafarbenes Haar war zu einem lockeren Zopf zurückgebunden, und sie trug einen maßgeschneiderten schwarzen Trainingsanzug mit leichter Lederrüstung. Sie stand breitbeinig auf den Brettern, ihren Pfeil in einem Winkel von fünfundvierzig Grad in den Himmel gerichtet, und sah in jeder Hinsicht wie eine Kriegerin aus.

Ich wollte sein wie sie, wenn ich groß war.

Die Stille zwischen uns war neutral, nicht unbedingt freundschaftlich, aber entspannt. Dion war in der Küche und kochte etwas, das köstlich roch und das ich nicht die Absicht hatte zu essen. Ich dachte, ich könnte niemals Magirus-Essen zu mir nehmen, obwohl der Geruch mir das Wasser im Mund zusammenlaufen ließ. Buchstäblich. Speichel tropfte an meinem Mundwinkel herab, und ich musste ihn wegwischen.

Die Anwärter auf die Throne tolerierten mich. Besser noch, sie waren freundlich. Vielleicht wurden sie sogar zu meinen Freunden.

Als das Seehaus mir diesen Stuhl wachsen ließ, hatten sie mich endlich als einen der Erben akzeptiert.

Die Sache mit Ronans Blutbindung war wie ein Lavaball, den wir die Straße entlang kickten, uns die Zehen verbrannten, aber jede Entscheidung hinauszögerten.

Die Haustür knallte zu, und Ronans und Leifs Neckereien schwebten durch das Haus. Sie mussten mit ihrer Schwertkampfsitzung fertig sein.

»Du kannst dich nicht mitten im Kampf in einen Wolf verwandeln und deine Fangzähne benutzen, das ist Betrug«, grummelte Ronan.

Leif jammerte. »Das ist der einzige Weg, wie ich dich in letzter Zeit schlagen kann. Außerdem wird sich dein Feind in einem echten Kampf auch nicht an deine Regeln halten.«

Ich grinste, sofort glücklich, die Stimme meines Geliebten zu hören, und wartete darauf, dass er mich entdeckte. Sobald er es tat, steuerte er direkt auf mich zu, pflückte mich aus meinem Rankensitz und warf mich über seine Schulter, sodass mein Hintern in der Luft wackelte.

Mein Rock war kurz, was ungewöhnlich für mich war, und bedeutete, dass mein mit rotem Höschen bekleideter Hintern voll zur Schau gestellt wurde.

»Schließ die Augen«, befahl Ronan Leif, der völlig ungehorsam war und stattdessen zusah, wie mein Hintern direkt an seinem Gesicht vorbeiwanderte.

Ronan trug mich hinein, setzte sich in seinen schwarzen Ledersessel und platzierte mich dann auf seinen Schoß.

Ich runzelte die Stirn. »Ich bin kein Spielzeug, das du herumwerfen kannst, Prinzchen. Ich bin dir in jeder Hinsicht ebenbürtig.«

»Klar, du bist mir ebenbürtig«, gab er zu. »Aber du bist taschengroß und gehörst auf meinen Schoß.« Er drückte meinen Oberschenkel, und diese Vertrautheit ließ all meinen Ärger verfliegen.

»Gut. Aber denk daran, ich werde dir nach morgen überlegen sein.«

Noch eine Nacht bis zu meinem Aufstiegsritus. Ich hatte keine Ahnung, was mich erwartete, und Double D und Leif weigerten sich, es mir zu sagen.

»Ich erinnere mich nicht, Babe«, sagte Leif und lümmelte sich in sein riesiges silbernes Sofa, eine Hand in seiner Trainingshose.

»Lügner«, beschuldigte ich ihn.

Der Wolf breitete die Arme aus. »Würde ich dich anlügen?«

Ich nickte. »Definitiv. Wiederholt. Ich kann dir die Male aufzählen, wenn das dein Gedächtnis auffrischen würde.«

Er grinste, zauberte irgendwoher einen Ball hervor und warf ihn über seinen Kopf.

Dion rief aus der Küche. »Ich brauche Petersilie.«

Der Magirus war mein am wenigsten favorisierter der Erben. Leif hatte eine Frechheit an sich, die liebenswert war, und Gabrelle war sexy und mächtig und kompetent, und genau die, die ich sein wollte, wenn ich groß war. Ronan war köstlich und in jeder Hinsicht perfekt. Ich konnte nicht genug bekommen von diesen schwarzen Augen, diesem markanten Kiefer, den Muskeln und Konturen. Sogar dieses arrogante Grinsen machte mich in letzter Zeit heiß.

Aber Dion? Er und ich hatten nie viel Zeit miteinander verbracht, und er war am wütendsten darüber, dass Ronan seinen Blutpakt ignorierte. Ich wusste nicht, ob ich mich nach dem, was er mir angetan hatte, jemals entspannt in der Nähe des Magirus fühlen würde. Das Gute in unserer Beziehung überwog das Schlechte nicht, zumindest noch nicht.

Als hätte er meine Gedanken gelesen, hob Ronan mich in seine Arme und stand auf, wobei er Dion zurief: »Wir holen welche. Komm schon, kleine Grower.«

Er stellte mich auf die Füße, und ich folgte ihm nach draußen. Nicht weil ich Dion helfen wollte, indem ich seine Petersilie holte, sondern weil ich mit meinem heißen Prinzen allein sein wollte.

Wir schlenderten zu einem fruchtbaren Fleckchen Erde, das so schwarz war, dass ich es als Kriegsbemalung hätte benutzen können.

»Glaubst du, du kannst etwas wachsen lassen?«

Ich sah Ronan unsicher an. »Ich kann es versuchen.«

Ich hatte noch nie etwas von Grund auf wachsen lassen. Ich wurde zwar besser darin, die Pflanzen um mich herum zu spüren, und könnte wahrscheinlich etwas Petersilie aufspüren, wenn sie wild im Wald wüchse, aber ich wusste nicht, ob ich sie aus dem Nichts erschaffen konnte.

Trotzdem war es am Tag vor meinem Aufstieg wert, jedes bisschen Übung mitzunehmen, das ich kriegen konnte.

Ich kniete mich in die Erde und nahm eine Handvoll, ließ etwas von der reichen Erde durch meine Finger rieseln. Es roch so gut, wie Natur, Wälder und Potenzial in ein reifes Paket gerollt.

»Gaia, hör auf, an dem Zeug zu schnüffeln, und mach weiter«, neckte Ronan. »Du wirst mich noch eifersüchtig machen.«

Ich grinste und legte beide Hände flach auf den Boden, die Finger gespreizt, und schloss die Augen. Ich bohrte meine Gedanken in die Erde, auf der Suche nach Wachstumspotenzial, Sämlingen oder Energietaschen, die ich zu einem Kraut zwingen konnte, fand aber nichts.

Schweiß sammelte sich auf meinem unteren Rücken, und das Bewusstsein dafür machte mich extra unbehaglich, weil Ronan direkt hinter mir stand und meinen stinkenden Schweiß roch.

Die Sonne brannte auf meinen Kopf und meine Schultern, und ich wollte einfach nur nach drinnen gehen.

»Vergiss es. Es funktioniert nicht. Double D muss ohne seine kostbare Petersilie auskommen.« Ich nahm noch eine Handvoll der schönen Erde und spielte damit.

»Aber es wird ohne nicht so gut schmecken.«

»Das ist mir egal, ich esse sowieso nichts davon. Ich will nicht, dass er mich mit seinem Essen verzaubert. Das Einzige, was mir sagt, was ich tun soll, ist mein Armband.« Ich wedelte mit meinem Handgelenk in der Luft.

»Und ich«, scherzte er.

»Ganz bestimmt nicht du. Nur das Armband.«

Er grinste selbstgefällig. »Und wer glaubst du, kontrolliert es?«

Mein Kopf schnellte hoch. »Was meinst du damit?«

Er strahlte. »Gabrelle hat das floranische Armband mit Lure versehen, dann haben wir es in die sterbliche Welt geschickt, um dich zu finden.«

Er grinste immer noch, als wäre das ein urkomischer Witz, als wäre ich eingeweiht und würde mich nicht darum scheren.

Ich rappelte mich auf und wischte meine schmutzigen Hände an meinen Oberschenkeln ab. »Du hast mich mit dem Armband gefangen und gezwungen, hierher zu kommen?« Meine Gedanken wirbelten, und ich fühlte mich für einen Moment außerhalb meines Körpers, als würde ich emotional zusammenbrechen, hatte aber noch ein paar kostbare Momente, um zuerst Informationen aus ihm herauszupressen. »Warum?«

Er strahlte Selbstgefälligkeit mit jeder ausladenden Geste aus, dachte immer noch, ich wäre in den Witz eingeweiht. »Wir wussten, dass das floranische Artefakt dich irgendwann finden würde, und wir wollten dich auf dem falschen Fuß erwischen, bevor du aszendiertest.«

Ich ging um ihn herum, damit mir die Sonne nicht in die Augen schien. »Aber wenn ich in Hebes wäre, würde ich sowieso nicht aszendieren.«

Er zuckte mit den Schultern, seine Kohleaugen funkelten. »Vielleicht, vielleicht auch nicht. Wir waren uns nicht sicher, also wollten wir dich holen, bevor du die Chance hattest, in deine volle Kraft zu kommen.«

Mein emotionaler Wirbelsturm zog sich zu einer harten Linie der Wut zusammen, die an meinem Inneren zerrte. Ich trat einen Schritt zurück. »Du hast mich zum Narren gehalten.«

Für einen Moment war ich wieder in den Docklands, plapperte Randys Crew über meine Quellen und Kontakte aus, nur um dann zu erleben, wie sie hinter meinem Rücken jeden einzelnen davon kappten, mich dann verprügelten und im Wald außerhalb der Stadt aussetzten.

Ich schwor mir damals, dass ich nie wieder zum Narren gehalten werden würde, nie wieder Opfer einer intriganten Crew werden würde.

Aber ich war es geworden. Diese verwöhnten Prinzen und Prinzessinnen waren nichts anderes als eine Gang in feiner Kleidung, und sie hatten mich verdammt noch mal zum Narren gehalten.

Meine Wut zeigte sich jetzt, ich vibrierte praktisch vor Zorn, und Ronan begann es zu begreifen.

Seine Stirn runzelte sich, und er bewegte sich auf mich zu, diese großen Hände, die mich so oft an sich gezogen hatten, versuchten es nun ein letztes Mal.

Ich stieß ihn weg. »Ich... ich muss nachdenken.« Ich hörte auf, zurückzuweichen, und stand fest, hielt mein Kinn hoch, meine Brust heraus, strahlte Verpiss-dich-Schwingungen aus, die er definitiv auffing.

»Ich-«

»Sag mir nicht, dass es dir leid tut. Du hast gegrinst wie ein verdammter Idiot, als du es mir erzählt hast. Du denkst, das ist alles ein ausgeklügelter Witz. Dass du mich aus meinem Leben reißen und wie eine verdammte Puppe behandeln kannst? Nun, ich habe Neuigkeiten für dich, Kumpel. Ich bin nicht deine Puppe. Ich bin dein Feind.«

Das Wort klang falsch. Feind. Das konnte nicht richtig sein. Aber ich war zu wütend, um es weiter zu analysieren, ich musste einfach nach Hause und allein sein.

Ich drehte mich um, um wegzugehen, dann erinnerte ich mich an Liz' Buch. Ich hatte versprochen, es ihr heute Abend zurückzugeben, und da sie vielleicht meine einzige Freundin auf der Welt war, würde ich dieses Versprechen nicht brechen. Außerdem war ihre ominöse Warnung, dass das Buch innerhalb eines Tages zurückgegeben werden musste, schwer zu ignorieren, da es aus der gefährlichen Bibliothek der Flüsternden stammte.

Wütend stürmte ich von Ronan weg und platzte ins Seehaus, während er mir auf den Fersen war, schrie und um Vergebung bettelte.

Die anderen saßen um den Tisch herum, Dion grinste wie der verrückte Koch, der er war, Gabrelle saß aufrecht am Esstisch mit ihrem losen rosa Zopf, der immer noch perfekt war, und Leif lümmelte herum. Alle schauten schockiert zu mir auf.

Gabrelle fasste sich als Erste wieder. »Was hast du ihr diesmal angetan, Emotionale?«, fragte sie Ronan.

Ich wandte abrupt meinen Kopf zu ihr. »Warum nennst du ihn so?« Ich hatte immer angenommen, es sei, weil er so ein launischer Mistkerl war, aber meine Annahmen über diese Bande lösten sich schnell auf.

Sie wich nicht vor meinem Zorn zurück wie Leif und Dion, sie verengte nur ihre Augen und musterte mich. »Beantworte meine Frage, und ich beantworte deine.« Ich nickte. »Was sind all unsere Häuser?«

Meine Lippen wurden schmal, und ich zeigte nacheinander mit dem Finger auf jeden Erben. »Allura. Dionysus. Caro. Mentium.« Ich deutete mit dem Daumen auf mich selbst. »Flora.«

»Nein, ich meine, wofür stehen die Häuser? Verda ist bekannt als das Reich der Genüsse, und jedes unserer fünf Häuser repräsentiert ein anderes Element des Überflusses. Also sag mir, wofür steht jedes Haus?«

Ich begann diesmal mit mir selbst. »Pflanzen und Natur.« Ich zeigte auf Gabrelle. »Schönheit.« Dann auf Dion. »Geschmack.« Auf Leif. »Sinnlichkeit.«

Leif jubelte aufgeregt. »Sex!«

Ich wandte mich Ronan zu. Sein Haar und seine Augen absorbierten jedes Atom Licht im Raum. Ich stieß mit dem Finger in seine Richtung, sah aber weg, ohne ihm die Ehre meines Blickes zu geben. »Macht.«

Ihre Reaktionen waren subtil, aber meine geschärften Sinne nahmen sie wahr. Ich hatte das letzte falsch verstanden, also versuchte ich es erneut. »Ronan ist aus dem Haus der Arschlöcher.«

Leif lachte laut auf, aber Gabrelle musterte mich einfach weiter. »Haus Mentium repräsentiert Stimmung. Das Reich des Überflusses ist nicht vollständig ohne eine starke Dosis guter Laune.«

Leif nickte. »Hilft wirklich bei Orgien.«

Ich wandte mich anklagend zu Ronan. »Du beeinflusst die Stimmung der Fae?« Warum zum Teufel wusste ich das nicht? Ich war so in einer Liebesblase gefangen gewesen, dass ich mich nicht darum gekümmert hatte, die Grundlagen meines Reiches zu lernen.

Eine Liebesblase, die er durch Manipulation meiner Stimmung hergestellt hatte.

Ich war wirklich eine Närrin.

Er nickte, und ich konnte sehen, dass er immer noch nicht verstand, warum ich so wütend war.

»Also als ich dich auf den ersten Blick hasste, war das teilweise, weil du mich gehasst hast?«

Leif warf ein: »Na ja, beim ersten Blick habt ihr euch nicht gerade gehasst, nach dem, was ich gehört habe.« Er machte eine obszöne Geste mit seinen Händen, indem er einen Finger in einen Kreis steckte und wieder herauszog.

»Ich meine, als du zum ersten Mal herausfandest, wer ich wirklich war«, spuckte ich aus.

Ronan kaute auf seiner Lippe. »Ich denke, das war wahrscheinlich ein Teil davon. Dass ich dich hasste, hätte auch deine Stimmung beeinflusst.«

Das Bild wurde klar, die Teile fügten sich zusammen. »Aber du liebtest es so sehr, mich in Stücke zu reißen, mich zu quälen, dass du hart und glücklich wurdest, richtig? Und weil du glücklich warst, war ich um dich herum glücklich, und dann begann ich, dich auch mehr zu mögen.«

»Vielleicht... «

Ich grub meine Fingernägel in meine Oberschenkel und versuchte, einen Anschein von Ruhe zu bewahren, während sich die Wut glühend heiß in mir aufbaute. »Und dann begannst du, mich wirklich zu mögen, also begann ich, dich wirklich zu mögen. Nichts davon ist echt. Bei jedem Schritt hast du mir gesagt, wie ich mich fühlen soll, mich gezwungen, mich in dich zu verlieben, und alles war eine verdammte Lüge?«

Ich konnte den Moment sehen, als es ihn traf. Dass jedes Wort, das ich sagte, wahr war. Dass ich mich nie in ihn verliebt hatte, ich war nur von ihm genötigt und manipuliert worden. Dass keine meiner Emotionen echt war, sie waren nur Spiegelungen seiner eigenen.

»Verdammt. Ich-«

»Keine Worte mehr. Die einzigen Worte, die ich je wieder aus deinem Mund hören will, sind *Ja, Prinzessin Flora*, wenn ich ranghöher als du bin und dir einen verdammten Befehl gebe.«

Ich ging zur Terrasse und schnappte mir Liz' Buch von dort, wo ich es gelassen hatte, dann stürmte ich durch die Küche und zur Vordertür hinaus, vor Wut brennend.

Als ich mich auf den Weg zum riesigen Baum und durch den Mondweg nach Hause machte, zerfiel mein Turm der Wut, zerbröckelte zu Staub und ließ nichts mehr übrig, was mich aufrecht hielt.

Ich hatte eine Familie gefunden. Einen Ort, an den ich gehörte. Ich hatte sogar Liebe gefunden.

Aber nichts davon war echt. Die Menschen, von denen ich dachte, sie wären meine Freunde, hatten mich manipuliert, das floranische Armband benutzt, um mich in das Reich zu locken, und sich daran erfreut.

Der Fae, von dem ich dachte, ich würde ihn lieben, hatte meine Gefühle manipuliert, meinen Hass, meine Liebe, meine Lust. Nichts davon war ich.

Tränen strömten über mein Gesicht und tropften von meinem Kinn, als ich den Rosenpalast betrat. Gott sei Dank war Liz nicht hier, um dieses gottverdammte Durcheinander zu sehen. Ich konnte kaum sehen, als ich die Treppe hinaufstolperte und auf mein Bett fiel, wo ich völlig zerfiel, mein Körper von lauten Schluchzern geschüttelt.

Doug und Herb beobachteten vom Fensterbrett aus.

Ronan

Ich starrte Neela nach, hörte, wie ihre Schritte im Nichts verhallten, und atmete tief ein, bis sich ihr Duft mit dem vermischte, was Dion uns zum Mittagessen gekocht hatte.

Jeder Muskel in meinem Körper war angespannt und wollte ihr hinterherspringen, sie festhalten, bis sie für immer bliebe. Aber sie wollte nicht, dass ich ihr folgte. Sie wollte mich überhaupt nicht. Und nach all dem, was ich ihr angetan hatte, war das Mindeste, was ich tun konnte, diesen letzten Wunsch zu respektieren.

»Lauf ihr nach, Alter«, jammerte Leif. »Bring sie zur Vernunft. Sag ihr, dass sie sich irrt.«

»Aber... sie hat recht.« Ich hatte keine Ahnung gehabt, dass Neela nicht wusste, dass mein Haus die Stimmung beeinflusste, aber das machte es nicht besser. Ich wusste, dass meine Freude, sie zu sehen, ihre Reaktion auf mich beeinflusste. Ich wusste es verdammt noch mal, und trotzdem ließ ich es zu.

Ich hatte ihr nie vorgeschlagen, sich vor mir zu schützen, ihr nie die Grundlagen der Verteidigung beigebracht, sondern ließ zu, dass meine Liebe zu ihr in ihre eigenen Gefühle eindrang und ihre Gleichgültigkeit mir gegenüber maskierte. Ihren Hass.

Ein Teil von mir hatte immer gewusst, dass das passierte, und es gewollt. Ich wollte, dass sie sich in mich verliebte, so wie ich mich in sie verliebte, also ließ ich meine Gefühle ihre auf eine Weise beeinflussen, wie ich es nie hätte tun dürfen.

Gabrelle schwenkte Dionysius-Wein in einem klaren Kristallglas. »Sie hatte ein paar gültige Argumente«, stimmte sie zu.

Dion sagte kein Wort. Auch gut so, denn wenn er ein einziges Wort gegen Neela gesagt hätte, hätte ich ihm das Gesicht zerfetzt, und ich war ohnehin versucht, das zu tun. Ich starrte auf sein dämliches handgeschnitztes Gesicht, seine salz-und-pfeffer-farbenen Locken und gefleckten Augen, und ich wollte ihm auf seine Adlernase schlagen.

Er hatte Neela nie gemocht, nie unterstützt, dass ich die Blutmagie ignorierte, nie gewollt, dass sie überlebte.

Es wäre so einfach gewesen, die Wut meine Schuldgefühle überwältigen zu lassen, aber die Energie verließ meinen Körper, und ich sackte mit einem dumpfen Geräusch auf einen Esszimmerstuhl.

Dion servierte mir einen Teller zusammen mit allen anderen, und das Gespräch wandte sich dem morgigen Aufstiegsritus zu. Leif und Dion tratschten darüber, welche Freunde und Bekannten in welche Macht aufsteigen würden, und wetteten auf einige umstrittene Fälle. Gabrelle mischte sich gelegentlich mit ihrer seidenweichen Stimme ein, aber ich konnte ihren Worten nicht folgen.

Ich nahm Gabeln voll von Dions Essen, das wie Asche schmeckte. Vielleicht waren seine salz-und-pfeffer-farbenen Haare so, weil er dem Essen Asche beimischte. Nein, das war ein dummer Gedanke.

Genauso dumm wie mein Glaube, dass Neela sich aus eigener Kraft in mich verlieben könnte. Ich hatte sie wie Dreck behandelt, war von Anfang an ein arrogantes Arschloch gewesen und hatte sie überhaupt erst hierher gelockt.

Kein Wunder, dass sie mich wie Müll fallen ließ, sobald sie die Wahrheit herausfand.

Ich spürte den Hauch eines Grinsens auf meinem Gesicht, den lächerlichen Ausdruck, den ich beim Gemüsebeet aufgesetzt hatte, als ich ihr erzählte, wie ich sie mit dem floranischen Armband getäuscht hatte. Ein dummes Grinsen auf einem dummen Fae. Neela war stolz und mächtig, warum hatte ich jemals erwartet, dass sie lachen würde, wenn ich ihr erklärte, wie wir sie manipuliert hatten?

Meine Gefährten sahen mich alle an und warteten auf eine Antwort auf irgendeine Frage, die sie gestellt haben mussten. »Sicher«, sagte ich, ohne eine Ahnung zu haben, worüber wir sprachen.

Es schien zu funktionieren. Meine Gefährten ignorierten mich wieder und kehrten zu ihrem Gespräch zurück, worum auch immer es ging.

Ich entschuldigte mich und ging, wanderte hinaus zu Sebs Orangenhain. Der zitrusartige Duft dieser frischen, prallen Orangen brachte mich fast um den Verstand, als ich darüber nachdachte, wie ich das Vermächtnis meines besten Freundes ruiniert hatte.

Zuerst versuchte ich, diesen dummen Pakt einzuhalten, den wir aus Angst geschlossen hatten. Dann vermasselte ich es mit seiner Schwester so gründlich, dass ich nicht glaubte, es jemals wieder in Ordnung bringen zu können.

Der Mondweg nach Hause war natürlich verschwommen, aber auch die Stufen in mein Stadthaus und die Treppe hinauf in mein Schlafzimmer.

Neela würde morgen mit Hass in ihrem Herzen aufsteigen, der sich gegen mich richtete.

Der Aufstiegsritus würde diesen Hass in eine permanente Mauer verwandeln, die ich nie wieder auflösen könnte. Ich hatte sie für immer verloren. Mit jedem Atom meines Wesens wollte ich zu ihr gehen und sie mit Erklärungen überhäufen. Aber sie wollte mich nicht. Ich musste das respektieren.

Der Abend war heiß. Ich bemühte mich nicht einmal, einen Weatherwirker zu rufen, um mein Zimmer abzukühlen, ich wälzte mich einfach wie ein verdammtes Stück Kohle in einem Ofen hin und her.

Dunkle Gestalten krochen an den Wänden und der Decke meines Schlafzimmers entlang, Gaias Dämonen, die geschickt wurden, um mich für das Brechen eines heiligen Blutbundes zu bestrafen. Sie schlängelten sich näher, kamen von allen Seiten, verschmolzen zu einem, als wären sie vom Schattenwandlerkönig selbst gesandt, vermischten und vereinigten sich in ihrem Angriff, bis ich nicht mehr atmen konnte.

Es war erstickend heiß, und meine Lungen zogen sich vor Angst zusammen, mein Körper war schweißnass, als Gaias Rache auf mich zustürzte.

Ich wachte schweißgebadet auf, meine Laken klebrig und meine Stirn heiß. Selbst eine lange kalte Dusche linderte den Terror nicht, der sich in meinem Herzen festgesetzt hatte. Ich hatte mich nie wirklich der Realität dessen gestellt, was ich getan hatte, indem ich dieser Blutmagie den Rücken gekehrt hatte. Diesen heiligen Bund zu schließen, war ein dummer Jungenstrick gewesen, aber ich würde es bereuen, bis ich starb. Und darüber hinaus.

Ich musste bei Neelas Aufstieg dabei sein. Ich musste ihr in die Augen sehen, bevor sie sich umbrachte, wohl wissend, dass sie vielleicht nie wieder zum Leben zurückkehren würde. Es setzte sich in meinen Knochen als abergläubische Gewissheit fest, und ich beeilte mich beim Anziehen, warf mir die gleichen Kleider über, die ich gestern Abend getragen hatte, und stolperte aus der Tür, klamm und ängstlich.

Die Liebe meines Lebens würde heute sterben. So Gaia will, würde sie zurückkehren, aber der Hass, der in ihr Herz geätzt war, könnte während des Ritus dauerhaft eingraviert werden, und ich musste sie ein letztes Mal sehen, bevor das geschah.

Ich rannte zu den Ebenen des Vergessens, das Bild von Gaias Dämonen brannte immer noch in meiner Erinnerung.

Neela

Heute war der Tag, an dem ich mich umbringen würde.

Wer auch immer diese Art, zu voller Macht zu gelangen, erfunden hat, sollte einen Tritt in die Eier bekommen – oder in die Schamlippen, je nach Biologie.

Ich hatte die ganze Nacht kaum geschlafen, hatte mich hin und her gewälzt und versucht, Ronan aus meinen Gedanken zu verbannen. Versucht, all die aufkeimenden Freundschaften zu vergessen, die mir entrissen worden waren. Versucht, endlich einzuschlafen.

Jetzt stand ich auf den Ebenen des Vergessens und bereitete mich darauf vor, mich umzubringen. Ich starrte in den dichten, farbig wirbelnden Nebel und gab mir selbst eine Aufmunterung. »Ich war mein ganzes Leben lang allein, ich brauche niemanden. Ich kann das.« Beschissene Aufmunterung.

Liz stand neben mir und war ungewöhnlich ernst. »Deine Himmelfahrt ist eine der wenigen Dinge im Leben, bei denen du allein sein musst. Aber wenn du zurückkommst, werden wir auf dich warten.«

Doug rieb sich an meinem Knöchel, ihr weiches grünes Fell ein Trost. Ich bückte mich und tätschelte sie, kraulte sie unter dem Kinn. »Danke, dass du hier bist.«

Doug und Herb waren Liz und mir gefolgt, als wir heute Morgen den Palast verlassen hatten. Es war ungewöhnlich für sie, den Wald oder den Rosenpalast zu verlassen, also wussten sie, dass etwas im Gange war.

Sogar Herb ließ zu, dass ich ihn streichelte, und ich hoffte, es war kein Abschied für immer.

»Bereit?«, fragte Liz.

Definitiv nicht. Wie konnte ich bereit sein, mich umzubringen? Ich straffte meine Schultern und nickte. »Lass es uns tun.«

Eine vertraute, tiefe, grollende Stimme rief meinen Namen, aber ich sah nicht auf. Das Letzte, was ich wollte, war, meine Gefühle mit Ronan zu komplizieren – ich musste mich auf meine Himmelfahrt konzentrieren. Also ignorierte ich das Ziehen seines Rufs und versuchte, in den Nebel zu spähen.

Der Dunst wirbelte in verschiedenen Farben und verschleierte die Mitte der Ebene. Ich musste hineintreten – er rief nach mir. Ich holte tief Luft.

Scheiß drauf.

Sobald ich einen Fuß in den Nebel setzte, wollte ich weitergehen. Der Rauch lockte mich mit jedem Versprechen aus dem Reich der Gier und des Überflusses.

Meine Stimmung schwoll an, die Luft schmeckte nach Honig und Erdbeeren, und meine Haut kribbelte vor sinnlichem Bewusstsein.

Ich atmete tief die duftende Luft ein und fasste den Mut, den Sprung zu wagen. Ich zog den tödlichen Rittersporn-Setzling aus meiner Tasche. Wie konnte eine so schöne lila Blume den Tod verursachen?

Dieser Moment hatte sich hundertmal in meinem Kopf abgespielt, aber sich den Selbstmord vorzustellen und ihn tatsächlich durchzuführen, waren zwei sehr verschiedene Dinge. Ich starrte auf die Blüte, die hellgrünen Blätter, den weißen Streifen an der Innenseite des Blütenblatts.

»Es ist nur Essen«, sagte ich zu mir selbst. »Öffne einfach deinen Mund und kaue auf der verdammten Blume.«

Ich schob mir das ganze Ding in den Mund, Stängel und alles, und kaute. Es schmeckte bitter, wie zerbrochene Träume, und jeder Instinkt flehte mich an, es auszuspucken, aber ich kaute weiter und zwang mich schließlich zu schlucken.

Der Schmerz traf ein. Ich krümmte mich, als tausend Messer in meinen Magen stachen, und Speichel schäumte um meinen Mund, in dem Versuch, meinen Körper von dem Gift zu befreien.

Zu spät. Ich fiel zu Boden, mein Körper von Qualen geschüttelt, unkontrolliert zitternd. Meine Beine zuckten, und meine Arme krümmten sich an meine Brust. Ich versuchte mich zu bewegen, konnte aber nur zucken. Lähmung verhärtete jeden meiner Muskeln, während die Qual sich verstärkte. Der Tod wäre eine Erleichterung.

Ich machte mir in die Hose, Urin sickerte um mich herum, Rotz strömte aus meiner Nase, und Schmerz, solcher Schmerz, überall und für immer.

Ich versuchte, meine innere Magie zu spüren, aber meine Konzentration hielt nicht stand. Ich war zu sehr von der Qual verzehrt, dem Gift, das durch jede Zelle meines Körpers sickerte.

Der wirbelnde Rauch wurde tintenschwarz, und die Welt wurde dunkel.

Der Schmerz hörte auf, und ich wusste, dass ich tot war. Dies war der Teil, in dem ich ins Leben zurückkehren sollte, aber mein Körper blieb reglos, die Dunkelheit allumfassend, und Panik bahnte sich ihren Weg durch meine Glieder, schlängelte sich zu meinem Zentrum und ließ mein Herz hämmern.

Ich musste aufstehen. Musste diesen Tod besiegen. Eine Handvoll Fae überlebten ihre Himmelfahrt nicht, und ich wollte nicht zu ihnen gehören.

Die Angst war überwältigend, und plötzlich war ich auf den Beinen und rannte durch die Dunkelheit, hörte Schritte in der Verfolgung. Warum waren die Schattenwandler in meiner Todeslandschaft?

Würde Ronan um mich trauern? Wie echt war das alles gewesen? Er hatte mich für einen Narren gehalten, und er hatte Recht gehabt. Er beeinflusste Stimmungen, also konnte ich nichts zwischen uns vertrauen – weder seinen Gefühlen noch meinen eigenen.

Ich hörte auf zu rennen, und der verfolgende Schattenwandler hielt ebenfalls an. Das war Angst. Das war Haus Mentium. Das war nicht real, ich musste nur meine Emotionen beherrschen. Um aufzusteigen, musste ich einen Test von jedem Haus bestehen.

Ich zog jeden Entspannungstrick hervor, den ich je auf der Straße benutzt hatte, und sagte mir, dass morgen alles besser sein würde. Ich dachte an Liz und Herb und Doug, meine wahren Freunde. Selbst wenn diese Scheiße schief gehen sollte, konnte mir niemand die Tatsache nehmen, dass ich solch reine Freundschaften geschlossen hatte.

Meine Atmung verlangsamte sich.

Ein Arm schlang sich um meine Taille, und ich bemerkte, dass ich nackt war. Ein anderer Arm umfasste meinen Hintern, dann leckte eine Zunge meine Brust und umkreiste meine Brustwarze.

Überall waren Körper, weiche, feste Haut zur Schau gestellt, Brüste und Schwänze und Beine und Zungen. Das war einfach. Vertrau dem Haus Caro, so durchschaubar zu sein. Ich ignorierte das Prickeln auf meiner Haut und schlenderte davon.

Als ich um eine Biegung kam, sah ich den prächtigsten Sonnenuntergang, den ich je erblickt hatte, orange und rosa mit goldenen Streifen am breiten Horizont. Die Schönheit war fesselnd, die Prüfung von Haus Allura. Ich wollte auf die Knie sinken und ewig in den Himmel starren, doch ich wusste, ich musste weitergehen.

Haus Dionysus hatte keine Hoffnung, mich zu fangen, denn mein Schwur, niemals Magirus-Nahrung zu kosten, trug mich sogar durch den Tod. Ich raste durch die Banketthalle, die sich um mich herum materialisierte, und war schnell auf der anderen Seite.

Meine Mutter stand da, wie ich sie in der Vision in der Bibliothek der Flüsternden gesehen hatte, in einem grünen Samtkleid mit einem Kranz aus Wildblumen um ihr glänzendes dunkles Haar, aber sie befand sich auf einer Wiese voller Gras und Blumen. Mein Vater stand neben ihr in denselben Jagdlederklamotten, die ich ihn zuvor tragen sah, und Sebarah war auch da, nicht als Kleinkind aus meiner Vision, sondern als erwachsener Fae mit dem gleichen dunklen Haar wie unsere Mutter und einem breiten Lächeln im Gesicht.

Alle drei strahlten. Meine Mutter sah strahlend und fröhlich aus, und mein Vater wirkte entspannt und selbstsicher. Ich war froh, diesen Moment mit ihnen zu haben. Es war eine Vision, die die schmerzerfüllte vom Tag meiner Weggabe ersetzte. Meine Familie zog mich in eine Vier-Wege-Umarmung, und ein Gefühl von Zugehörigkeit und Frieden legte sich über mich, von dem ich wusste, dass es für immer bei mir bleiben würde.

»Geh«, sagte Mama. »Geh und sei alles, was du sein kannst. Wir sehen uns auf den Wiesen, wenn du bereit bist.«

»Ich bin so stolz auf dich, Schätzchen«, murmelte Papa in mein Ohr.

Seb drückte meinen Oberarm. »Zeig's ihnen, Schwesterherz.«

Dutzende Blumen neigten ihre Köpfe vor mir und ließen mich ohne Herausforderung passieren, und ich ging weiter, während Kraft durch mich pulsierte.

Ich öffnete die Augen, hustend, und fand mich zurück auf den Ebenen des Vergessens. Der bunte Nebel hatte sich aufgelöst, und ein Ring von Fae umgab mich. Sie applaudierten, als ich aufstand. Wie viel davon hatten sie gesehen?

Macht strömte durch mich, und ich spürte jeden Grashalm auf dem Feld um mich herum. Jeden einzelnen.

Liz stürzte auf mich zu. »Wie war es? Schnell, erzähl mir alles, bevor du es vergisst.«

Ich würde diese Erfahrung nie vergessen. »Zuerst hatte ich Angst, dann... «

Die Erinnerungen vermischten sich, ein Gefühl von Schmerz, Angst und Schönheit, dann nur noch Macht, Ozeane von Macht. Dazu ein unerschütterliches Gefühl von Frieden und Selbstvertrauen und das Gefühl, dass meine Familie stolz auf mich war, wo auch immer sie sich befanden.

»Ich kann mich nicht erinnern«, gestand ich.

Sie stampfte mit dem Fuß auf. »Verdammt. Ich dachte, wenn ich schnell genug dran wäre, könntest du es mir erzählen.« Sie strahlte mich an. »Jedenfalls bist du aufgestiegen, du Biest.« Sie zog mich in eine feste Umarmung, die ich nicht erwiderte, weil ich von den Millionen Grashalmen um uns herum überwältigt war.

Ronan war da, mit einem selbstgefälligen Grinsen im Gesicht, das ich nicht erwiderte. Seine Kumpel waren auch da, meine Puppenspieler, Gabrelle, Leif und Dion.

Ich war jetzt mächtiger als sie alle, und sie würden es bereuen, mich je gequält zu haben.

Jetzt war der perfekte Zeitpunkt, meinen Schwur zu erfüllen und mich zu rächen. Die Wut, die ich mit in den Aufstiegsritus genommen hatte, war zu Granit geworden, hart und unzerbrechlich. Das magische Ritual hatte meine Wut dauerhaft gemacht.

Ich verfolgte die Erben, als wir die Ebenen verließen, wissend, dass wir an einem Wald vorbeikommen mussten. Ronan blieb hinter den anderen zurück, und ich blieb hinter ihm, seinen schwarzen Kopf im Blick behaltend.

Sobald wir in Reichweite des Waldes waren, sandte ich meine Fühler des Bewusstseins zwischen die Bäume und fand eine lange, kräftige Liane, die sich um einen Baum wand, und unterwarf sie meinem Willen.

Die dicke Rebe reagierte sofort, schlängelte sich aus dem Wald und um Ronans Knöchel, riss ihn zur Seite, bevor er einen Muskel bewegen konnte.

Mit meinem neuen Fae-Gehör war das knackende Geräusch des Knochens laut und sehr befriedigend.

Wut zeichnete sich auf Ronans Gesicht ab, und er starrte mich ohne eine Spur von Liebe an, nur mit purem Gift. Die Rebe peitschte ihn kopfüber, ließ ihn an seinem gebrochenen Fuß baumeln.

Ich unterdrückte meine Gefühle, ignorierte ihn und konzentrierte mich auf Dion, der einige Schritte voraus war und bereits um die nächste Biegung gegangen war. Ich trabte, um aufzuholen, mein Bewusstsein für den lebendigen, atmenden Wald um uns herum behaltend. Ich fing die Füße des Magirus in Baumwurzeln ein, sodass er sich nicht bewegen konnte, dann stopfte ich eine Rebe in seinen Hals, sodass sie sich langsam in seinem Magen aufrollte, und wies die Liane an, den Koch weiter zu füttern. Für immer.

»Erstick daran«, knurrte ich.

Jemand würde ihm wahrscheinlich helfen, ihn davon abhalten, tatsächlich zu sterben, aber wenn nicht, war das sein Problem. Er war bereit gewesen, mich Steine essen zu lassen, bis ich starb, und es fühlte sich großartig an, ihm das heimzuzahlen.

Gabrelle war als nächstes dran. Sie schlenderte hochmütig dahin, ihre Hüften in diesen perfekten rehbraunen Lederhosen schwingend, und hielt sich für so überlegen. Glücklich darüber, jeden in der Welt wie ihre Spielzeuge zu behandeln, mich eingeschlossen.

Ich konnte ihren Körper nicht so kontrollieren, wie sie meinen gehandhabt hatte, indem sie direkt darauf zugriff, aber ich konnte Wurzeln und Äste als meine Puppenfedern benutzen. Ich packte ihren Kopf und schmetterte ihre Lippen gegen Leifs, mich an dem Durcheinander aus pinkem Haar und ihrem schockierten Keuchen ergötzend.

Ich hielt sie dort, von den Bäumen und Ranken bewegungsunfähig gemacht, verletzlich für jeden Fae, der sie küssen wollte. Bei ihrer Schönheit würden sie wahrscheinlich Schlange stehen. Sie verdiente das und Schlimmeres.

Leif löste sich von Gabrelles Kuss und zwinkerte mir zu. Typisch für ihn, meine Folter zu genießen. Er war der am wenigsten Schlimme von allen, also ließ ich ihn mit einem langen Lecken einer schleimigen Ranke davonkommen, die eine Spur von Schmutz auf seiner nackten Brust hinterließ. Er wischte sie mit einem angewiderten Gesichtsausdruck weg.

Liz trottete mit einem breiten Grinsen hinter mir her und verschlang mein Tablett der Rache so gierig wie Dion diese Rebe. »Du bist verdammt genial. Habe ich erwähnt, wie genial du bist? Absolut. Verdammt. Genial.«

Ich fühlte es. Macht pulsierte durch meinen Körper, als ich voranschritt, meine Freunde an meiner Seite und meine Feinde auf dem Weg hinter mir verstreut. Wenn das bedeutete, ein aufgestiegener Fae zu sein, war ich dabei.

Und keine Macht im Himmel oder auf Erden könnte mich dazu bringen, zu gehen.

Ronan

Die Ranke war so fest um meinen Knöchel gewickelt, dass mein Fuß blau anlief. Gut so. Hoffentlich würde er abfallen und den Schmerz meines gebrochenen Knochens beenden.

Ich hing kopfüber an meinem gebrochenen Fuß, etwa einen Meter über dem blätterbedeckten Boden.

Ich beugte mich nach oben, um meine Knöchel zu erreichen, und riss die Ranke durch, die mich festhielt. Dann stürzte ich zu Boden und schlug mir mit einem lauten Knall das Steißbein an.

Ich löste die Ranke von meinem Knöchel, was vielleicht ein Fehler war – Blut schoss in meine verletzte Gliedmaße und brachte eine Flutwelle des Schmerzes mit sich. Die Qual war überwältigend, und ich wäre fast ohnmächtig geworden, aber ich legte meine Handflächen flach auf den kühlen, blättrigen Boden und atmete durch.

Neela war aus ihrem Aufstiegsritus mit mehr Kraft hervorgegangen als irgendjemand seit Jahren. Und sie machte keine halben Sachen.

Sobald ich einen Fuß neben den Wald gesetzt hatte, beschwor sie mit einem bloßen Gedanken eine Pflanze, um mich zu fesseln und anzugreifen. Sebarah hatte wochenlang üben müssen, um seine Kraft so zu kontrollieren.

Sie war eine beeindruckende Macht.

Ich öffnete meine Augen und blickte auf meinen Fuß hinunter, der schnell anschwoll. Ein paar Fae huschten vorbei, ohne Hilfe anzubieten – niemand wollte zwischen zwei streitende Erben geraten.

Die schlanke Gestalt der nächsten Anwärterin auf das Reich von Fen erschien um die Ecke, so groß, dünn und gerade, dass sie genauso aussah wie ihr Name.

»Arrow«, rief ich, und sie kam mit einem ernsten Gesichtsausdruck näher. »Könnten Sie bitte jemanden schicken, um mir einen Healer zu holen?«

Trotz meiner Schmerzen formulierte ich die Frage sorgfältig. Ich konnte weder einen Dienst von einem Erben eines anderen Reiches verlangen, noch durfte ich gesehen werden, wie ich um Hilfe bettelte.

Sie beurteilte die Situation und nahm meinen sich violett verfärbenden Fuß in Augenschein. »Ich sehe, Sie wurden bezwungen.«

Meine Nackenhaare stellten sich auf, und eine Erwiderung formte sich auf meiner Zunge, aber es wäre lahm und erbärmlich gewesen, einen Versuch der Leugnung zu unternehmen. »Werden Sie mir einen Healer besorgen oder nicht?«, fauchte ich.

»Das werde ich.«

Sie kehrte ein paar lange, schmerzhafte Minuten später mit Jaykey-Boy aus Caprice zurück. Sobald er mich im Dreck liegend und mit Blättern bedeckt sah, warf er mir ein schelmisches Grinsen zu. »Ärger im Paradies, Emotionale?«

Nur Gabrelle nannte mich so, und ich mochte die Erinnerung an meinen Streit mit Neela nicht. »Wirst du mir helfen oder nicht?«, bellte ich.

Jayke war bereits aufgestiegen und war ein anständiger Healer, oder zumindest behauptete er das. Ich vermutete, dies würde ihn auf die Probe stellen.

»Beruhige dich, Emotionale.«

Ich unterdrückte ein Knurren. Jayke hatte Gabrelle zu oft angestarrt; jetzt ahmte er ihre Sprechweise nach. Der Caprische Prinz kniete sich neben mich und legte seine kühlen Hände auf meinen geschwollenen Fuß. Ich zuckte bei der Berührung zusammen, aber bald floss seine Heilmagie wie ein Brunnen warmen Wassers in mich hinein, strömte in jede schreiende Nervenendung, reparierte die gebrochenen Blutgefäße, fügte meinen Knochen zusammen und heilte mein Fleisch.

»Danke. Du bist gut darin.«

Jayke lehnte sich auf seinen Fersen zurück. »Natürlich bin ich das.« Er zwinkerte. »Und gern geschehen.«

Ich testete meinen Fuß, rollte meinen Knöchel und bewegte meine Zehen. Wie neu. Mein ganzer Körper fühlte sich verjüngt an. Jayke stand auf, streckte seine Hand aus und zog mich auf die Füße.

»Es gibt einen Platz für dich in meinem Stab, falls du jemals einen Job brauchst«, scherzte ich.

Jayke knurrte leise und genoss den Scherz nicht.

Wir gingen um den Wald herum und wateten durch das feuchte Unterholz. Wir kamen an einigen zerfetzten Bäumen vorbei, was ein weiterer Beweis für Neelas Kräfte sein könnte.

»Sie hat es wirklich auf dich abgesehen, was?«, sagte Jayke. »Oder ist das für euch Vorspiel?«

Jayke musste die Details unseres Sexlebens nicht kennen, also brummte ich nur ein Kichern ohne zu antworten.

Um eine Biegung kniete eine lockige Fae mit leuchtend grünen Haaren auf dem Waldboden. Für einen Moment dachte ich, die Fae würde beten, dann erkannte ich, dass es Dion war, dessen einzige Gebete Fünf-Sterne-Mahlzeiten galten.

»Er erstickt.« Jayke rannte los.

Verdammt. Eine große grüne Ranke stopfte sich in Dions Rachen und wand sich immer weiter in ihn hinein. Seine Augen wirkten panisch, und sein Bauch war aufgebläht. Jayke und ich sprinteten los, um ihm zu helfen. Wir zerrten an der Ranke und kämpften darum, sie aus Dions Mund zu ziehen.

Als wir sie endlich herausbekommen hatten, fiel Dion nach vorne auf seine Hände und erbrach sich.

»Neela?«, fragte ich.

Dion konnte nicht sprechen, also nickte er nur, immer noch würgend, aber ohne etwas hochzubringen – sein Magen hatte nichts mehr zu geben.

Jayke pulsierte Heilmagie in Dion und reparierte dabei jeglichen Schaden, den die Ranke in seinem Magen und seinen Organen angerichtet hatte, und heilte seinen verletzten Rachen und Mund.

»Sie verabscheut euch wirklich. Ich dachte immer, die verdanischen Fünf würden perfekt miteinander auskommen. Ihr seid doch berühmt dafür, wie gut ihr zusammenarbeitet. Oder ist das alles nur Show?«

»Wir kamen perfekt miteinander aus, bis diese Schlampe auftauchte«, spuckte Dion aus.

Meine Schultern spannten sich an. »Nenn Neela nicht so.«

»Ich nenne sie, wie ich will.« Dion ging vor uns her und ignorierte meinen Befehl.

Ich sprang neben ihn und stellte ihm ein Bein, sodass er stolperte und mit dem Gesicht voran in das feuchte Unterholz fiel. »Nenn sie nicht so«, wiederholte ich.

Dion drehte sich um und schrie vom Boden zu mir hoch. »Sie hat mich fast umgebracht, Ro, und sie wird dich eines Tages umbringen. Erwartest du von mir, dass ich mich einfach hinlege und es über mich ergehen lasse?«

Ich trat nach vorne, meine Füße zu beiden Seiten seiner Hüften, sodass er nicht aufstehen konnte. »Als ranghöchster Erbe erwarte ich, dass du tust, was ich dir sage.«

Jayke kicherte, als würde er die Show genießen. »Ich würde sagen, die Menschenfrau wird einen höheren Rang haben als ihr beide.«

Er hatte recht. Alles deutete darauf hin, dass Neela die Mächtigste der fünf war. Sie war unaufhaltsam.

Aber dass ein Außenseiter aus Caprice Zeuge unserer Meinungsverschiedenheit wurde, erinnerte mich daran, dass wir fünf eigentlich eine geschlossene Front präsentieren sollten. Verdammt, wir sollten eigentlich *vereint* sein.

Ich sah auf Dion hinunter und seufzte. Schließlich bot ich ihm meine Hand an, zog ihn dann auf die Füße, und wir starrten uns einen Moment lang an. »Alles klar zwischen uns?«

»Alles klar.«

Wir klopften uns gegenseitig in einer schnellen Umarmung auf den Rücken und machten uns dann auf den Heimweg.

Jaykes Worte blieben bei mir, selbst nachdem ich mich von ihm verabschiedet hatte und lange nachdem ich mich zu Hause in meinen Ledersessel gesetzt hatte. Neela würde die Stärkste von uns sein. Sie war unausweichlich, wie der Wechsel der Jahreszeiten. Es hatte keinen Sinn zu versuchen, sie davon abzuhalten, den Thron von Flora zu besteigen, selbst wenn ich es wollte – was ich nicht tat.

Sie gehörte mehr dorthin als jeder von uns. Ihre innere Stärke war durch Feuer geschmiedet worden, durch ihre miese Kindheit, und sie würde immer stärker sein als wir anderen.

Ich nippte an einem Whiskey und starrte in die Flammen eines prasselnden Feuers. Ich hatte meine Bediensteten ein kühlendes Feuer entzünden lassen, da der Tag so warm war, sodass die flackernden Flammen eine kühle Brise zu mir wehten, und ich ließ mich in meinem schwarzen Ledersessel zurücksinken.

Der Prinz von Caprice hatte uns auch wegen unserer internen Streitereien zur Rede gestellt; auch damit hatte er recht. Wir waren Erben, und die Erben von Verda arbeiteten zusammen.

Das Wort Erbe hallte wie ein Gongschlag durch mich, und ich setzte mich kerzengerade in meinem Ledersessel auf.

Blut pochte in meinen Ohren.

Ich rief den Secret Keeper meiner Familie herbei.

Neela

Liz öffnete eine Flasche Fae Fizz, um meine Erhebung zu feiern, aber am Ende trank sie beide Gläser, die sie eingeschenkt hatte. Nach einem Schluck schob ich mein Glas beiseite. Ich wollte meine neue Verbindung zur Natur nicht dämpfen.

Sie vibrierte durch die Welt um mich herum, wie Millionen von Baumwollfäden, die mich mit den Blättern und dem Gras verbanden, und ich liebte das Gefühl der Saiten, die über meine Haut summten.

Ich bestand sogar darauf, dass wir draußen saßen, statt an der Küchentheke. Ich machte mir eine Tasse Tee und gesellte mich zu Liz an einen schicken weißen Eisentisch unter einer stattlichen blühenden Pflaume.

Von hier aus konnten wir das Lavendellabyrinth und den überwucherten Wald dahinter sehen. Ich konnte die Lavendelblüten von hier aus riechen, schmecken und berühren, jede einzelne eine individuelle Empfindung des Bewusstseins. Ich streckte mich aus und spürte eine Lavendelpflanze im Herzen des Labyrinths, die über den Eingang des Mondwegs wuchs. Ich hatte nicht die Absicht, zum Seehaus zurückzukehren.

»Du hast es echt drauf gehabt.« Liz stieß ihre beiden Gläser zusammen und nippte dann an einem.

Ich grinste und lehnte mich gegen die Holzbank zurück. »Das hab ich wirklich.«

»Und du hast es den königlichen Arschlöchern heimgezahlt.«

Ich hatte es ihnen heimgezahlt und noch mehr, aber ich würde es nicht als quitt bezeichnen. Wir würden nie quitt sein – nicht bevor ich die ranghöchste Königin war und Ronan durch Blutmagie gestorben war.

Mein Herz zog sich bei dem Gedanken an seinen Tod zusammen, und der blühende Baum über uns welkte.

Liz verengte ihre Augen und nahm die herabhängenden Blütenblätter und welkenden Pflaumen wahr. »Was ist los?«, fragte sie misstrauisch.

»Ich will nicht, dass Ronan stirbt«, gab ich zu. »Aber er verdient es.«

Liz stieß ihre zwei Gläser zusammen und nahm noch einen Schluck. »Warum verdient er es? Ich weiß, er war ein Arsch, aber ich dachte, ihr hättet das geklärt.«

»Es stellt sich heraus, dass er und Gabrelle das floranische Armband geschickt und mich dazu gelockt haben, damit ich gezwungen wäre, mich ihnen zu stellen.«

Liz stieß ihre zwei Gläser erneut zusammen und schwappte dabei etwas von der rosa schaumigen Flüssigkeit auf den schmiedeeisernen Tisch. »Klingt, als solltest du ihnen danken.«

»Dafür, dass sie mich aus meinem alten Leben gerissen und kopfüber in Gefahr gestürzt haben, um dann zu versuchen, mich zu töten?«

Liz' Augenbrauen zogen sich zusammen, während sie darüber nachdachte und zu einem Schluss kam. »Ja«, nickte sie nachdrücklich. »Definitiv ja. Wenn sie dich nicht hierher gebracht hätten, würdest du immer noch in der Sterblichenwelt herumkurven, ohne zu duschen. Hierher zu kommen klingt für mich nach einem Upgrade.«

Ich pustete auf meinen heißen Tee. Nahm einen Schluck und er schmeckte zahm, also griff ich stattdessen nach einem von Liz' Gläsern mit Blubberwasser und trank das.

»Braves Mädchen«, sagte sie und nickte ernst zu meiner Getränkewahl.

»Es wird noch schlimmer«, gestand ich. »Es stellt sich heraus, dass er die ganze Zeit meine Stimmung beeinflusst hat. Als ich also dachte, ich würde mich in ihn verlieben, waren das nicht meine eigenen wahren Gefühle.«

Ich wartete darauf, dass Liz' Gesicht die angemessene Empörung zeigte, aber sie zuckte nur mit den Schultern. »Na ja, logo. Er ist vom Haus Mentium. Und«, sie beugte sich vor und flüsterte hinter vorgehaltener Hand, als würde sie ein Geheimnis teilen, »anscheinend ist er miserabel darin, seine innere Kraft zu kontrollieren.«

Wie konnte sie das so leicht nehmen? Die Manipulation meines gesamten Lebens und all meiner Gefühle war für sie wie nichts.

Ich wechselte wieder zu Tee, jede festliche Stimmung war verflogen. Wir saßen im Garten, als die Dämmerung hereinbrach, die sich wie eine Decke über uns legte, aber meine Verbindung zur Natur nicht trübte. Tatsächlich wuchs mein Bewusstsein für die Pflanzen um uns herum, als ich mich in der zunehmenden Dunkelheit weniger auf meine Augen verließ.

Ein ungewöhnliches Flattergeräusch ertönte von der Ecke her, so leise, dass ich überrascht war, es überhaupt wahrnehmen zu können. Es kam näher, bog um die Hausecke, flog direkt auf mich zu und landete in meiner ausgestreckten Hand. Ein Spellbird.

Eine gekrakelte Nachricht von Ronan auf dem zerknitterten Papier ließ mein Herz zusammenzucken.

Leifs Höhle wird angegriffen. Schattenwandler. Komm schnell.

Ich sprang auf die Füße und warf dabei die Bank um, auf der ich gesessen hatte.

»Was ist los?«

Ich erklärte es hastig und überlegte dann, wie ich zu Leifs Haus kommen sollte, aber ich war noch nie dort gewesen. »Wo wohnt er?«

»Komm her.« Liz hielt meine Hände und schloss ihre Augen, während ich ungeduldig zappelte. Selbst die Grashalme unter meinen Füßen wanden sich unruhig.

Von Liz' Fingerspitzen strömend und direkt in mein Gehirn, formte sich eine mentale Karte der Stadt in meinem Kopf, einschließlich der Route zu Leifs Höhle. Das musste ein weiterer Vorteil des fae Seins sein.

Meine Augen weiteten sich, als sich die Karte in mein Gedächtnis einbrannte. »Wow.«

»Nützlich, was?!«

Ich plante die schnellste Route zu seinem Haus und sprintete dann um den Rosenpalast zu einem Mondweg nahe der vorderen Hecke, der mich in die Nähe bringen würde. Leif war mein Freund, und ich musste ihn retten. Es gab keine Frage nach Rache oder Vergeltung, ich wollte einfach nur an seine Seite gelangen und alles in meiner Macht Stehende tun, um zu helfen.

Wäre es einer der anderen Erben gewesen, hätte ich vielleicht zweimal nachgedacht. Aber nicht bei Leif.

Panik verlieh meinen Füßen Geschwindigkeit, und die Welt verschwamm neben mir, als ich den Mondweg entlang raste und dann meinen Sinnen zur Höhle seines Rudels folgte.

Außerhalb des Rudelbaus herrschte Chaos. Wölfe rannten um eine Villa aus schwarzem Marmor, knurrten und schnappten nach Schatten, während sich die Haare auf ihren Rücken sträubten. Zähne gefletscht, gelbe Augen weit aufgerissen und wütend. Die Luft war erfüllt von ihrem Moschusduft und ihrer Angst.

Gestaltwandler in fae Form schwangen ihre Klingen, hieben und schlugen auf die Schatten ein, ohne Wirkung. Andere schleuderten Zauber über die Lichtung, die gegen den glatten schwarzen Marmorpalast krachten.

Ein Chor aus Geheul, Schreien und Zaubersprüchen erfüllte die Luft, und der Boden bebte unter dem Gewicht der anstürmenden Wölfe.

Mein Adrenalinspiegel stieg, als ein riesiger brauner Wolf nach einem Streifen purer Dunkelheit schnappte, aber seine Fänge konnten der Schattenkreatur nichts anhaben. Nachdem er wieder und wieder zugebissen hatte, erstarrte der Wolf und starrte ins Leere, während die Dunkelheit ihn überwältigte und sein Fell vollständig bedeckte. Der Gestaltwandler stand einfach still da und ließ es geschehen.

Verdammt. Fangzähne waren nutzlos gegen Schattenwandler, und dem Anschein nach waren es Klingen auch.

Bäume umgaben das Anwesen, also streckte ich meine Sinne aus und spürte einen kräftigen jungen Baum, dem ich befahl zu wachsen und den Schattenwandler zu attackieren, der das Fell des jungen Gestaltwandlers bedeckte. Vielleicht wäre er angreifbar, während er seine Beute verschlang.

Die Nachtkreatur zuckte nicht einmal, als ich immer wieder mit dem Ast auf sie einschlug und versuchte, sie wegzukratzen, zu besiegen, abzulenken, irgendetwas zu tun, um den Horror zu stoppen, wie sie den gelähmten Fae verschlang.

Mein Angriff zeigte keine Wirkung. Schnitte erschienen am Körper des Wolfes, während der Schattenwandler sich nährte. Schließlich löste sich der Schattenwandler von dem Wolf und ließ einen leblosen Haufen blutigen Fells am Boden zurück.

Zauber flogen durch die Luft, explodierten am Boden und schleuderten Gras und Erde in einer Fontäne aus Ruß und Feuer empor, zerfurchten die Seite der schwarzen Steinvilla. Inmitten des Chaos und der Schreie konnte ich nicht erkennen, ob die Zauber die Schattenwandler beeinflussten. Ich konnte in der Dunkelheit und den umherfliegenden Trümmern kaum etwas sehen, und alles, was ich riechen konnte, war Angst und Blut.

Inmitten des Aufruhrs zog sich mein Herz zusammen, als ich Ronan sah, sein Knöchel vollständig geheilt. Er stand im Rampenlicht vor dem Haus, seine Stimme dröhnte überall und hallte von dem Marmorgebäude wider. »Bringt hier verdammt nochmal Licht her. Ich will keinen Funken Dunkelheit irgendwo um diesen Bau sehen.«

Fae eilten, um seinen Forderungen nachzukommen, einige erschufen auf der Stelle Lichtkugeln, andere liefen los, um mehr Hilfe zu holen.

Bald war das Gebiet hell erleuchtet, und hoffentlich war die Gefahr vorüber. Die Steinvilla war schwarz und bedrohlich, aber sie war in ein warmes Licht getaucht, das keine weiteren Schattenwandler ein- oder auslassen würde.

Das Getöse der Schlacht verstummte und alles, was blieb, war eine neblige Stille. Fae standen schweigend da, ihre Brust hob und senkte sich, während sie versuchten zu begreifen, was gerade geschehen war, und beobachteten die Staubkörner im hellen Licht der Kugeln. Alle begutachteten die Zerstörung und den Verlust an Leben, zählten die Gefallenen, die nie wieder aufstehen würden.

Ein Teil des Herrenhauses knarrte und stürzte ein, nachdem er von zu vielen Zaubern getroffen worden war.

Ronan stand im Weg der einstürzenden Mauer, unter dem herabstürzenden Stein. Er hatte keine Zeit, auszuweichen.

Ich handelte instinktiv. Niemand und nichts hatte das Recht, Ronan von mir wegzunehmen – er gehörte mir, um mit ihm zu tun, was ich wollte, und ich gehörte ihm.

Adrenalin schoss durch mich, aber als mein Blick auf die fallende Mauer fiel, verlangsamte sich mein Atem zu einer tödlichen Ruhe. Ich peitschte den Schössling, der noch immer unter meiner Kontrolle stand, in Ronans Richtung, während der massive Steinblock herabstürzte. Er hatte kaum Zeit aufzublicken, bevor der fallende Felsen sein Haar streifte, aber mein Ausläufer war schneller, wickelte sich um seine Taille und riss ihn in Sicherheit.

Seine Augen fanden augenblicklich die meinen, und ich begann wieder zu atmen, sog Lungen voll Sauerstoff ein, während ich in diese rabenschwarzen Augen starrte.

Die Fäden aus der Natur, von dem Schössling, der noch immer unter meinem Befehl stand, vom Wald, verlangten meine Aufmerksamkeit. Aber die Verbindung, die ich zu Ronan spürte, war stärker.

Er war sofort bei mir, überbrückte den Raum zwischen uns, während ich in seinem Blick gefangen war.

Seine Stimme stockte. »Du bist furchteinflößend.«

Ich drückte meinen Finger auf seine Lippen, wie ich es immer tat, wenn ich ein Geheimnis mit ihm teilte. »Du hast mir einen Gefallen getan, indem du mich hierher gebracht hast.« Das war eine Abwandlung von Liz' Worten, aber es stimmte. »Ich würde lieber hier sein und mich mit dir messen, als vor Joey dem Bullen davonzulaufen.«

Er zog mich weiter ins Licht, zog mich fest an seine Brust und spreizte seine Finger auf meinem unteren Rücken. »Wirklich?«

»Definitiv.«

Er hielt mich fest, und wir atmeten einander ein. Er roch nach Erdbeeren, Staub und Blut.

»Habe ich erwähnt, dass du ein in der Gosse geborener Straßenkater bist, der keine Ahnung von unserem Reich hat?«, grinste er.

Ich schmolz an seiner Brust dahin und drückte meine Wange gegen seine harten Ebenen. »Und du bist ein verwöhntes Gör, das eine gute Sache nicht erkennen würde, wenn sie ihm ins Gesicht spränge.«

Er flüsterte in mein Haar. »Ich erkenne dich, Streunerin. Und du bist das Beste.«

Ich war nicht mehr verletzlich. Ich war stark, mächtig und von Freunden beschützt. Nicht länger allein. Musste mich nicht mehr durch jede Stunde kämpfen, nur um einen Tag zu überleben. Also klang es nicht mehr so beängstigend, getäuscht zu werden, und ich wusste, dass ich mit allem, was auf mich zukommen würde, fertig werden konnte.

Nach diesem kurzen Moment der Intimität drehte ich mich um und knabberte an seiner Brustwarze, dann stieß ich mich von ihm weg, mein Entschluss stand fest. »Wir müssen Leif finden. Er braucht unsere Hilfe. Hast du ihn gesehen?«

Ronan legte seine Hände auf meine Schultern und blickte auf mich herab. Er beugte sich hinunter und presste seine Lippen hart, besitzergreifend und fordernd auf meine.

Dann zog er sich zurück. »Ich glaube, er ist drinnen. Lass uns ihn holen gehen.«

Wir wandten uns dem verdunkelten Haus zu und begannen zu gehen, ohne zu wissen, welches Gemetzel uns drinnen erwarten würde.

Ronan

Ich bemühte mich gar nicht erst, Neela zu sagen, sie solle nicht mit mir in Leifs Höhle kommen, denn sie würde sowieso ihre eigene Entscheidung treffen, egal was ich sagte.

Sie kam mit. Jemand warf uns jeweils eine Blitzkugel zu, damit wir nie im Dunkeln sein würden. Ich war dankbar dafür, denn ich war zu müde, um lange meine eigene Lichtkugel heraufzubeschwören.

Der erste Raum der Eingangshalle glich einem Schlachtfeld. Mehrere Fae lagen leblos auf dem schwarzen Steinboden verstreut. Es roch nach Eisenblut, anhaltender Angst und Urin. Unter den Toten befanden sich auch einige Gestaltwandler in Wolfsform. Ein rein-weißer Wolf lag regungslos da, während ein kleiner grauer Wolf an ihr leckte und kläglich winselte. Sie musste ihre Seelenverwandte gewesen sein.

Ein Kloß bildete sich in meinem Hals. Wie viele Seelenverwandte waren durch das heutige Blutbad getrennt worden? Wie viele Wölfe würden für den Rest ihres langen Lebens um diese Nacht trauern?

Ich ging um den silbernen Wolf herum, hatte keine Worte zu sagen, nichts, was ihren Verlust hätte lindern können. Ich war nur froh, dass es nicht Leif war. Er war nicht hier unter den blutigen Leichen und zerschmetterten Möbeln.

Ich rannte in einen Gang und rief seinen Namen. Sein Zuhause war zu gleichen Teilen Höhle und Haus, sodass dieser Gang ein Tunnel war, der durch schwarzen Marmor gehauen wurde.

Neela war mir dicht auf den Fersen, an meiner Seite, und trug ihre Blitzkugel wie ein Talisman gegen das Böse.

Wir schauten in jeden Raum, an dem wir vorbeikamen. Einige waren Schlachthäuser, Höhlen des Todes, wo die Gestaltwandler kein Licht hatten beschwören können, bevor sie von den Schattenwandlern bewegungsunfähig gemacht wurden. Grauenhaft.

Ich musste meine Übelkeit unterdrücken, um weiterzumachen. Ich musste Leif finden.

Andere Räume waren unversehrt. Die Fae darin hatten einfach Licht erzeugt, und die Schattenwandler waren verschwunden.

»Tötet Licht sie?«, fragte Neela.

Ich schüttelte den Kopf. »Das wäre zu einfach. Licht schickt sie nur zum nächsten Schatten. Wir wissen nicht, wie man sie tötet.«

Zum ersten Mal traf mich die gewaltige Bedeutung dieser Aussage. Schattenwandler waren eine böse Bedrohung, die exponentiell wuchs, und wir hatten keine Ahnung, wie man sie töten konnte.

Alles, was wir tun konnten, war, das Licht anzulassen.

Wir rannten weiter durch die Tunnel, rissen jede Tür auf und musterten die Gesichter, geschockt und zitternd und wimmernd und heulend. Der ganze Palast stank nach Angst und Tod. Wie konnte sich das Haus Caro jemals davon erholen?

Schließlich fand Leif uns. Sein silbernes Haar war zerzaust, und er war völlig nackt, offensichtlich hatte er sich während des Kampfes verwandelt. Blut verschmierte sein Gesicht und seine Brust, aber zumindest war er am Leben. Er war am Leben.

Neela stürzte zu ihm und schlang ihre zierlichen Arme um seine breite Brust, schluchzend an ihn gepresst. Sie hatte sich um ihn gesorgt, vielleicht fast so sehr wie ich.

Ich schloss mich der Umarmung an, mein rechter Arm um die breiten Schultern meines besten Freundes gelegt, mein linker um Neelas zierlichen Körper.

»Verlasst mich nie.«

Ich sprach zu beiden. Sebarah hatte mich verlassen, und sein Verlust würde mich für immer begleiten. Aber solange ich Leif und Neela hatte, konnte ich alles ertragen.

Leif war bis ins Mark erschüttert. Er sah aus wie ein anderer Fae, seine Augen loderten vor Wut und jeder seiner Muskeln war angespannt und aufgewühlt. »Jemand in meinem Rudel hat Scheiße gebaut, und ich werde herausfinden, wer, und sie dafür bezahlen lassen. Die Schattenwandler hätten niemals unbemerkt eindringen dürfen.« Die Wut in seiner Stimme ließ meine Haut kribbeln und meinen Herzschlag beschleunigen. Ich hatte ihn noch nie so dominant und zornig gesehen, als würde er jedem seiner Feinde, außerhalb und innerhalb des Rudels, das Fleisch von den Knochen reißen.

Neela sah irgendwie durch seine Wut hindurch und zog ihn fest an sich. »Wir werden das gemeinsam durchstehen. Ich verspreche, wir werden es zusammen tun. Ronan und ich werden immer für dich da sein.«

Ich drückte seine Schulter, hielt ihn fest, wollte, dass er wusste, wie sehr ich ihn liebte. »Und wir werden die Bastarde kriegen, die das getan haben.«

Seine silbernen Pupillen fokussierten sich auf mich, Zorn triefte aus seinen Worten. »Schwörst du?«

Ich musste mein Rückgrat stählen, um an Ort und Stelle zu bleiben, sonst wäre ich unter der Intensität seines Blickes zurückgewichen. »Ich schwöre. Wir werden für jeden gefallenen Wolf Rache nehmen und nicht aufhören, bis wir die Schattenwandler aus Arathay ausgelöscht haben.«

Gabrelle und Dion warteten unten auf uns. Gabrelle trug noch immer dieselbe rehlederne Hose und ein weißes Trägerhemd wie zuvor, aber Dion hatte sich in Jeans und ein blaues Hemd umgezogen, wahrscheinlich weil der Bauch aus den Kleidern gerissen war, die er getragen hatte, als diese Ranke seinen Bauch aufblähte. Erleichterung zeichnete sich auf ihren Gesichtern ab, als sie uns lebend sahen.

Leif war zu seinem Rudel gegangen, um mit den Überlebenden zusammenzusein und um ihre massiven Verluste zu trauern. Dies war eine Zeit für das Rudel – wir würden ihn später auf unsere eigene Weise trösten.

»Wo ist Leif?«, verlangte Gabrelle zu wissen.

»Er ist in Sicherheit. Er muss jetzt bei seinem Rudel sein.« Die Erinnerung an die Wut in seinem Gesicht, in jeder Linie seines Körpers, ließ mich um sein Rudel fürchten, ob er sie trösten oder bestrafen würde. Er war ein komplizierter Fae mit mehr Facetten als nur einem schelmischen Grinsen, und seine Selbstbeherrschung musste jetzt bis zum Äußersten strapaziert sein.

Viele aus seinem Rudel waren heute Nacht gestorben. Ich hoffte nur, dass die Übrigen Leifs Zorn überleben würden.

Gabrelle und Dion hatten bereits dienende Fae herbeigerufen, um bei den Aufräumarbeiten zu helfen. Die dienenden Fae taten es gerne. Sie widmeten Jahrzehnte ihres Lebens dem Dienst, dem Dienen für ein Haus oder ein anderes, und wenn sie genug davon hatten, wechselten sie zu etwas anderem. Eine andere Karriere. Ein anderer Lebensstil. Aber im Moment wollte jeder Fae hier helfen und alles in seiner Macht Stehende tun, um seine Unterstützung für die Gestaltwandler-Gemeinschaft zu zeigen.

Ich ergriff Neelas Hand und drückte sie. Ich würde sie nie wieder loslassen.

Gabrelle blickte auf unsere verschränkten Hände und hob dann eine Augenbraue. »Ich sehe, ihr macht *das* wieder.« Sie unterstrich ihren Satz mit einer Fingerbewegung.

Ich war kurz davor, ihn anzuspringen, als Neela das Wort ergriff. »Ja, wir machen *das*

.« Sie sah zu mir auf und schenkte mir ihr strahlendes Lächeln, das mein Herz zum Schmelzen brachte, aber wandte sich genauso schnell wieder ab. »Aber ich werde niemals auf dem Thron sitzen.«

»Was?«

»Ich werde weiterhin eine der Anwärterinnen sein, die Prüfungen durchlaufen, die Ranglisten und was auch immer Gaia uns sonst noch auferlegt. Aber ich werde nie auf dem Thron sitzen. Man braucht nur eine Mehrheit zum Herrschen, also könnt ihr auch mit nur vier regieren. Wenn es soweit ist, werde ich von der Seitenlinie aus zusehen. Oder ich gehe zurück nach Hebes. Aber auf keinen Fall werde ich

Ronans Leben riskieren. Also lasst mich verdammt nochmal damit in Ruhe, okay?«

Gabrelles perfektes Gesicht strahlte vor Freude, ohne dass sie einen einzigen Muskel bewegen musste. »In Ordnung«, stimmte sie geschmeidig zu.

Neela wandte sich Dion zu und forderte ihn praktisch heraus, sie bloßzustellen und ihr zu sagen, sie solle jetzt nach Hause gehen. Aber sie war die mächtigere Fae, also hatte er keine wirkliche Wahl. Schließlich nickte er. »Also gut. Aber ich werde dich daran erinnern.«

Neela nickte zurück. »Darauf zähle ich.«

Ich konnte nicht anders. Ich legte eine Hand hinter Neelas Rücken und Knie und hob sie vom Boden, presste meine Lippen auf ihre und stellte sie dann wieder auf ihre Füße.

»Hey!«, protestierte sie. »Du machst gerade mein mächtige-Fae-Image zunichte.«

Ich grinste verlegen. »Tut mir leid, ich konnte nicht widerstehen. Notfallkuss.«

»Na, heb dir das für später auf, wenn du König bist, Prinzchen. Bis dahin überrage ich dich als Aufgestiegene im Rang.«

Ich ließ ihre Schultern los und ergriff wieder ihre Hand, da ich die körperliche Verbindung zwischen uns aufrechterhalten musste. »Eigentlich könntest du mich sogar dann noch überragen.«

Die Köpfe meiner Freunde wirbelten alle zu mir herum, und ich war entzückt, Gabrelle so überrascht zu sehen, dass sie einen Moment lang erstaunt aufblitzte.

Ich grinste. »Ich habe herausgefunden, wie man die Blutmagie brechen kann.«

Dion schnaubte. »Nein, hast du nicht. Sie ist unzerbrechlich. Wer auch immer dir gesagt hat, du könntest dich daraus befreien, erzählt dir einen Haufen Lügen.«

Ich wich zur Seite, um eine Fae mit einem Berg von Decken vorbeizulassen. »Ich hatte die Idee und habe sie mit dem Geheimniswahrer meiner Familie besprochen, der zustimmt, dass ich ein Schlupfloch gefunden habe.«

Neela begann auf der Stelle zu hüpfen, ständig in Bewegung, obwohl sie jetzt eine vollwertige Fae war und durch meine Erklärung noch mehr Energie hatte. »Wie?«, quietschte sie.

»Der Wortlaut des Paktes war *Ich, Ronan, der Erbe des Hauses Mentium, werde sterben, bevor ich zulasse, dass Neela Flora auf dem floranischen Thron sitzt.* Ich habe mit meinen Eltern gesprochen, und sie sind einverstanden. Ich bin nicht länger der Erbe des Hauses Mentium.«

Mehrere lange Momente der Stille folgten meiner Aussage, dann schüttelte Dion den Kopf. »Nein, dein Vater würde dem niemals zustimmen.«

»Es ist erstaunlich, wozu Eltern bereit sind, wenn die Alternative der Tod ihres Sohnes ist«, sagte ich.

Wut zeigte sich in Gabrelles rosa Augen, die vor Zorn heller geworden waren. Vielleicht verbarg sich hinter dieser schönen Maske ein reicheres Gefühlsleben, als ich angenommen hatte.

»Aber du und ich wollten doch zusammen herrschen«, fauchte sie. »Ich an erster Stelle und du an zweiter.«

Dion schnaubte. »Wohl kaum.«

»Du meinst wohl andersherum«, sagte ich.

Neela brummte. »Ja, klar.«

Aber Gabrelle war noch nicht fertig. »Du kannst dich nicht einfach deinen Pflichten entziehen und davonlaufen, um Freund und Freundin zu spielen. Du bist es dem Reich schuldig. Du bist es mir schuldig.«

Ich grinste, als sie Freund und Freundin sagte, und drückte Neelas Hand.

»Hör auf, den Narren zu spielen«, schnappte Gabrelle, dann drehte sie sich auf dem Absatz um, um wegzugehen, aber ich packte ihr Handgelenk.

»Warte mal, Schönheitskönigin. Ich bin noch nicht fertig.« Sie durchbohrte mich mit ihrem Blick, hielt aber den Mund und hörte zu, was ich zu sagen hatte. »Ich bin nicht mehr der Mentium-Erbe, also werde ich weder ihr Vermögen noch ihren Besitz erben. Aber ich bin immer noch der Anwärter auf den Mentium-Thron und berechtigt, im Namen des Hauses zu herrschen.«

Ich blickte über ihre schockierten Gesichter. Hier, inmitten der Trümmer einer Schlacht, in der wir so viele wertvolle Mitglieder der fae Gemeinschaft verloren hatten, war nicht der beste Ort, um diese Neuigkeit zu verkünden, aber es brodelte in mir, und ich konnte es nicht zurückhalten.

»Der Geheimniswahrer meiner Familie versichert mir, dass es einen echten Unterschied zwischen einem Erben und einem Thronanwärter gibt. Wir verwenden die Begriffe austauschbar, aber der Erbe bezieht sich nur auf die üblichen Erbschaftsregeln für Eigentum. Und das war der einzige Teil, den ich an den Blutpakt gebunden habe. Ich kann immer noch der Anwärter auf den Mentium-Thron sein. Ich kann immer noch König werden, aber... « Ich verbeugte mich tief. »Ich bin jetzt offiziell mittellos.«

Neela schlug die Hände vor den Mund, während Dion und Gabrelle in fassungslosem Schweigen starrten.

Neela sprang in meine Arme. »Du bist sehr clever.«

»Vergiss nicht extrem mächtig und sexy.«

»Du kannst mein Toyboy sein. Oh, das ist perfekt! Wenn du brav bist, gebe ich dir etwas Taschengeld.«

Sie neckte mich, aber irgendetwas an ihrem Vorschlag klang verdammt verlockend. Ich küsste sie, dann zappelte sie, um sich zu befreien, also stellte ich sie wieder auf ihre Füße.

Dion hatte angefangen zu grinsen und strahlte wie ein Idiot. »Das passt mir.« Er klopfte mir auf den Rücken. »Selbst wenn du mich als König im Rang übertriffst, werde ich immer mehr Geld haben als du.«

Ein katzenhaftes Lächeln breitete sich auf Gabrelles Gesicht aus, und sie beugte sich vor und küsste mich auf die Wange. Dann drehte sie sich auf dem Absatz um und stolzierte davon.

»Hey! Wo gehst du hin?«

Sie rief über ihre Schulter: »Ich verkehre nicht mit Bettlern.« Aber sie sagte es mit einem herrlichen Grinsen, das mir verriet, dass sie kein Wort davon ernst meinte. Sie würde immer eine meiner besten Freundinnen sein.

Aber Neela war die Nummer eins. Sie hatte gerade angeboten, für mich auf ihren Thron zu verzichten – obwohl sie es nicht musste. Und ich würde alles für sie aufgeben. Ich zog sie an mich und murmelte in ihr stacheliges blondes Haar. »Alles.«

Sie wusste, was ich meinte. Sie schlang ihre kleinen Arme um mich und drückte fest, und ihr zustimmendes Summen vibrierte durch meine Brust bis in meine Seele.

Neela

Wir ließen Leif mit seinem Rudel zurück, damit sie ihre Wunden lecken und um ihre Toten trauern konnten. Wir würden für ihn da sein, sobald er uns brauchte, aber im Moment brauchte er seine Wölfe.

Gabrelle, Dion, Ronan und ich kehrten schweigend zum Seehaus zurück. Es war der Ort, der uns allen gehörte und an dem wir jetzt zusammen sein mussten. Es stand außer Frage, in unsere jeweiligen Häuser zu gehen und die Nacht allein zu verbringen, nicht nach dem, was wir durchgemacht hatten.

Das Seehaus strahlte wie ein Stern, als wir ankamen, als wüsste es, dass wir alle plötzlich Angst vor der Dunkelheit hatten. Gabrelle legte ihre Hand an die leicht pelzige Haustür, drückte sie aber nicht auf. »Ich habe vor ein paar Wochen gesehen, wie die Schattenwandler eine Löwenfamilie angegriffen haben«, sagte sie. Sie hielt inne, die Hand noch immer an der Tür, ohne sie zu streicheln oder zu öffnen. Sie drehte sich nicht einmal um, um uns anzusehen, sondern sprach wie in einem Traum. »Ich sah, wie ein Schattenwandler in ihre Höhle eindrang, sich etwa zehn Minuten lang von der vierköpfigen Familie ernährte, und dann kamen zwei Schattenwandler heraus.«

Ich verlagerte mein Gewicht auf mein rechtes Bein und bemerkte erst jetzt, dass mein linkes Bein einen langen Kratzer hatte, der zu pochen begann. »Moment mal, einer ging rein und zwei kamen raus? Wie ist das möglich?«

»Er hat sich vermehrt. Er hat sich von den Gestaltwandlern ernährt und sich dann geteilt. Ich hätte es jemandem sagen sollen, aber ich war sauer auf euch Leute, und Mom ist nicht gerade zugänglich.«

Dion berührte ihre Schulter, seine Stimme sanfter, als ich sie je gehört hatte. »Es ist nicht deine Schuld, Gabrelle. Du hättest das, was heute Nacht passiert ist, nicht verhindern können, selbst wenn du eine Anzeige im Verda Bulletin geschaltet hättest, um zu verkünden, was du gesehen hast.«

Die Schönheitskönigin drehte sich um und lächelte schwach, obwohl ich sehen konnte, dass es nur aufgesetzt war. »Danke, D.« Sie öffnete die Tür, und wir folgten ihr in das hell erleuchtete Haus.

Dion ging in den Küchenbereich und begann herumzuwerkeln, um sich durch Kochen zu beruhigen. Gabrelle ließ sich auf ihre gläserne Chaiselongue gleiten, und Ronan zog mich auf seinen Schoß, als er sich in seinen schwarzen Ledersessel fallen ließ.

Seine Umarmung war genau das, was ich brauchte, und ich kuschelte mich hinein. »Hey, ist dieser Sessel nicht etwas größer als früher?«

Statt eines Einzelsessels hatte sich das schwarze Leder gestreckt und war gewachsen, jetzt eher wie ein Anderthalb-Sitzer.

»Das Seehaus weiß, dass ihr zusammengehört«, sagte Gabrelle und sah uns gelassen an. »Ich schätze, ihr habt seinen Segen.«

Das fühlte sich richtig an. Das Seehaus hatte mich als eine der Erbinnen akzeptiert, indem es mir einen Stuhl draußen auf der Terrasse wachsen ließ, aber es hatte auch einen Platz für mich hier an Ronans Seite.

Ronan drückte mich fest an sich, und ich lehnte mich an seine breite Brust. Hier fühlte ich mich sicher. Vielleicht stand mir doch noch ein leichtes Leben bevor.

Gabrelle schlug ihre Beine übereinander und wieder zurück. »Wo wirst du jetzt wohnen, Ronan?«

Seine Antwort vibrierte durch seine Brust direkt in meinen Körper. »Meine Eltern werfen mich nicht aus dem Stadthaus, nur weil ich technisch gesehen nicht mehr ihr Erbe bin.«

Gabrelle zögerte. »Aber irgendwann werden sie es müssen. Du kannst nicht für immer im Besitz von jemand anderem leben.«

Ich schmiegte mich an seine Brust. »Du kannst bei mir wohnen.«

Er zog mich von seiner Brust weg, und ich quiekte protestierend. »Wirklich?«

»Natürlich. Ich verliere mich sowieso nur in diesem großen alten Palast mit Liz und den Sträuchern, ich-«

»Wissen die Schnüffeltuffs, dass du sie Sträucher nennst? Ich würde das nicht vor ihren Gesichtern sagen.«

Ich zuckte mit den Schultern. »Sei nicht albern, sie sind harmlos.«

»Wohl kaum.« Glück pulsierte durch mich, und ich wusste, dass es mein eigenes war, vermischt mit Ronans, und es störte mich nicht. Es war eine weitere Sache, die wir teilten.

»Jedenfalls sagtest du etwas darüber, dass ich bei dir einziehen soll... «

»Ja. Ich habe viele Zimmer und-«

»Ich brauche keine vielen Zimmer«, knurrte er. »Ich werde in deinem sein.«

Verlangen durchzuckte mich, und ich presste meine Lippen auf seine, trank ihn ein, leckte und kostete, knabberte und spürte, wie das Verlangen zwischen meinen Schenkeln wuchs.

Plötzlich stand Dion neben uns. »Ahem.« Er reichte uns jeweils einen Becher mit dampfender Suppe, und ich löste mich verlegen davon, Ronan zu verschlingen, und nahm den Becher an.

Die Suppe war orange und roch nach Kürbis mit wunderbaren Gewürzen, die ich nicht benennen konnte. Dions Haar war leuchtend orange geworden, also nahm ich an, dass er sie probiert hatte, aber das bedeutete nicht, dass er nicht etwas extra Gift nur für mich hinzugefügt hatte.

Ich versuchte, sie zurückzugeben. »Nein danke, ich habe keinen Hunger.«

Dion schob den Becher wieder zu mir. »Bitte nimm es an. Du gehörst jetzt zu uns. Das Seehaus hat dich akzeptiert, Ro hat herausgefunden, wie er seinem Blutfluch entkommen kann, und sogar die Eiskönigin scheint dich zu mögen.« Gabrelle lächelte kühl. »Es tut mir leid, dass ich dir diese Steine zu essen gegeben habe. Ich verspreche, meine Kraft nie wieder gegen dich einzusetzen... wenn du das Gleiche versprechen kannst.«

Seine orangefarbenen Augen leuchteten intensiv und flehten mich an, dieses Friedensangebot anzunehmen.

Ich wollte nicht. Ich war bereit, Frieden zwischen uns zu schließen, aber ich wollte nie wieder Magirus-Essen probieren. Aber Ronan drückte meinen Oberschenkel, also nahm ich einen Vertrauenssprung und setzte den Becher an meine Lippen. Trotzdem zögerte ich. »Wenn mich das umbringt, hetze ich meinen großen bösen Prinzen auf dich.«

»Verdanische Erben arbeiten zusammen, nicht gegeneinander«, sagte Gabrelle, und das überzeugte mich schließlich, einen Schluck zu nehmen. Sie war wirklich sehr überzeugend.

Die Suppe schmeckte nach Winter, nach Schneestürmen, wenn man es drinnen gemütlich hat, und nach Muskatnuss zur Weihnachtszeit. Sie war so köstlich, dass ich zuerst dachte, sie müsse verzaubert sein... dann wurde mir klar, dass sie es war. Aber nicht auf eine schlechte Art. Sie war erfüllt von Dions magischer Absicht und vermittelte Trost und ein Gefühl der Gemeinschaft in dieser schrecklichen Nacht.

»Danke.« Ich sah Double D direkt in seine orangefarbenen Augen, und er nickte zur Antwort.

Die Suppe brachte mir Trost. Leifs Rudel musste heute Nacht ein Viertel seiner Mitglieder verloren haben, aber sie würden sich neu formieren und erholen. Leifs Mutter war eine starke Alpha, und sie würde ihre Familiengruppe zurück zu Macht und Stärke führen.

Ich stellte den Becher auf den Kaffeetisch und war wieder alert. »Was ist mit Leifs Mutter passiert? Geht es ihr gut?«

Da meine Eltern tot waren, konnten nur noch zwei weitere Herrscher sterben, bevor Gaia die übrigen tötete und uns auf die Throne setzte. Ich war nicht bereit; keiner von uns war es. Wir hatten noch so viel herauszufinden, bevor es soweit war, außerdem müssten wir Gaias ultimativen Test bestehen. Gabrelle und Ronan waren noch nicht einmal aufgestiegen.

Dion sammelte die leeren Becher ein und brachte sie in die Küche. »Stella geht es gut. Erschüttert natürlich, aber körperlich in Ordnung. Sie gab bereits Anweisungen und tröstete ihr Rudel, bevor wir gingen.«

Ich rollte mich auf Ronans Schoß zusammen, und er hielt mich fest. Mein ganzer Körper bewegte sich mit jedem seiner Atemzüge, und seine Arme waren fest um mich geschlungen.

Ich schloss die Augen und driftete in den Schlaf ab.

Ronan

»Wir sollten wirklich einen Healer anstellen«, sagte ich und biss in ein Stück trockenen Toast, der mit Plumpel-Marmelade bestrichen war. »Und einen Magirus.«

Liz knallte ihr Glas Orangensaft auf die Küchentheke. »Kritisierst du etwa mein Kochen?«

»Glaub mir, das würde ich nicht wagen.«

Neela zog den Hocker zurück und setzte sich neben mich. Sie roch nach Vanille und starkem schwarzen Kaffee. »Wofür brauchen wir einen Healer?«

Liz schnaubte. »Er hat wahrscheinlich Muskelkater vom vielen Sex.«

Ich wurde unruhig. Sie hatte teilweise Recht, aber meine Schwanzgesundheit ging sie nichts an.

Neela drückte mein Knie. »Healer sind teuer. Hör auf zu versuchen, mein ganzes Geld auszugeben, Toyboy.« Sie grinste.

Ich entspannte mich sofort und legte meine Hand auf ihren Hintern, während ich sie auf der Rückenlehne ihres Hockers ruhen ließ. »Oh, für Geld tue ich alles«, sagte ich hungrig und roch den Puls des Verlangens, den meine Worte durch sie schickten.

»Genug!«, rief Liz dramatisch, schnappte sich ihren Orangensaft und verschüttete ein paar Tropfen auf ihr cremefarbenes Oberteil. »Wenn ich schon keinen Sex bekomme, will ich ihn auch nicht unter die Nase gerieben bekommen.«

Neela beugte sich vor und flüsterte in mein Ohr: »Du kannst ihn mir jederzeit in den Hals schieben, Toyboy.«

Verdammt, sie war sexy, mit einem frechen Mund, den ich überall auf meinem Körper wollte.

Lauter sagte sie: »Ich habe über etwas nachgedacht. Ich möchte Sebarah irgendwie ein Denkmal setzen. Er war dein Freund und mein Bruder, und ich fühle mich irgendwie schlecht wegen all der schrecklichen Dinge, die ich früher über ihn gedacht habe. Also möchte ich ihm ein Denkmal wachsen lassen.« Sie fixierte mich mit ihren blauen Augen. »Hast du irgendwelche Vorschläge?«

Ich strahlte. »Fragt die unabhängige Kratzbürste tatsächlich jemanden um Hilfe? Liz, fang mich auf, ich falle gleich in Ohnmacht.«

Liz lachte prustend.

Neela schlug meinen Arm von ihrem Hintern weg und stieß mich spielerisch. »Wenn du so sein willst, brauche ich deine H-«

»Ich habe die perfekte Idee. Du könntest Sebs Wächterhecke vollenden.«

Neela und Liz tauschten einen Blick aus. »Die was?«

»Nachdem er aufgestiegen war, ließ er die Hecke vor dem Haus wachsen. Sie teilt sich zur Begrüßung, um Familie und freundliche Besucher durchzulassen, bleibt aber für unerwünschte Besucher geschlossen und undurchdringlich.«

»Ja, das wissen wir.« Neela warf einen Streifen Speck zu Doug und Herb, die an jedem Ende knabberten und sich dabei gegenseitig näher zogen. Sie waren irgendwie süß für furchterregende Raubtiere.

Ich behielt die Schnüffeltuffs wachsam im Auge. »Aber er hat sie nie fertiggestellt. Er wollte, dass sich die Blumen verändern, um die Absicht des Besuchers darzustellen. Wie rote Rosen, wenn ein Liebhaber ankam. Oder Rittersporn für Mörder. So in der Art.«

Die Streunerin wippte vor Aufregung praktisch auf ihrem Sitz. »Ich liebe es! Ich kann den Wachstumsteil übernehmen, aber ich brauche deine Hilfe bei den Zaubern.«

Es war eine Wonne, sie um meine Hilfe bitten zu hören, und ich grinste wie ein Idiot. Wir gingen nach draußen, um die Hecke zu inspizieren und herauszufinden, wie viel Arbeit nötig war. Ich sandte einige Fühler aus, um die Zauberarbeit zu entwirren und zu verstehen, was vor sich ging, und Neela öffnete sich der Pflanze selbst, um zu verstehen, wie sie die Blumen zum Verändern ermutigen könnte.

Die Hecke öffnete sich für mich, und ich wanderte hindurch und hielt in der Mitte inne, wobei ich zu dem Torbogen aus Grün über meinem Kopf aufblickte. »Ich denke, wir werden einen Weaver brauchen. Die Zauberarbeit ist zu komplex für mich.«

Neela gesellte sich zu mir in der Hecke und drückte meinen Bizeps. »Was, ein großer starker Fae wie du braucht Hilfe?«

Die Hecke schloss sich um uns und ließ eine winzige, private Lichtung nur für uns. »Jeder braucht manchmal Hilfe. Sogar ein großer starker Fae wie ich.«

Ein teuflisches Lächeln huschte über die Lippen der Streunerin. »Zieh dein Hemd aus, damit ich diese Muskeln besser sehen kann. Ich muss sehen, wie groß und stark du wirklich bist.«

Ich zog es über den Kopf und war sofort hart für sie.

»Braver Toyboy.«

Ich knurrte und zog sie an mich, drehte sie herum und beugte sie vor, dann schlug ich ihr fest auf den Hintern. Sie protestierte, also schlug ich sie härter. »Ich bin nicht dein Toyboy«, knurrte ich und wurde mit jedem Schlag auf ihren Hintern härter und härter, beobachtend, wie er wackelte und sich bewegte. »Du bist meine Königin. Mit der ich machen kann, was ich will.«

Sie stöhnte, und ihr moschusartiges Aroma war berauschend und erregend.

»Lass einen Ast für mich wachsen, damit ich dich darüber lehnen und ficken kann«, verlangte ich.

Sie gehorchte, und ein Ast streckte sich aus der Hecke in Hüfthöhe. Ich beugte sie darüber, schob ihren kurzen Rock hoch und entblößte ihre orangefarbene Unterhose. Ich riss sie herunter, und Tröpfchen flogen durch die Luft. »Bist du feucht für mich, meine Königin?«

»Ja«, hauchte sie.

Ich öffnete meinen Hosenschlitz, und mein Schwanz sprang heraus. Die kühle Luft neckte meine empfindliche Haut, und es war alles, was ich tun konnte, um nicht bis zum Anschlag in meine Streunerin einzudringen und sie hart, schnell und besinnungslos zu nehmen.

»Schlag mich noch einmal, Prinz.«

Meine Lippen verzogen sich. »Das gefällt dir, nicht wahr?«

»Bitte«, sagte sie, und ich schlug sie hart, hinterließ einen roten Abdruck auf ihrer Wange und beobachtete, wie er wackelte, während ich noch härter für sie wurde.

Ich führte meine Spitze sanft in ihren Eingang ein, drang kaum in ihre heiße, feuchte Muschi ein. Ich bewegte meine Spitze an ihr auf und ab und kitzelte ihre Klitoris mit meinem breiten Kopf.

Verdammt, sie war nass, so nass, und ich konnte keinen Moment länger warten.

Ich drang köstlich langsam in sie ein, füllte sie Zentimeter für Zentimeter aus und ergötzte mich daran, wie sie ihren Hintern zu mir neigte und versuchte, mehr von mir aufzunehmen, schneller.

»Du bist perfekt«, schnurrte ich, als ich sie vollständig ausfüllte, mein Körper fest an ihrem Hintern.

Sie rieb ihren Hintern, versuchte mehr Reibung zu bekommen, wollte mehr von mir, und mein Schwanz pulsierte als Antwort. Aber ich hatte die Kontrolle, und ich zog mich langsam aus ihr zurück, quälend langsam, folterte mich selbst genauso wie sie.

Dann stieß ich hart in sie hinein, ließ ihren ganzen Körper über den Ast schaukeln, beobachtete, wie ihr spitzer Kopf zurückprallte, unser Fleisch klatschte, als ich sie hämmerte.

»Härter«, rief sie, wackelte mit ihrem Hintern und stöhnte, und ich wurde härter für sie, hämmerte und drückte, brauchte sie wie ich noch nie etwas gebraucht hatte.

Bevor ich kam, drehte ich sie um, sodass ihr Hintern auf dem Ast ruhte, und ich stützte ihren Oberkörper, als ich mich über sie beugte, hinein- und herausglitt und sie leidenschaftlich küsste.

Sie stöhnte immer wieder, und ich kannte sie gut genug, um zu spüren, wie sich ihre Erlösung aufbaute, also behielt ich mein Tempo bei und ließ sie ihre Ekstase auskosten.

Sie hakte ihre Knöchel um meine Taille und schrie meinen Namen, als sie kam, und ich ließ mich in ihr explodieren, füllte sie aus, fühlte ihre Muskeln, die sich um mich zusammenzogen, brauchte sie, wollte sie und wusste, dass ich nie genug von ihr bekommen würde.

Wir atmeten gemeinsam, keuchend, hielten uns fest umschlungen.

Ich hielt sie fest, während ich mich aufrichtete und aus ihr herausglitt, dann stellte ich sie auf ihre Füße, und sie taumelte gegen mich.

»Du bist sehr gut in Heckenarbeit«, murmelte sie und brachte mich zum Grinsen.

»Jederzeit, wenn du eine helfende Hand brauchst, Baby.«

Jederzeit, wenn sie irgendetwas brauchte.

Epilog

Zwei Monate später war mein Haar komplett blau geworden, passend zu meinen Augen. Ich erschrak immer noch jedes Mal, wenn ich in den Spiegel schaute, aber ich liebte es. Es kennzeichnete mich als wahre Fae, nicht als irgendein ausgestoßenes Menschenmädchen, das nicht dazugehörte.

Ich strich mir über die Haare, während Ronan und ich die Piccolo-Straße entlang zur Ogernase gingen, um die anderen zu treffen. »Meinst du, ich sollte meine Haare wachsen lassen?«

Er schüttelte den Kopf. »Ich mag deinen Pixie-Schnitt.«

»Fae Schnitt«, korrigierte ich ihn grinsend.

Wir waren auf dem Weg zur Taverne, um unsere offiziellen Gesamtränge zu feiern, die Gaia gerade veröffentlicht hatte. Es war eine Art Durchschnitt aller Prüfungsergebnisse über alle Jahre hinweg, und ich war mir nicht sicher gewesen, wie meine Punktzahl berechnet werden würde. Offensichtlich hatte ich in all den vorherigen Jahren null Punkte bekommen ... oder hatte ich Sebarahs Punkte geerbt?

Letztendlich lag meine durchschnittliche Jahrespunktzahl bei drei von fünfzehn, was mich ans untere Ende der Skala brachte. Aber seitdem war ich aufgestiegen, wurde besser in der Zauberarbeit und wurde jeden Tag stärker und schneller, sodass die Prüfungen im nächsten Jahr eine ganz andere Geschichte sein würden. Ich rechnete fest damit, nahe an die Spitze zu kommen.

Ronan belegte immer noch den ersten Platz insgesamt, obwohl er einige Punkte verloren hatte, nachdem er in der dritten Prüfung dieses Jahr null Punkte erzielt hatte. Trotzdem lag sein Durchschnitt bei respektablen zwölf Punkten, dicht gefolgt von Gabrelle mit elf. Leif und Dion waren Dritter und Vierter mit neun und sechs Punkten. Und ich war Schlusslicht – aber nicht mehr lange.

Wir betraten die Ogernase. Gedämpftes Licht, dunkles Holz und etwas Jazz-Funk, der von der verzauberten Decke erklang. Der Ort roch fruchtig, als hätte jemand die Wände mit Fae Fizz angestrichen.

Die anderen waren schon da, um einen Marmortisch gruppiert und auf Barhockern sitzend. Leif trug wie üblich Silber und Grau, obwohl sein Gesicht angespannt wirkte. Dion trug eine einfache Jeans und ein Hemd, aber Gabrelle sah unfassbar schön und herausgeputzt aus, mit ihren rosa Haaren, die mühelos auf ihrem Kopf aufgetürmt waren, und einem weißen Overall, der jede Kurve betonte.

Dion rief uns zur Begrüßung zu: »Hey, der Gewinner und der Verlierer sind endlich da.«

»Genieß es, Double D«, brummte ich, während ich mich auf einen Barhocker neben Gabrelle setzte. »Das ist das einzige Mal, dass ich Letzte sein werde. Nächstes Jahr werde ich euch allen in den Hintern treten.«

Sie buhten und schoben mir und Ronan ein paar Shots Whiskey zu. »Ihr seid im Rückstand«, sagte Gabrelle bestimmt. »Trinkt aus.«

Warum nicht? Wir hatten es uns verdient. Es war ein beschissenes Jahr gewesen, und wir hatten ein bisschen Spaß verdient.

Leif war in besserer Verfassung als direkt nach dem Gemetzel, aber er war noch nicht wieder sein altes Selbst. Gelegentlich grinste er, seine Schelmenhaftigkeit blitzte durch, aber es verblasste immer schnell wieder.

Ich stellte mir vor, dass Ronan nach Sebarahs Tod genauso ausgesehen hatte. Er erzählte mir, dass er nie ein Lächeln hatte, das blieb, bis er mich traf.

Wir wurden betrunken und albern, ließen die Prüfungen dieses Jahres Revue passieren und lachten über die Geschichten aus den Vorjahren. Ich lachte Tränen, als Gabrelle ausführlich davon erzählte, wie Leif einmal nach einer misslungenen Navigationsprüfung nackt und gestrandet mitten auf dem Stadtplatz von Hebes gelandet war.

Leif machte manchmal mit, lachte ein- oder zweimal, aber sein Ruhegesicht war nicht mehr ein wölfisches Grinsen, sondern eine ernste Maske, und mein Herz schmerzte jedes Mal, wenn ich ihn ansah.

Ich erzählte die Geschichte, wie ich das floranische Armband bekommen hatte, und irgendwie brachte es alle zum Kichern und Prusten.

»Wie geht's deinem bösen Tattoo-Oberherren jetzt?«, fragte Dion grinsend.

Ich hielt mein Handgelenk an mein Ohr und tat so, als würde ich lauschen. »Es sagt, wenn du mir nicht noch einen Drink kaufst, wird es mich dazu bringen, dich zu jagen und Dreck in all dein Essen zu schütten«, log ich. Das Tattoo ließ mich in letzter Zeit meistens in

Ruhe. Es hatte seit Wochen nicht mehr gesummt, gebrannt oder mich schikaniert, und ich hatte angefangen, das Ding zu mögen.

Dion stand auf. »Na, dann muss ich Ro auf jeden Fall ein Bier kaufen, da er sich selbst keins leisten kann.«

Ronan schnippte einen Papieruntersetzer über den Tisch und traf D direkt am Mund. »Friss das, Double D.« Wir brachen alle bei dem Spitznamen in Gelächter aus, und sogar Dion lachte mit.

Ein Spellbird sauste durch die Vordertür und landete in Gabrelles Wein. Er war ziemlich mitgenommen und hatte wahrscheinlich schon eine Weile gegen die Tür der Taverne geschlagen.

Gabrelle war lockerer als sonst, und ihr aufrichtiges, unbeschwertes Lächeln machte sie noch schöner als gewöhnlich, was verdammt unfair war. Sie fischte den Spellbird aus ihrem Glas und reichte ihn Leif. »Der ist für dich.«

Leif las die durchweichte Nachricht, seine silbernen Augen verengten sich und seine blasse Haut wurde kreidebleich. Er las den Spellbird mehrmals, bis er unter seinen weißen Knöcheln zerriss.

»Was ist los, Leif?«, fragte Dion.

Der Wolf knirschte mit den Zähnen und spannte seine Muskeln an, was die Stimmung völlig ruinierte und die Luft mit Spannung erfüllte. Sein bleiches Gesicht war ernst und angespannt, sein Kiefer verkrampft. »Meine Mutter ist tot.« Seine Stimme war tonlos und mörderisch. »Sie wurde von einem Schattenwandler getötet, während sie ein Rudel an der Ostküste besuchte.«

»Oh, Scheiße«, sagte Dion.

Gabrelle keuchte auf. »Das tut mir so leid.«

Ronan runzelte die Stirn, seine schwarzen Augen glasig. »Oh, Gaia.«

Ich rutschte von meinem Hocker und lehnte mich an Leif, drückte meinen Körper als Zeichen des physischen Trostes an ihn. Wenn ich eines wusste, dann, dass Wölfe mehr Trost aus körperlicher Zuneigung als aus Worten schöpften.

Er lehnte sich kurz an mich, holte dann tief Luft und schob mich weg.

Dass mein Wolfsfreund körperlichen Trost ablehnte, war unerhört, und allein das schockierte mich zutiefst und machte mir das Ausmaß des Geschehens bewusst. Ich griff erneut nach ihm, aber er schlug meine Hand mit einem wilden Blick beiseite.

»Lass mich in Ruhe«, knurrte er.

»Tut mir leid«, sagte ich lahm und hielt meine Hände bei mir. Leif hatte nicht mehr so wild, so verdammt wütend ausgesehen seit der Nacht, in der sein Rudel abgeschlachtet wurde. Aber das traf das Rudel vielleicht noch härter, ihre geschätzte Anführerin zu verlieren, die eine Fae, die alle Rudel von Verda zusammenhielt.

Dions bierfarbenes Haar ringelte sich um seine Ohren, und seine dichten Augenbrauen zogen sich zusammen. »Scheiße, Leif, du bist jetzt der Alpha.«

Wir alle starrten Leif an, der groß unter uns auf Barhockern Verstreuten stand und wie der einzige Erwachsene im Raum wirkte. Er triefte vor Wut und Entschlossenheit, und keine einzige Spur der leichtlebigen, scherzhaften Fae, die ich kannte, war zu sehen.

Seine Persönlichkeit war wie ausgelöscht.

»Ja«, blaffte er Dion an. Er sah uns alle mit hochgezogener Oberlippe und einem höhnischen Grinsen an. »Ich muss jetzt gehen.«

Wir sahen zu, wie er aus dem Raum marschierte. Ich hatte immer gedacht, er würde ein entspannter Alpha sein, wahrscheinlich einer, der die eigentliche Herrschaft an einen Beta delegierte, während er davonlief, um Sex zu haben. Aber Leif verwandelte sich in eine dunklere, beängstigendere Fae, die ich kaum wiedererkannte.

Was für ein Alpha würde er werden?

Wir diskutierten über seine Mutter, ihre Führung und die verrückte Tatsache, dass unser guter Freund jetzt der Anführer aller Wölfe Verdas war. Keiner von uns äußerte seine Bedenken über seinen Geisteszustand, aber wir müssen sie alle gespürt haben.

Leif drehte durch, und jetzt hatte er alle Macht der Welt.

»Nur noch ein Elternteil von uns kann sterben, bevor wir alle zu Herrschern werden«, sagte Gabrelle leise.

Heilige Scheiße. Ich war nicht bereit zu herrschen. Ich war gerade erst in diesem Reich angekommen und hatte meinen Platz hier gefunden, meine Freunde gefunden, Ronan gefunden. Ich wollte Zeit damit verbringen, herumzualbern und mich zu amüsieren, bevor die Last der Verantwortung auf mich drückte.

»Lasst uns ihnen allen verdammte Leibwächter zuteilen«, sagte ich und kippte dann einen weiteren Shot.

Alle stimmten in den Jubel ein und stürzten einen Shot hinunter. Ich tauschte Blicke mit Ronan, der mir gegenüber am Tisch saß. Sein schwarzes Haar umrahmte sein gemeißeltes, gebräuntes Gesicht perfekt, und das sanfte Lächeln auf seinem Gesicht galt nur mir. Er war zu weit weg, ich wollte auf seinem Schoß oder neben ihm sitzen, ihn irgendwie berühren, aber ein sehnsüchtiger Blick musste genügen.

Außerdem gab es keine Eile. Wir hatten den Rest unseres Lebens zusammen.

Hi, ich hoffe, dir hat *A Court of Greed and Excess* gefallen!

Das zweite Buch der Serie, *A Court of Fur and Fangs*, zeigt einen sehr mürrischen Leif, der sich einen Schlagabtausch mit einer knallharten Wolfswandlerin liefert – sie mag in der Rudelhierarchie weit unten stehen, aber sie lässt ihn mit nichts durchkommen.

Und natürlich wirst du alte Freunde wiedertreffen!

Lies *A Court of Fur and Fangs* jetz!

Du kannst mir auch auf Amazon, Facebook, TikTok und all den anderen Plattformen folgen.

Küsschen, Zara

Über die Autorin

Zara hat ein ziemlich süßes Leben – Ehemann, Kinder, Haustiere und einen hammermäßigen Dyson-Haartrockner. Aber das hält sie nicht davon ab, neue Welten zu erfinden und heiße Affären mit ihren Buchliebhabern zu haben. Engel und Dämonen und Fae, du meine Güte!

Glückliche Zara, sie darf jeden Tag stundenlang mit diesen sexy Bestien verbringen. Den Rest der Zeit arbeitet sie im Gesundheitswesen, verhandelt mit ihren Kindern und ringt ihrem Mann die Fernbedienung ab.

Aber hauptsächlich geht's um Engel und Fae.

Komm mit auf die Reise mit Zara, ihren temperamentvollen Heldinnen und ihren Arschloch-Helden. Bring Wein mit.

Ebenfalls von Zara Dusk

Böse Männer, taffe Frauen und wunderschöne, aber gefährliche Welten. Pikante Fantasy-Romantik.

Lust auf Hörbücher? Hol dir die wachsende Sammlung von Hörbüchern auf zaradusk.com.

Abgeschlossene Trilogie

Ich bin die Obsession des dunklen Engels

Und er ist gekommen, um seinen Preis einzufordern.

Sein Schloss ist unglaublich prunkvoll, ganz im Gegensatz zu meinem farblosen Leben in der Unterstadt. Der Haken? Der dunkle Engel will mich wegsperren und für immer hier behalten. Denn ich besitze etwas, wonach er sich verzehrt.

Mein Entführer beabsichtigt, meinen Geist und Körper mit seiner schlangenartigen Magie der Versuchung unter seiner vollständigen

Kontrolle zu halten. Leider kümmern sich die anderen Männer, die auf mich und meine Kraft fixiert sind, nicht um meine Sicherheit. Bald werde ich mich entscheiden müssen, ob ich unter den Fittichen meines dunklen Engels Schutz suche oder meine Rache ausübe.